Jérôme Attal • Laetitia Bally •
Frédéric Baptiste • Catherine Bardon •
Alain Bentolila • Ariane Bois •
Xavier-Marie Bonnot • Françoise Bourdin •
Françoise Bourdon • Michel Bussi •
Cécile Cabanac • Virginie Caillé-Bastide •
Annabelle Combes • Jean-Paul Delfino •
Joseph Denize • Isabelle Désesquelles •
Victor Dixen • Samuel Doux •
Julien Dufresne-Lamy • Jim Fergus •
Isabelle Filliozat • Sophie Fontanel •
Lorraine Fouchet • Anne-Marie Gaignard •
Karine Giebel • Raphaëlle Giordano •
Héloïse Guay de Bellissen • Serena Giuliano •
Anne Icart • Claude Izner •
Philippe Jaenada • Jean-Joseph Julaud •
Maïa Kanaan-Macaux • Yasmina Khadra •
Étienne Klein • Fouad Laroui •
Caroline Laurent • Arnaud Le Guilcher •
Guillaume Le Quintrec • Marc Levy •
Albane Linÿer • Henri Loevenbruck •
Sophie Loubière • Louison •
Murielle Magellan • Charlye Ménétrier McGrath •
Bernard Minier • Nadine Monfils •
Viviane Moore • Fabien Olicard •
Erik Orsenna • Fabrice Papillon •
Camille Pascal • Pierre Pelot •
• Alain Rey • Gwenaële Robert •
Tatiana de Rosnay • Romain Slocombe •
François-Henri Soulié • Danielle Steel •
Christiane Taubira • Colin Thibert •
Marjorie Tixier • Rachel Vanier •
Stéphane Manel pour la couverture

DES MOTS
PAR LA FENÊTRE

POCKET

FSC
www.fsc.org
MIXTE
Papier issu de sources responsables
FSC® C003309

Pocket, une marque d'Univers Poche,
est un éditeur qui s'engage pour la préservation
de l'environnement et qui utilise du papier fabriqué
à partir de bois provenant de forêts gérées
de manière responsable.

Couverture : Stéphane Manel.
ISBN : 978-2-266-31355-1
Dépôt légal : juillet 2020

Un mot amical d'Alain Rey

« *Confinement* est sans aucun doute le mot du jour, jour un peu long, à notre regret, mais qui incite ou qui invite à la réflexion. *Corona*, *contaminé*, *virus* et *viralité* ne parviendront pas à nous faire passer le goût du *pain* et du *vin*.

Acceptons d'être "confinés", mais au sens que ce mot eut à la fin du Moyen Âge : "aller jusqu'aux confins".

Or, les confins de la langue française, c'est le monde. »

24 mars 2020
Alain Rey

Avant-propos

Le groupe Editis souhaite s'associer à l'élan de solidarité qui, partout en France, émerge spontanément pour saluer et soutenir notre personnel médical.

Dans cet esprit, 64 auteurs des maisons d'édition du groupe Editis ont chacun écrit un texte inédit, pour apporter leur soutien aux équipes soignantes.

Poème, lettre, nouvelle, ce recueil collectif, *Des mots par la fenêtre*, est une invitation à la liberté, l'évasion, l'espoir, la solidarité.

La magie de l'écriture et sa musicalité auront pour vocation de nous accompagner dans ces moments si particuliers.

La totalité des bénéfices sera reversée à la Fondation Hôpitaux de Paris-Hôpitaux de France présidée par Madame Brigitte Macron.

Il nous tient à cœur de mobiliser les talents et plumes des maisons que nous dirigeons, pour soutenir l'engagement de longue date de la Fondation dans cette période si difficile.

Michèle Benbunan
Directrice générale du Groupe Editis

Arnaud de Puyfontaine
Président du Directoire du Groupe Vivendi

FONDATION
Hôpitaux de Paris
Hôpitaux de France
Reconnue d'utilité publique

Jérôme Attal

Journal fictif (et confiné) d'Andy Warhol

De 1976 à 1987, Andy Warhol a tenu un journal intime, le récit de ses soirées people et glamour. Starifié, voire momifié de son vivant, il n'était pas impensable qu'Andy reprenne du service en cette période difficile. Le journal que vous allez lire couvre la semaine du 16 au 24 mars 2020, et commence par une interrogation : si les gens se ruent sur les conserves, où va-t-il trouver ses modèles ?

16.03.20

Les gens se ruent dans supermarchés pour acheter des rouleaux de papier toilettes et des boîtes de conserve. *WTF !* Où vais-je trouver des modèles pour mes installations et mes peintures ? Je n'ai pas du tout envie de peindre du rien comme Malevitch, Rothko ou Klein, mais si je ne trouve plus de boîtes de conserve, je devrais m'y résoudre. Les gens n'ont aucun respect pour l'art et les artistes, c'est pour ça qu'il faut sans cesse monter les prix, c'est la seule manière de gagner un peu leur respect.

17.03.20

C'est très contrariant de ne plus pouvoir sortir. Dans les années 1980, je sortais tous les soirs. Dans une fête, dès que j'entrais dans une chambre, il y avait Madonna et Sean Penn qui baisaient aux quatre coins de la pièce. J'ai lu l'interview d'un écrivain qui prétendait que pour retrouver le goût de sa jeunesse, il aurait fallu reconstruire à l'identique les usines qui produisaient les tablettes de chocolat que ses parents lui achetaient quand il était enfant. Pour retrouver le goût des années 1980, il faudrait que, dès que j'ouvre une porte, je surprenne Madonna et Sean Penn en train de baiser derrière. Pas sûr que Sean ait gardé ses tablettes de chocolat de l'époque.

18.03.20

Je suis absolument contre ce confinement. Quand les gens vont sortir, ils vont tous être aussi livides que moi ! Alors plus personne ne me reconnaîtra dans la rue, ce sera horrible !

Des messages d'information passent en boucle pour exhorter les gens à se laver les mains. Je pense produire un film dans lequel on verrait des superstars se laver les mains, des plans séquences de cinq minutes, et j'intitulerais cela : « Hand job ». En 64, j'ai exposé des cartons de savons de la marque Brillo. Que croyez-vous que j'aie fait des savons ? Eh bien je les ai gardés. Avec toutes les pognes que je devais serrer à longueur de soirées sans savoir où les gens avaient fourré leurs doigts, j'avais toujours du savon sur moi. Je me lavais tellement les mains que j'ai fini par avoir les doigts palmés comme Patrick Duffy dans *L'Homme de l'Atlantide.*

19.03.20

Comme ils ont fermé les salles de spectacle, dès que j'ouvre les réseaux sociaux je tombe sur un concert à la maison. C'est une idée très moderne, assister à des concerts depuis son canapé. Et ça m'amuse beaucoup parce que ça permet de découvrir l'intérieur des gens. Bon, je suis souvent déçu. Je ne soupçonnais pas le mauvais goût de tous ceux qui se disent artistes. Le nombre de croûtes accrochées aux murs de leurs salons, c'est totalement déprimant. En même temps, de nos jours, les artistes n'ont plus vraiment de quoi se payer un Warhol.

Il suffit que j'aille faire un tour sur Facebook pour me dire qu'on devrait interdire l'ennui à certaines personnes, de la même manière qu'on interdit à la population de sortir dans les rues.

20.03.20

On parle du chant des oiseaux retrouvés. Il paraît qu'il n'y a qu'à se pencher à la fenêtre pour constater qu'ils sont revenus en ville. Je ne me penche pas à la fenêtre parce que j'ai trop peur que ma perruque s'envole, mais si je l'entrouvre, tout ce que je vois et entends, c'est un abruti qui, en allant faire ses courses, hurle dans son téléphone en postillonnant dans l'air comme un taré égoïste. À croire qu'il suffit d'un seul individu pour annuler le chant mélodieux de tous les oiseaux du monde.

21.03.20

Les New-Yorkais qui ont une villa dans les Hamptons ont fui la ville dès l'annonce du confinement. Il paraît que les crevettes et les crabes de Cooper's beach préfèrent rejoindre le continent de plastique plutôt que de finir dans les assiettes de ces irresponsables. L'idée d'avoir une résidence secondaire m'a déjà effleuré (l'effleurement est la sexualité que je préfère, surtout par les temps qui courent) mais je n'en ai jamais vu l'utilité. Je crois que je suis moi-même ma principale résidence. Si j'avais une résidence principale et une résidence secondaire j'aimerais être aux deux endroits à la fois de peur de manquer quelque chose en étant ailleurs et pas ici, et alors je voudrais être coupé en deux, ce qui ne doit pas franchement être une sensation agréable.

22.03.20

J'ai vu aux infos que des gens mal intentionnés avaient été arrêtés par la police car ils revendaient sur eBay des respirateurs et des masques de protection. Si les gens revendaient directement leur connerie sur eBay, peut-être qu'ils arriveraient à se faire de l'argent, et puis ça allègerait l'humanité. Le vrai problème avec l'humanité, c'est le manque. Le manque d'humanité.

23.03.20

J'aimerais beaucoup travailler sur un projet de toile ou de film mais je n'en ai pas le courage. On m'a dit que Shakespeare avait profité du confinement lié à la peste pour écrire trois pièces de théâtre : *Le Roi Lear*, *Macbeth*, *Antoine et Cléopâtre*. Pour résumer : le roi Lear meurt de chagrin, Macbeth est tué dans un duel, Marc-Antoine et Cléopâtre se suicident. Pas franchement la grosse marrade. Si je veux garder le moral une fois les beaux jours revenus, rappelez-moi d'éviter soigneusement toute œuvre créée pendant la période de confinement.

24.03.20

Une lueur d'espoir vient de France. À Marseille, il y a un professeur qui serait à la pointe de la recherche. Normal que les Français soient à la pointe, c'est eux qui ont inventé le crayon (en 1795). Ils ont aussi inventé le taille-crayon (en 1828). Je me demande comment ils ont pu rester pendant plus de trente ans avec des crayons pas taillés.

Si le Président français me sollicite pour peindre sa nouvelle Marianne, je peindrais une infirmière.

Laetitia Bally

Tout est une question de perspectives

Maïwenn a quatorze ans. Elle est en troisième. Vingt-quatre… non vingt-cinq jours de confinement ? se demande-t-elle. La jeune fille est assise à son bureau, devant l'ordinateur portable de sa mère. Elle s'étire, se lève. S'approche de la fenêtre de sa chambre. Il fait trop beau, pense-t-elle. Le ciel est bleu, le jardin vert. J'ai presque l'impression qu'il se moque de moi, ce jardin… Elle regarde dehors, balaie les arbres et la pelouse des yeux.

« Oh mais quel plaisir de te voir ! Cela faisait si longtemps ! Tu n'as pas changé ! »

« Ah, cher ami ! Je suis également ravie de te rencontrer ! Ça fait des lustres ! Quelle coïncidence ! Heureuse évidemment ! »

« Tu me diras, vu les circonstances… Quelle drôle d'époque nous vivons… Qui aurait cru que cela irait si vite ? »

« Ben, je te dirais, que je suis plutôt contente de l'évolution de la situation. Franchement on vit bien mieux depuis le confinement ! Non ? Le quartier était devenu affreusement dangereux ! »

« Tu as raison ! Et sans parler de la qualité de l'air ! C'est incomparable ! Enfin on respire ! »

« Tu vois, moi en tant que maman, je suis vraiment soulagée de constater que pour les enfants, ce confinement a du bon. On ne pouvait plus sortir sans tomber sur des malotrus. On pouvait s'attendre au pire avec eux ! »

« Oui, tu as raison.... Les gens nous effrayaient aussi ! Et puis, on ne comprenait pas vraiment ce qu'ils faisaient... »

« Tout à fait ! Je suis plus d'une fois restée interloquée par le comportement des gens... »

Elle rit. Un petit rire un peu jaune. À peine audible, à peine visible.

« Et puis, depuis que les gens restent chez eux, c'est bien plus propre. Tu sais, mon plus jeune a tendance à tout mettre dans la bouche... alors tu imagines, quand on allait au square.... Une déchetterie ! Vraiment une honte ! Et personne ne faisait rien. Je les voyais, moi, les autres mères, jetant les papiers par terre, fumant et écrasant leur cigarette dans le sable ou dans l'herbe. C'est scandaleux ! »

« C'est répugnant, vraiment, aucun respect... »

Les deux amis restent silencieux un moment.

« Oh, et le trafic !? »

« Ah oui ! » se félicite-t-elle.

« Enfin on peut se balader sans risquer d'être renversé par une voiture, une trottinette, un vélo. Les gens ne savent plus conduire ! Et puis, aucune éthique, aucun sens de l'honneur. Tu te rappelles la belle-mère de mon frère ? »

« Bien sûr, je m'en rappelle ! »

« Eh bien, il y a quatre semaines, elle a été percutée par une voiture... électrique en plus ! Soi-disant, les bien-pensants écolos ! Pffff ! Eh ben, le conducteur ne s'est même pas arrêté ! S'il avait pu accélérer, il l'aurait fait. C'était dans la petite allée, là-bas, derrière le Super U. Tu vois ? Elle est restée plusieurs heures seule, blessée sur le sol. Personne n'est venu à sa rescousse. Et nous, qui n'étions même pas là, on campait au Bosquet St Jean... »

« Mais c'est tragique ! Je suis vraiment désolée pour vous... D'ailleurs, cette allée, elle est devenue un piège mortel depuis quelques temps. Et le petit ruisseau, qui longe l'allée... une vraie poubelle maintenant ! »

« Tu sais, mon voisin aviateur italien, eh bien, il rentre à peine de Venise, il me dit que les eaux sont redevenues claires ! On peut voir les poissons dans les canaux ! À Venise !! »

« C'est fabuleux ! On a beau dire, le confinement a du bon ! J'ai des nouvelles similaires d'un ami éloigné, marin. Il vient de traverser l'atlantique et racontait que les plages en Floride sont désertes, l'eau est cristalline, le sable est propre ! »

« Moi, j'aimerais que ce confinement dure encore longtemps. J'espère que les gens prendront enfin conscience qu'il faut que nous vivions tous ensemble et différemment »

« J'espère que ton souhait sera exaucé ! Ce serait merveilleux ! Je tremble pour les enfants... »

« Allez, courage ma chère, salue la famille. J'ai quelques petites choses à régler avant de rentrer. Je te laisse. Tu as bien ton attestation ? »

Les deux amis éclatent de rire. Cette fois de bon cœur.

« À bientôt ? »

« Oh mais oui ! Je l'espère ! »

Maïwenn se tient toujours à la fenêtre. Son front est posé contre la vitre. C'est drôle, pense-t-elle, les deux hérissons là-bas, ils viennent de se quitter, comme s'ils venaient d'avoir une longue conversation… Elle a presque eu l'impression de les voir rire.

Il doit être 16 heures. Tout à l'heure, en regardant son téléphone il était 15 h 47. C'est si long. Si chiant ce confinement. Elle n'a pas de frères, ni de sœurs. Est-ce mieux ? Sa copine, Amelle, se plaint tout le temps de ses deux petits frères, qui énervent toute la famille. Bon, c'est vrai, ils ont moins d'espace que nous, pense Maïwenn. Nous, on a de la chance ! On a même un jardin…. Avant elle l'aimait bien ce jardin ; maintenant elle n'y va plus trop. Pour quoi faire d'ailleurs ? Elle rit. Mollement. Un petit rire un peu jaune. À peine audible, à peine visible.

Maïwenn souffle. Un cercle de buée apparaît sur la vitre.

Des pas retentissent dans le couloir. « Maïwenn, Maïïïïwenn… » « Ouiii », geint la jeune fille. « Maïwenn, tu as fini sur pronote ? J'ai besoin de l'ordinateur, moi. Tu as envoyé ton commentaire à ta prof d'allemand ? » « Roooooo » Maïwenn expire longuement, « merde, merde, merde, fait chier… »

« Oui, Maman, je l'ai presque terminé, j'arrive… »

« Écoute, c'est hyper important l'école ! Ne te relâche pas ! Qu'est-ce qu'ils vont dire tes profs sinon ? Tu vas redoubler si tu n'as pas de bonnes notes. Le confinement, *c'est pas* des vacances ! Et moi j'ai aussi besoin de l'ordi, alors dépêche-toi ! »

La jeune fille sort, abattue, de sa chambre. « On mange quoi ce soir, Maman ? »

Frédéric Baptiste

Aller là-bas…

Il est une fois, un brouhaha. Le brouhaha des gens qui circulent dans le couloir d'un train à quai, gare de l'Est. Un brouhaha que la plupart ont oublié dans leur enfermement. Un brouhaha joyeux, qui ressemble à la chamade d'un cœur au point de non-retour, prêt à se livrer parce qu'il aime. Un brouhaha extraordinaire, pourrait-on dire.

Il est une fois, donc, des cœurs qui battent la chamade, car aujourd'hui chacun de ces rescapés réalise le rêve pour lequel il a été tiré au sort : un aller-retour pour Venise à bord de l'Orient-Express. Là-bas, paraît-il, l'eau des canaux est redevenue limpide.

Il est une fois, son cœur à elle surtout, qui bat très fort. La voyageuse aux rondeurs exquises, qui stationne depuis vingt minutes dans le couloir encombré du wagon. Elle pourrait lancer à la cantonade une petite formule polie, mais désinvolte, pour que la cadence accélère. C'est ce qu'elle aurait fait d'ordinaire. C'est ce à quoi elle cédait parfois dans les files d'attente aux caisses du supermarché, victime de son impatience et de son harassement. Proférer une petite formule assassine pour soulager ses nerfs, croyant qu'ainsi les choses avancent. Là, ni l'envie, ni l'idée ne lui traversent l'esprit, trop occupé à jouir de l'effervescence. Elle est étourdie par la majesté de ce couloir. Elle a envie de tout toucher, de tout respirer, de tout embrasser : lambris, marqueteries, laiton étincelant. Elle n'a vu ça qu'à la télévision, dans des documentaires ou dans des films. La beauté pure. Le summum du luxe. Le chef-d'œuvre absolu. Et ces senteurs de cuir. Jamais elle n'aurait cru… Se plaindre serait grossier. Protester, vulgaire. Alors elle patiente, un sourire béat aux lèvres, les yeux écarquillés par l'émerveillement.

Le train démarre. C'est parti, se dit-elle. C'est parti ! Et la chamade se transforme en mélodie du bonheur. Elle vérifie son billet pour la centième fois. Sa place est bien dans la cabine suivante. Elle avait prévu de partir plus tôt du bureau, mais les recommandations de ses collègues, envieux de sa chance à la loterie, les « il faut absolument que », les « tu nous envoies des photos, hein ? », l'ont retardée. Alors, elle a couru pour récupérer sa valise chez elle, couru pour attraper un RER, puis un métro, couru dans les dédales de la gare de l'Est. Courir. Elle en avait oublié les sensations si vives, si…

Une voix masculine la sort de sa songerie. « *Là tout n'est qu'ordre et beauté, luxe, calme et volupté.* » Intriguée, elle se penche et aperçoit un homme dans la cabine d'à côté. Brun, distingué, pas particulièrement beau. Son accent italien donne au poème de Baudelaire un charme souverain qui laisse insensibles

les types en costumes trois pièces assis en face de lui, rivés à leurs tablettes.

— Vous savez que la voiture-restaurant a été décorée par René Lalique ? poursuit-il.

Ça ne les épate pas de voyager à bord du plus beau train du monde. Des blasés, pense-t-elle. Tandis que l'homme continue son exposé, elle sort son téléphone et le filme à la dérobée. Premier souvenir. Gratuit, passionnant et… troublant. On dirait qu'il s'adresse à elle. En aurait-elle envie ? Il ne faut pas qu'elle se laisse séduire, pas ici, pas maintenant, pas par un homme marié (il porte une alliance), pas par un homme d'affaires, pas par un inconnu. Même si ça fait une éternité qu'elle… Au bureau, jamais elle ne coucherait avec un homme marié. Trop peur de souffrir. Mais des pensées et des comportements qu'elle n'avait pas avant sa trop longue réclusion la traversent. Est-elle venue pour ça ? Non. Elle est là pour profiter de l'opulence. Des paysages et des eaux claires. Rien d'autre.

Il est une fois, un peu plus tard, dans le wagon-restaurant de l'Orient-Express. L'homme qui citait Baudelaire observe la voyageuse aux rondeurs exquises. Elle est assise devant un cocktail Bellini, un brin agitée dans sa solitude. Il se demande pourquoi elle filme les fauteuils, les boiseries, les velours. Sa candeur l'amuse et l'émeut. À un autre moment de sa vie, il l'aurait abordée, lui aurait vanté les alcôves de Venise, ces jardins secrets que seuls les Vénitiens, comme lui, connaissent. « *Aller là-bas vivre ensemble au pays qui te ressemble* », pense-t-il. Hélas, il est accompagné. Et soucieux. Dommage. Il lui demandera le nom de son parfum, dont le sillage à la fleur d'oranger sauve son voyage.

Un des types au costume trois pièces – que l'homme qui citait Baudelaire n'écoute plus depuis un moment déjà – n'est pas convaincu par les termes du contrat. Il a besoin d'y réfléchir. Il dit qu'il va se coucher, qu'ils en reparleront demain, à tête reposée. Si ces financiers ne signent pas, c'est la fin de l'Orient-Express.

Il est une fois, un peu plus tard encore, dans la voiture-bar. L'homme qui citait Baudelaire invite la voyageuse aux rondeurs exquises à boire un café. Elle refuse poliment. Il insiste ; ses invités l'ont désespéré. Elle fait signe que c'est non. Alors, il n'insiste plus. Il s'éloigne et disparaît dans l'atmosphère ouatée d'un recoin du wagon. Elle le rejoint. Elle ne sait pas ce qui lui prend, mais elle le rejoint. C'est plus fort qu'elle. L'alcool, peut-être. Et le besoin insolite d'un échange, d'un partage, d'un « et plus si affinité ». Elle lui demande comment on boit le café à Venise. « *Stretta* », répond-il. Juste l'essentiel, ses arômes, sa suavité. Un « en dehors » du temps. Une évasion. Une invitation au voyage. Un idéal baudelairien. Elle fait signe au garçon de leur apporter deux cafés « *stretta* ». Ça lui plaît, à cet homme, que cette voyageuse passe la commande. À elle aussi, ça lui plaît. L'inaccoutumance. On leur sert les cafés. Ils trinquent à la vie. À Baudelaire. À maintenant. Ils se regardent, se sourient, se taisent. Elle glisse discrètement la main dans son sac pour mettre son téléphone en mode silencieux. Car, en effet, le reste est silence. Ce qui se dit ensuite, ce qui se vit les concerne eux. Eux seulement. Jusqu'à Venise.

Catherine Bardon

#lovemyjob

Juin 2010

Certains diront qu'elle est chanceuse. Elle ne croit pas à la chance. À la détermination, aux choix, aux risques, oui.

C'est comme ça qu'elle a construit sa vie professionnelle, en faisant coïncider ses deux passions, le voyage et l'écriture.

C'est pour ça qu'elle affiche #lovemyjob en signature de ses posts sur les réseaux.

Sophie est « journaliste » tourisme. Journaliste avec des guillemets, car petite fille elle ne voyait le journaliste que comme quelqu'un qui se balade dans le monde en écrivant des billets d'humeur. Mais la corporation en a décidé ainsi : ils sont des journalistes tourisme.

Sophie parcourt donc le monde dans des conditions bien souvent hors normes et elle fait rêver ses lecteurs en partageant aventures et découvertes au fil des articles qu'elle distille aux magazines et sites qui veulent bien les lui acheter. Pas bien cher, certes, mais c'est un choix.

Elle a ainsi fait du sandboard dans les dunes des Émirats, assisté à une éclipse au sommet du pic du Midi, pagayé dans les mangroves de Grand Bahama, découvert les temples de Bagan à l'aube depuis la nacelle d'une montgolfière…

*

Il y a quelques semaines, le Eyjafjöll a fait des siennes. Une double éruption volcanique qui, heureusement sans victimes, a paralysé l'Islande et déstabilisé le transport aérien international.

Tout est rentré dans l'ordre en moins d'un mois. Enfin presque tout. En Islande on s'active à réparer les infrastructures en déplorant la chute de la fréquentation touristique.

D'où le coup de fil reçu ce matin :

— Bonjour Sophie, c'est Anne (Anne est une attachée de presse très efficace que s'arrachent les offices de tourisme). L'Islande a besoin de redorer son image auprès des voyageurs. J'organise un voyage de presse. Tu en es ?

Toujours se faire prier un peu. Elle a pas mal de travail en ce moment, un planning bien chargé, elle doit rendre des papiers, les dates ça pourrait coller. Elle fait le point et elle rappelle.

Confirmer pas trop vite, ne pas avoir l'air de sauter sur l'opportunité, pas trop tard, le groupe sera vite complet. Bref, elle en est.

*

Le groupe est restreint comme elle aime, trois femmes, trois hommes, chargés *via* leurs médias respectifs de rendre de nouveau l'Islande désirable. Le premier soir ils font connaissance en barbotant dans les eaux chaudes du Blue Lagoon sous les pâles rayons du soleil de minuit. L'absence de nuit a un effet désinhibant et le groupe est vite soudé autour de fous rires et de ricanements incontrôlables. Car c'est ça l'effet que fait ce pays. C'est une terre de folie, de démesure, de paysages inouïs, de failles géologiques, de glaciers infinis, de trolls, d'elfes, de monstres marins, de géants, de nains, de revenants, à tel point qu'ils n'en reviennent pas…

Ce matin ils prennent l'avion pour Akureyri, dans le nord de l'île, puis un minibus les emmène à Húsavík, un petit port de pêche d'où le groupe embarquera pour une observation des baleines. Le groupe sans Sophie. Les baleines, elle a déjà vu, sous d'autres latitudes, et elle a failli rendre l'âme pour cause de mal de mer. Le groupe embarque donc, Sophie reste à quai. Elle va flâner dans les rues de Húsavík. Comme il y a deux rues, c'est vite vu. Une église, une épicerie-boutique de souvenirs et un pub-restaurant. Plutôt que de s'enfermer dans le pub, elle décide de marcher. Le paysage des montagnes enneigées est magnifique, l'air vif, et ça fait du bien.

Elle marche et c'est là, à la sortie du village, qu'elle a une hallucination.

Un pénis géant, bien dressé sur la base de ses deux petites c…, accroché à la façade d'une maison. Une enseigne en fer forgé. Elle se pince. C'est bien réel. Après tout elle est au pays des trolls.

Un panneau « Museum » orne la porte de la maison Boucle d'or et quand elle entre une clochette tintinnabule. Tignasse et barbe rousses, chemise de bûcheron en gros lainage, un géant l'accueille dans un anglais impeccable :

— Bienvenue au musée du pénis islandais. Je suis Sigurdur Hjartarson, le créateur de ce musée unique au monde, se rengorge-t-il.

Un spasme de rire monte du ventre de Sophie, qu'elle a du mal à retenir. Mais elle est une journaliste professionnelle et elle s'intéresse.

— L'objectif du musée est de réunir un spécimen de phallus de chacun des mammifères présents sur l'île, précise Sigurdur en lui détaillant les schémas et les bocaux où flottent de mâles appendices. Là un ours, ici un renard, une baleine, un rorqual, un lapin…

Sophie s'étonne, questionne, s'extasie. Quelle collection !

Soudain Sigurdur fixe sur elle un regard qui s'excuse :

— Mais la collection ne sera complète que quand… Quand quoi ? – … j'aurai mon spécimen humain !

Une hallucination auditive ? Interloquée, Sophie regarde Sigurdur les yeux écarquillés de stupeur, la bouche grande ouverte.

— Remarquez, j'ai mon donneur. Pall Arason, un habitant des montagnes. Un don *post mortem*. Je ne suis pas pressé. Mais ça pourrait ne pas tarder car il est assez âgé.

Les bras lui en tomberaient. Mais plus rien ne l'étonne, elle est en Islande, au pays des trolls et des elfes. Et de l'unique musée phallologique au monde.

Sigurdur termine le tour guidé et la fait entrer – et c'est le clou de la visite – dans la boutique du musée qui regorge de trésors d'ingéniosité des artisans islandais : couverts à salade, fers à repasser, cintres, moulins à sel, de quoi joliment customiser son intérieur. Sophie se mord les lèvres pour étouffer son fou rire.

— Vous n'allez pas partir sans signer mon livre d'or.

Non, bien sûr. Le livre d'or est un florilège de compliments, d'envolées lyriques, de traits d'humour et de jeux de mots plus ou moins réussis.

Sophie signe.

« Merci à Sigurdur de cette belle initiative, inoubliable visite, les voyages forment la jeunesse ! »

Elle retrouve les autres au port, ils sont déçus, ils n'ont vu qu'une pauvre baleine. Elle leur raconte sa découverte, ils piaffent, ils veulent y aller. On n'a pas le temps, on risque de rater l'avion pour Reykjavik.

Sophie jubile. Tant mieux, elle, elle a un scoop.

Et en effet, de retour à Paris, pendant que les autres pondent des papiers sur les ébats de leur baleine islandaise, elle obtient un franc succès avec ses articles sur le musée phallologique.

*

Un jour d'avril 2011, Sophie travaille, radio en fond sonore. Avertie par une sorte de sixième sens, elle dresse l'oreille quand elle entend la nouvelle : ce 8 avril, le musée phallologique de Húsavík s'est enrichi d'un spécimen humain. Pall Arason est désormais passé à la postérité. Sophie imagine le sourire victorieux de Sigurdur. Sa collection est enfin complète.

Depuis sa visite à Húsavík, la renommée du musée n'a cessé d'enfler. En 2012, un documentaire de quatre-vingt-cinq minutes sur le musée intitulé *The Final Member* est sorti aux États-Unis. Cette même année, Sigurdur l'a déménagé à Reykjavik où il compte désormais parmi les attractions majeures de la capitale islandaise et fait de l'ombre au musée consacré à Erró.

#lovemyjob

Clin d'œil au lecteur : la réalité dépasse parfois la fiction, tout ce que vous venez de lire est absolument vrai !

Alain Bentolila

Confinement : le temps de l'élévation !

Le maître est le maître. Il a vécu plus d'expériences, emmagasiné plus de connaissances, acquis (il faut l'espérer) plus de sérénité et de sagesse que ses disciples. Il possède des savoirs et maîtrise des règles qu'il a la tâche de ***révéler*** aux élèves dont il a la responsabilité au sein de l'institution scolaire. Mais au-delà de cette mission éducative nécessaire, qui révèle des conventions, des lois établies et des connaissances attestées, il en est une autre, complémentaire : celle qui accompagne *la découverte*. Je dis bien celle « qui accompagne » et non pas celle qui guide sans se retourner. Celle qui veille à susciter et à provoquer le questionnement, à encourager la formulation d'hypothèses et leur vérification et qui, enfin, « accouchera » les *conclusions provisoires* auxquelles chaque enfant aura abouti. Et cette mission c'est aussi – et surtout – au sein de la famille qu'elle devrait trouver sa juste place.

Ainsi, c'est au terme d'un long chemin, sur lequel le maître aura été un guide éclairé et les parents des compagnons de route bienveillants et exigeants, que les enfants pourront avec bonheur augmenter l'étendue de leur savoir tout en renforçant leur autonomie de penser. ***Révélation et élévation sont donc les deux voies complémentaires sur lesquelles doit s'engager l'acte d'éducation.*** Malheureusement, et depuis bien trop longtemps, nous, parents, avons parfois négligé nos devoirs de transmission, pour les pires et les meilleures raisons. Et ainsi, l'attention portée aux enfants, la volonté de leur transmettre des choses belles et intéressantes, l'écoute qu'on devrait leur offrir et le regard dont on devrait les gratifier, tout cela s'est progressivement dilué dans la recherche d'une autonomie trop précoce. Et l'on a fini par prendre à la légère le risque qu'une connexion trop constante leur fait courir.

Si, comme moi, vous pensez que le propre de l'homme, c'est le désir de la découverte, cette curiosité de comprendre, cet appétit du questionnement, alors considérons que ce *confinement* constitue une chance nouvelle. Car les « pourquoi papa, pourquoi maman ? » qu'ils nous adressés, souvent en vain, comme un appel à regarder et à questionner ensemble le monde, cet appel nous allons pouvoir y répondre. Enfin, nous allons pouvoir prêter attention à l'intelligence de nos enfants au lieu de les confier à la grande anesthésie du numérique et de l'écran.

Ce confinement est aujourd'hui l'occasion de comprendre que l'école ne peut pas ni ne doit pas tout faire. Elle a déjà beaucoup de mal à mener à bien leur instruction. Nous, parents, avons une responsabilité essentielle dans « l'élévation » (et non « l'élevage ») de nos enfants. Il ne s'agit pas singer le maître d'école et de se contenter de distribuer des exercices disciplinaires répétitifs qui risquent parfois de révéler nos propres approximations. Non ! Nous avons bien mieux à faire : *nourrir leur intelligence et en garantir la fermeté.* Une petite heure par jour, les yeux dans les yeux, notre oreille ouverte à leurs propos parfois maladroits, notre parole explicitement adressée à leur intelligence singulière, accompagnons nos enfants avec amour ET ambition vers la maîtrise de la langue et l'exercice ferme de la pensée. Il ne s'agit pas de faire « l'école à la maison », mais de partager des moments privilégiés où, à la fin de chaque activité partagée, nous verrons dans leurs yeux étinceler l'émerveillement de la découverte. Ce qui importe n'est pas tant d'inculquer à l'enfant règles et modèles, ce qui compte c'est de découvrir comment il avance : ses découvertes, ses maladresses, ses attentes. L'exactitude du résultat important moins que la richesse de l'échange et le questionnement commun.

Incitons-le à apprendre *en faisant*, c'est-à-dire en réalisant lui-même une expérience suggérée par une question initiale, accompagnée d'une tentative d'interprétation contrôlée, et suivie d'une conclusion toujours provisoire. Nous contribuerons alors à *élever* son intelligence en construisant une relation plutôt horizontale. À nos côtés, il ira à la rencontre de problèmes proposés par la nature ou rencontrés dans la lecture des textes.

C'est ainsi qu'il contemplera, en se posant des questions, le mouvement d'un pendule ou qu'il observera le fonctionnement de la langue et en découvrira les régularités, goûtera avec nous la beauté d'un poème. C'est probablement là la plus ancienne pédagogie qui soit et l'on peut, sans grand risque, parier que notre lointain ancêtre apprenait la pêche à son fils en l'emmenant à la rivière plutôt qu'en dessinant devant lui des poissons et des hameçons sur la paroi d'une grotte.

Ariane Bois

Fenêtre sur cuisine

Le réveil sonne et le cœur déjà battant fort dans ma poitrine, je sors du lit. Vite, il ne me reste que trente minutes. Je choisis avec soin le chemisier qui mettra en valeur mes yeux, me maquille légèrement et me parfume, même si ce geste, j'en ai conscience, n'a aucun sens dans les circonstances actuelles. L'homme avec qui j'ai rendez-vous ne pourra en effet sentir ce parfum de ylang-ylang sur moi. Depuis dix-sept jours, je vis enfermée : plus le droit de sortir, de prendre un café en terrasse, ni même d'aller travailler. À cause d'un virus assassin, nous voilà tous exilés chez nous, contraints à l'immobilisme, à l'attente, à ces murs qui parfois se resserrent. Du jamais vu, du jamais vécu. Dans la vie d'avant, celle de la liberté, je jetais à peine un coup d'œil sur l'immeuble en face de chez moi, à travers la cour commune. Parfois, je remarquais bien des silhouettes anonymes derrière des rideaux, des fumeurs aux rambardes des balcons miniatures, un couple dont les éclats de voix me parvenaient. Mais je chassais vite ces images fugitives de ma tête, j'avais de quoi m'occuper, un métier prenant de webmaster, un agenda de célibataire parisienne, des rendez-vous en bouquets.

Est-ce la sidération des premiers jours qui m'a poussée à scruter davantage l'étage en face de chez moi ? En vis-à-vis direct de ma cuisine, se trouve une autre cuisine sur laquelle je possède une vue plongeante. Les murs y sont rouge carmin et ce simple détail m'intrigue : qui choisit cette couleur pour une cuisine ? Dans cette pièce, tous les matins à 8 heures précises, j'ai vite remarqué la présence d'un homme. Pas n'importe lequel. Brun, quarante ans peut-être, les cheveux ébouriffés, en tee-shirt blanc. Grand, d'après ce que je peux en juger, les épaules larges, l'air d'avoir passé du temps dehors plutôt qu'à la salle de musculation. Il se prépare un café et quelque chose dans ses gestes, une sensualité affirmée, une virilité tranquille m'atteint en plein plexus. Depuis dix-sept jours, nous avons ainsi rendez-vous, lui face à son évier, tout débraillé, et moi face au mien, pomponnée comme jamais. Nous ne nous parlons pas, la distance ne le permet pas, sauf à se mettre à crier, et nous nous contentons de nous regarder. Au début, je l'observais à la dérobée, mon inconnu. Il vit seul, dévore des céréales à même le paquet, possède un chat gris. De ma cachette, ses yeux paraissent clairs. Il retourne peu dans la cuisine au cours de la journée, sans doute se fait-il livrer de quoi manger. J'aperçois seulement le reflet de son ordinateur qui provient d'une autre pièce. Il aime le jazz et effectue volontiers quelques mouvements de danse, à l'aise dans son corps, alerte et souple. Quand il bouge ainsi, juste pour son plaisir – et le mien – une drôle d'émotion me saisit. J'ai envie de danser aussi, de sentir ses bras autour de ma taille, d'inhaler son odeur. Un jour, je me suis enhardie à lui adresser un signe de la main amical. Il a répondu de la même façon. Depuis, face au ciel d'un bleu aveugle, nous nous sourions. Il lève sa tasse, moi la mienne. Une façon de se souhaiter une bonne journée sans mots. Parfois, il a envie de s'amuser et singe un pas de deux avec son balai ou apparaît coiffé d'un chapeau de cow-boy. Je réplique avec ce qui me tombe sous la main : un fédora, un canotier ou un masque de Venise, ça nous change des masques tristes qui fleurissent dans la rue ! On joue pour l'autre, avec l'autre. Il dessine des lettres avec ses doigts sur la vitre et je m'efforce de les deviner. J'imagine sa main traçant un alphabet sur ma peau enfiévrée et je frissonne. Il m'envoie des baisers virtuels, joue *Hey Jude* au saxophone, un vrai concert privé, puis disparaît pour la journée. Je ne vis que pour le matin, ce moment où je le reverrai. C'est frustrant et en même temps si excitant. Le rencontrerai-je un jour à la superette en bas ? Hier, la tension est encore montée d'un cran entre nous ; il est apparu sans son éternel tee-shirt, dévêtu jusqu'à la taille. J'en ai fait de même en enlevant ma blouse et nous nous sommes regardés. Nos corps s'aimantaient, malgré la distance. Depuis, sa peau entrevue m'obsède et je ne peux ni travailler, ni lire, j'ai l'impression de perdre le contrôle de ma vie : ce virus menace aussi nos mondes mentaux. Je veux vivre et cet homme, de l'autre côté de la cour, représente la vie, la liberté, l'après.

Un jour, vers midi, des clameurs se font entendre dans la cour. C'est curieux. Nous sommes loin des applaudissements du soir pour saluer les soignants. Je me précipite et je les vois tous, mes voisins, hilares, s'embrassant, se congratulant dans leurs appartements. Ils frappent des mains, les enfants courent, surexcités. Que se passe-t-il ? Mon inconnu se trouve aussi à sa fenêtre, une bouteille de champagne à la main, un large sourire aux lèvres. Je lui fais signe d'attendre et j'allume à la hâte la radio. Les autorités viennent de lever le confinement au 87e jour, le traitement a été mis au point. Nous pouvons sortir ! Mes jambes tremblent et j'attrape un pantalon puis dévale l'escalier, tous les voisins ont eu la même idée. Même Madame Menut, qui approche les quatre-vingt-dix ans, attend l'ascenseur pour fêter notre libération. Je suis bousculée, emportée par l'enthousiasme ambiant. Et dans la cour qui se remplit à toute vitesse, je le reconnais à son allure. À l'opposé des autres, il semble concentré, calme. Je m'approche, le cœur battant.

— *Hi, I am Stephen.*

Je reste interloquée devant son accent étranger et l'on se regarde avec des yeux neufs, comme lavés. Il prend ma main et nous marchons, bousculés par la foule qui a envahi les trottoirs et crie sa joie. Après tant de jours passés seule, le vertige me prend et une certaine angoisse me serre le cœur. J'étouffe, il y a trop de gens autour de nous. Il a dû sentir ma confusion et me glisse à l'oreille :

— Et si nous rentrions chez moi ?

C'est ainsi que deux habitants de l'Est parisien prolongèrent le confinement de deux bonnes semaines en toute félicité.

Xavier-Marie Bonnot

Au seuil de l'autre porte

La Deuxième Vie de Guillaume Apollinaire

Heureux ceux qui sont morts, car ils sont retournés
Dans ce premier terreau nourri de leur dépouille,
Dans ce premier caveau, dans la tourbe et la houille.
Heureux les grands vaincus, les rois désabusés.

Charles Péguy, *Eve.*

— Apollinaire n'est pas mort !

C'est Blaise Cendrars qui me le dit, comme ça, tout net, avec son œil de grigou. Il n'a pourtant pas bu, juste un pousse-café. Il prend sa mine secrète, relève le menton comme pour lâcher un secret. Il dit à voix basse, penché vers moi :

— On l'a vu du côté du Pont-Neuf, habillé comme un milord. Tu sais, les vêtements qu'il portait avant-guerre, gilet en velours et veste de tweed. On l'a vu, Rodolphe ! Comme je te vois. Et sur le boulevard, et à deux pas du Flore. C'est Cocteau qui m'a raconté tout ça. Jean ne ment jamais.

Blaise pose son moignon de bras sur le zinc du café des Martyres.

— Tu te souviens, mon pauvre Rodolphe ?

Oui, je me souviens. On a porté en terre mon lieutenant, une terre froide et douloureuse. Il était mort de la grippe espagnole, Guillaume. Ça en avait tué plus de quatre cent mille, en plus de la grande boucherie. C'était pas de chance tout de même, échapper aux boches et se faire tordre par cette maudite grippe.

— Apollinaire n'est pas mort, insiste Blaise. Tu peux me croire, Rodolphe. Souviens-toi de ce que j'ai dit le jour de ses funérailles.

C'est une fin d'après-midi de novembre 1918. Le 13. À la sortie de l'église Saint-Thomas-d'Aquin, le cercueil de Guillaume est sur un affût d'artillerie drapé d'un grand drapeau, son képi de lieutenant posé dessus, bien en évidence parmi les couronnes et les fleurs. La territoriale lui a fait les honneurs. Le cortège a tourné sur le boulevard Saint-Germain. Partout, la foule moqueuse braillait :

... Non, il ne fallait pas y aller Guillaume,
Non, il ne fallait pas y aller...

C'est l'autre Guillaume, le Kaiser, que les Parisiens conspuaient en agitant des drapeaux. Derrière la famille d'Apollinaire se trouvaient je ne sais combien de poètes et de types importants qui discutaillaient sur le symbolisme, la poésie, son avenir et sa deuxième naissance. Le modernisme. La fin du symbolisme. L'avant-garde. Après la mort de Guillaume, leur père à tous. Insupportable.

Cendrars s'est foutu en pétard. Il a pris Raymone, sa maîtresse, par le bras, fait signe à son copain Fernand. Allons-y. Viens toi aussi, Rodolphe ! Je les ai suivis.

Au Père-Lachaise, Léger tend l'oreille, ahuri.

— Guillaume n'est pas mort.

On ne sait même pas son trou. On hésite. Celui de gauche ou celui de droite ? Blaise grogne, sort un mouchoir, y fourre son gros pif et se mouche en fanfare. Le fossoyeur en chef, un grand gaillard qui claudique, surgit entre deux cyprès, au bout de l'allée. Sa jambe articulée siffle et cliquette à chaque pas. Une blessure de Verdun ou de Craonne. Peut-être du pays des Hurlus, où je suis né.

— Vous cherchez quelqu'un ?

Raymone répond :

— Guillaume Apollinaire.

Le gardien des morts hésite. Secoue la tête. La cérémonie a déjà eu lieu. On n'en sait pas plus. Il demande au chef des fossoyeurs. Rien.

— Pas de nom comme ça. Non, je ne vois pas.

Fernand, rouge de froid, intervient.

— Whilhem de Kostrowitsky. Lieutenant au 96e d'infanterie. Blessé au Bois-des-Buttes. Homme de lettres.

Le gardien nous dévisage, inquiet.

— Celui que vous cherchez se trouve bien là. Pour sûr… Mais je ne sais pas lequel des deux morts s'appelle de Kostro… wis… Comment vous dites ?

Blaise s'agace.

— Avec la guerre, s'excuse le concierge, la grippe et tout ce qu'il se passe, on ne nous dit pas toujours les noms. Y en a trop, des morts. Faut s'adresser à l'administration.

— Mais c'est un lieutenant, s'énerve Cendrars dont la voix grimpe dans les aigus. On a donc tiré une salve sur sa tombe.

— Pas de chance, Monsieur, ce sont deux lieutenants qui se trouvent là. Deux salves.

Voilà où en est mon ancien officier. Perdu dans les hauts du Père-Lachaise.

— Guillaume n'est pas mort, répète Blaise.

Le froid mord. Fernand Léger est à la droite de Blaise, raidi. Même face de grognard. Les trois se penchent au-dessus de deux trous dans la terre, de la vague longueur d'un poilu. Et moi, en retrait. Pas de croix. Pas de nom. Pas de date. Tout en haut du Père-Lachaise. Division 86.

Blaise se penche davantage, l'œil en flamme.

— Regardez. C'est magique ! Prodigieux ! Là, c'est sa tête ! Je vous l'avais dit. Il ne peut pas mourir.

Une grosse motte congelée, exactement la forme de la tête du grippé. C'est vrai. Le gazon est planté comme la chevelure du poète, autour de la cicatrice en étoile de sa trépanation. Raymone se met à pleurer à chaudes larmes. Léger se mord les lèvres pour contenir son émotion. Moi aussi, je me retiens. Mon ventre est secoué.

— C'est tout lui, s'écrit Cendrars. Regarde Fernand, il est couché sur le flanc. Il dort. On va pas le réveiller. On s'en va.

Léger acquièce. Raymone ne sait pas. Elle écarquille ses yeux mouillés pour mieux voir. C'est donc le trou de gauche, un peu plus rempli que l'autre. Un homme d'argile est allongé dans un grand berceau. Apollinaire, en pleine rêverie dans son tombeau de terre froid. Il s'allongeait comme ça, au Bois-des-Buttes, sur sa banquette rugueuse, la tête appuyée sur son bras, au milieu des rats, des faisceaux de Lebels, des rosalies, des godasses et des tibias qui pourrissaient lentement dans la tourbe des talus. À lire et à écrire. À tirer sur sa pipe d'écume. À plaisanter.

J'étais avec lui. Je suis bien seul.

Après avoir jeté quelques pelletées pour couvrir les caisses, les fossoyeurs cassent la croûte, leurs gros doigts crispés sur leur pain épais, la bouteille de pinard plantée entre deux pioches. Les fleurs ont toutes disparu, fauchées par les revendeurs à la sauvette qui chapardent dans les cimetières. Les lys sont à l'encan sur le marché, devant la mairie du 11e.

Le grand cortège du Tout-Paris a déjà quitté le quartier des morts. Poussé par le givre, évaporé dans le tumulte des rues. Jacqueline, la veuve de Guillaume, tenait à peine debout à cause du chagrin et d'une grosse fièvre. La mère du poète, la vagabonde, se dissimulait de noir. Max Jacob, effondré, s'est empressé de se mettre au chaud. Picasso était là, avec Cocteau, le visage froissé. Et les autres. Et tous les autres. Une foule lente, reniflarde, chuchotante et blafarde.

En 1920, je suis retourné sur notre champ de bataille, là-bas, vers l'Est, vers Tahure. Et c'est là que je l'ai vu. Apollinaire, descendu du ciel, en uniforme. Il me dit, avec son drôle d'accent qui chante un peu :

— Allons, Sergent… Allons dans ce coin de bataille que nous n'oublierons jamais. Je viens avec vous.

Nous rejoignons la route de Tahure, le tronçon qui file dans la direction de Souain, en pente douce. Guillaume avance lentement. Nous passons un croisement marqué de deux pancartes indiquant les villages de Ripont et de Mesnil-lès-Hurlus. Un peu plus loin, le poète s'arrête et descend le talus, manquant glisser sur la motte humide.

— Voilà, Sergent, c'est ici.

Il montre ce qui ressemble à une longue excavation dans la craie et dont le fond est tapissé de sphaigne. Deux blocs de béton, énormes et saillants, trouent un limon grisâtre.

— C'est ici, Sergent.

— Vous êtes sûr, mon lieutenant ?

— Aussi sûr que je suis vivant. C'est ici que j'ai débarqué. Au 96e d'infanterie. Pour la première fois. Nous gardions la route de Tahure, c'était en 1915, en novembre. Au tout début du mois. La cote 193 ! Vous vous en souvenez, j'espère !

— Oui, mon lieutenant.

Apollinaire a les yeux rivés sur les vestiges, comme si Réveillon et Vierny, les copains, et tous les autres y étaient assis et lui rendaient son regard.

— Je vais chercher les nôtres, lance Apollinaire.

Et il saute derrière un bloc. Et je l'entends.

Je suis la blanche tranchée au corps creux et blanc
Et j'habite toute la terre dévastée
Viens avec moi jeune dans mon sexe qui est tout mon corps
Viens avec moi et pénètre-moi pour que je sois heureuse de volupté sanglante
Je guérirai tes peines tes soucis tes désir ta mélancolie
Avec la chanson fine et nette des balles et l'orchestre d'artillerie
Vois comme je suis blanche plus blanche que les corps les plus blancs[1]

Apollinaire s'enfonce dans le sous-bois. Je ne sais pas ce qu'il cherche. Peut-être sa section éparpillée. Sa silhouette devient tronc d'arbre. Sa peau écorce d'argent. Ses bras, branches d'automne. Il reviendra. Une munition siffle, pas très loin de nous.

J'ai encore cette vieille photo que m'avait donnée Blaise. Là, dans mon portefeuille, contre mon cœur. On était au 96e d'infanterie de ligne. Guillaume et moi. Et les copains. C'est pour toute la vie, ça.

---

1. In *Poèmes à Madeleine*, *La Tranchée*, Gallimard, Pléiade, 1965, p. 636.

Françoise Bourdin

Liberté vraie

Vraie, parce que l'histoire est authentique, figée dans ma galerie des bons souvenirs.

Cabourg, hiver 1998. Plus de vingt ans, déjà, Dieu que la vie va vite !

Cabourg, donc, le Grand Hôtel, celui que Marcel Proust hantait lorsqu'il écrivait dans ce qu'il appelait « l'aquarium », une grande salle dont les baies vitrées donnent sur la mer.

Avec mes deux filles, nous nous offrons là un petit week-end d'évasion durant lequel je dois tenir une promesse faite à Fab, l'aînée. Elle a hérité ma passion des chevaux et elle a déjà acquis une longue expérience, mais jamais elle n'a eu l'occasion de galoper sur une plage. Celle de Cabourg étend son sable fin sur une longueur de quatre kilomètres… Je me suis donc engagée à partager avec elle cette grande première fois.

Rendez-vous a été pris avec un loueur de chevaux, et ce dimanche matin nous nous sommes réveillées tôt. Fred, ma cadette, n'a pas l'amour des équidés et elle nous annonce qu'elle va faire ce qu'elle préfère, à savoir la grasse matinée avec petit déjeuner au lit. Un grand luxe ! Encore ensommeillée, elle marmonne que nous devons être à moitié folles pour nous lancer dans l'aventure par ce petit matin gris, très froid, hostile. Elle reste donc sous sa couette tandis que nous partons, Fab et moi, pour l'écurie du loueur. Celui-ci, persuadé que le temps nous découragerait, n'avait rien préparé. Mais nous voilà, alors il selle trois chevaux. Pourquoi trois ? Pour nous accompagner, pardi ! Dire qu'on sait monter à cheval ne prouve rien. Et s'il avait affaire à des débutantes trop sûres d'elles et en mal de sensations ?

Distribution des montures et en route, sagement derrière lui, à travers les rues endormies de Cabourg. Les fers des sabots résonnent sur le bitume, le vent est glacial et on frissonne dans nos doudounes. Était-ce une si bonne idée ? J'observe notre loueur et, sans excès d'orgueil ni fausse modestie – j'ai vingt-cinq ans de pratique de l'équitation – le résultat de mon examen visuel est qu'il monte comme un… cow-boy d'opérette.

Mais soudain, on aperçoit la mer, juste en face de nous. Nous descendons, au pas, sur cette merveilleuse plage, totalement déserte à cette heure. Un bref temps de trot pour détendre les chevaux, et enfin le loueur se met au petit galop en nous criant :

— Surtout, restez bien derrière moi, ne me dépassez pas !

Je ne sais pas ce qu'il redoute, mais je sais ce dont nous avons envie ma fille et moi. Côte à côte, en suspension sur nos étriers, nous échangeons un regard complice et nous nous comprenons. On tend nos rênes, on ferme nos jambes : en avant toute !

Lancées botte à botte comme deux boulets de canon, nous laissons le loueur sur place. L'air iodé du large nous stimule, nos chevaux ne demandent qu'à foncer et il n'y a aucun obstacle en vue.

Ah, ce merveilleux galop avec le vent dans les oreilles ! À marée basse, la mer en se retirant a laissé de larges flaques d'eau qui nous éclaboussent tandis que les sabots martèlent le sable en cadence. C'est une course folle, merveilleuse et grisante face à l'horizon où ciel et mer se confondent.

Mais comme, justement, nous ne sommes pas des débutantes, on finit par ralentir et se remettre au pas pour laisser les chevaux souffler. Quand je me retourne, je vois une minuscule silhouette, loin, très loin derrière nous. Le loueur n'a pas suivi, il ne doit pas aimer la vitesse, ou alors il a pensé qu'on allait se tuer et ne voulait pas être tenu pour responsable.

Nous décidons de revenir vers lui, ayant accompli notre vœu, lorsque surgit un promeneur flanqué de ses deux teckels en liberté. Or voici que les deux chiens se précipitent vers nous, babines relevées sur leurs crocs, apparemment décidés à s'en prendre aux jarrets des chevaux. Ceux-ci s'affolent, alors nous choisissons de semer les canidés, et c'est reparti !

Il nous faudra cinq cents mètres bon train et les sifflements désespérés du maître pour que ces teckels nous lâchent enfin. Lorsque nous arrivons près du loueur, image même de la désapprobation, il nous toise sans un mot avant de tourner bride, direction l'écurie.

Adieu la plage, retour au calme, mais quelle fabuleuse matinée, quelle sensation inouïe d'absolue liberté… En mettant pied à terre, je songe à Fred et à son plateau de petit déjeuner qui, brusquement, me met l'eau à la bouche.

Tandis que nous allons rejoindre ma cadette, les yeux brillants de ma fille aînée me disent assez quel fut le plaisir de notre chevauchée… vraiment fantastique !

Françoise Bourdon

Libres dans notre tête

Il fait beau. Dramatiquement beau. Les arbres de Judée, au port élégant, arborent leur livrée d'un rose-mauve violacé à nul autre pareil. Les tulipes du voisin explosent de rouge. Narcisses et iris affichent une avance de plusieurs semaines. Le printemps cette année est sublime de beauté, comme pour adresser un pied de nez à l'atmosphère anxiogène de cette fin mars 2020. Et moi, à ma fenêtre, je contemple cette exubérance de couleurs, le cœur serré.

Sans voitures, on n'entend plus que les oiseaux. Mésanges bleues (mes préférées), rouges-gorges, pinsons et coucous s'égosillent avec allégresse. L'hiver a été doux, ils ont boudé nichoir et mangeoire.

Le jardinier qui taille nos oliviers une année sur deux a promis qu'il viendrait. Aujourd'hui peut-être ? Très demandé, il n'a pas de planning, ni d'horaire. Un homme libre. Cette liberté qui nous fait tant rêver actuellement. Pourtant, à bien y réfléchir, malgré les contraintes, malgré les interdits, nous demeurons libres dans notre tête. Libres d'imaginer, de nous évader, par le biais du rêve ou de nos lectures.

En tant qu'auteure, j'ai une chance inouïe, celle de pouvoir continuer à écrire, à créer situations et personnages. Libre, donc, même si je respecte à la lettre le confinement imposé.

Il suffit de peu de chose pour nous permettre de nous évader. Une chanson, un livre aimés, et nous voici emportés sur les ailes du rêve, oubliant notre isolement. Ce sentiment de liberté est vital pour notre équilibre.

Lisons, mes amis, sans relâche. Puisons dans notre bibliothèque pour relire nos livres préférés. Partageons nos coups de cœur par téléphone ou dans le cadre de cafés littéraires virtuels. Par chance, nous pouvons compter sur Internet qui nous permet de communiquer non seulement avec nos proches mais aussi avec la terre entière.

Cependant, il faut bien l'avouer, la lecture et l'écriture ne suffisent pas à occuper mes journées ! J'ai beau m'efforcer de rester positive, ma nature anxieuse reprend vite le dessus. Inquiétude pour mes parents, tous deux en EHPAD, à qui je n'ai pu rendre visite depuis plus de trois semaines. Angoisse pour notre fille, soignante et donc en première ligne. Craintes pour notre petit-fils, encore un bébé. Confinés à plus de deux cents kilomètres, nous ne pouvons leur venir en aide, et ce sentiment d'impuissance accentue notre mal-être.

De plus, nous souffrons car nous n'avons jamais vécu pareille situation jusqu'à présent. Je ressens de plus en plus l'impression d'être passée de l'autre côté du miroir, d'avoir basculé dans un scénario de science-fiction.

Évidemment, en bonne littéraire à la recherche de repères, je me suis replongée dans *La Peste* et ai retrouvé cette phrase : « Ce que l'on apprend au milieu des fléaux, c'est qu'il y a dans les hommes plus de choses à admirer que de choses à mépriser. » C'est précisément à cet extrait que je me raccroche. Rester sur le côté ensoleillé de la vie. S'attacher à l'Homme, à son héroïsme quotidien plutôt qu'aux bassesses et vilenies de quelques-uns.

Chaque jour, en effet, des initiatives se multiplient.

C'est la solidarité témoignée à nos soignants, sous forme de paniers de fruits et légumes distribués, de repas préparés, d'hébergements proches des hôpitaux proposés.

C'est la plateforme « 1 lettre, 1 sourire », créée pour rompre l'isolement des personnes âgées dans les EHPAD. Des jeunes volontaires écrivent à des résidents inconnus, leurs lettres étant ensuite rassemblées sur un fichier PDF et distribuées une fois imprimées aux pensionnaires.

C'est le téléphone, encore et toujours, qui abolit les distances.

Le lien… Si important en période de crise.

C'est précisément ce qui va nous sauver, n'en déplaise à ce virus qui fait de la résistance.

Résistons, nous aussi !

Tous ensemble.

Il fait beau.

Diablement beau.

Michel Bussi

Liberté

Été 2096

N.B. : ce texte est un court extrait
d'un de mes romans en cours d'écriture,
qui s'est imposé de lui-même
pour ces Mots par la fenêtre.

Cléo appuya sur son TPC[1] pour rentrer chez elle et savoura le silence.

Sa maison se trouvait sur les hauteurs d'Hakone. Une maison japonaise typique, toit pentu, murs de cyprès et cloisons de papier, perdue au milieu d'un champ de cerisiers. Elle l'avait cherchée pendant des mois, à marcher seule du nord au sud de l'île d'Honshū. C'était

1. Appareil miniaturisé de la taille d'une montre permettant à chacun de se téléporter où il le veut en enregistrant les bonnes coordonnées géographiques.

son obsession depuis son adolescence, elle qui avait grandi avec sa mère dans une petite cabane au-dessus des falaises de Normandie : habiter au Japon, dans une maison qui ressemblerait à celles des anciens dessins animés de Miyazaki, *Mon voisin Totoro* ou *Le Voyage de Chihiro*. Elle s'y sentait désormais apaisée, sans éprouver le moindre besoin de se téléporter ailleurs, à se promener, lire et rêver.

Seule.

Son espace privé était ridiculement petit, moins de cinquante mètres carrés, mais personne ne se téléportait jamais près de chez elle, si loin des rives du lac Ashi et des reflets du mont Fuji. Presque toute la population s'entassait au bord de la mer et l'habitation la plus proche se trouvait à trois kilomètres de la sienne.

Parfois, elle adorait le silence.

Parfois, Cléo aimait la musique, fort, très fort, à en faire s'envoler tous les oiseaux gourmands perchés sur les branches des cerisiers. Pas grave, ils reviendraient.

Il faisait beau. Cléo ouvrit grand les portes, les fenêtres, les volets qu'elle coinça avec les dossiers des deux chaises en osier posées devant sa maison, et lança la sono.

Les accords de *Supremacy* de Muse explosèrent à en faire fondre, au loin, très loin, la neige du mont Fuji.

Le bonheur ! Pour un peu, Cléo aurait eu envie de faire valser tous ses vêtements et de danser nue dans les champs roses de shibazakura[1], ou au bord du minuscule bassin aux nymphéas qu'elle avait aménagé devant le

1. Fleurs de cerisiers-pelouse typiques des paysages japonais.

chalet. Pourquoi pas, après tout ? Elle était seule ! Elle était libre ! Rien ne l'en empêchait !

Elle entra dans sa chambre, admira les sobres kakemonos de soie accrochés aux murs de papier, et fit le geste de passer son chemisier par-dessus sa tête sans même le déboutonner.

— Qu'est-ce que tu fabriques ?

La voix avait surgi entre son lit et son armoire, avant de la poignarder dans le dos.

Cléo bondit de peur. Sa chambre était vide la seconde d'avant !

Son cœur se mit à battre à toute vitesse, de frayeur d'abord, avant qu'il ne se calme mais qu'à l'inverse ses pensées sous son crâne s'accélèrent, poussées par la colère.

— Maman ?

— Bah oui, qui veux-tu que ce soit ? Tu donnes accès à ton espace privé à quelqu'un d'autre ? À un homme ? Tu me le dirais si…

— Qu'est-ce que tu fais là ?

— Eh bien… rien d'extraordinaire, je rends visite à ma fille… Ma fille qui ne répond pas à mes messages.

— Je travaillais, maman.

— C'est bien pour cela que je te rends visite seulement maintenant.

Cléo prit le temps d'observer sa mère. Le gris strict de son tailleur tranchait avec la jupe et le chemisier colorés de Cléo. À cinquante-deux ans, Mylène Loiselle était encore une belle femme, sur laquelle sans doute beaucoup d'hommes de son âge se retournaient, puis disparaissaient. Cléo n'avait jamais compris pourquoi sa mère n'avait pu garder aucun homme plus de six mois, pas même son père. Trop possessive ? Trop intrusive ?

À défaut de pouvoir materner un homme, elle se vengeait sur sa fille trop gentille. Même si Cléo tentait de ne plus l'être.

— Maman, je t'ai déjà dit cent fois : je ne veux plus que tu te téléportes chez moi sans me prévenir ! J'ai vingt-neuf ans, j'ai passé l'âge de te voir apparaître dans ma salle de bains quand je prends ma douche, ou assise au bout de mon lit quand je me réveille. Si tu continues, je coupe l'accès de ton TPC à mon espace privé !

— Tu ne ferais pas ça à ta mère ?

— Si !

Mylène éclata de rire comme si elle ne prenait aucunement la menace au sérieux.

— Commence déjà par me couper cette musique de dingue.

Enervée, Cléo obéit. De toutes les façons, le charme était rompu !

— Ma fille, si je suis venue t'importuner, c'est que j'ai une bonne nouvelle. Une très bonne nouvelle !

Elle ouvrit en grand la penderie de la chambre, avant de continuer.

— Ce soir, tu te fais belle !

— Quoi ?

— Tu es invitée… par Elias, ton fiancé.

— Ce n'est pas mon fiancé.

— Mais si… Il t'adore ! Je ne sais pas pourquoi mais il t'adore. Fonce, ma fille. Elias est joli garçon, il possède une belle situation, il s'intéresse à toi, alors ne fais pas comme ta mère, ne laisse pas passer ta chance. Tu sais, les hommes sont des poissons qui ne prennent pas les rivières à l'envers, il faut les attraper quand ils passent. Si ce n'est pas toi qui pêches le plus gros, une autre s'en chargera.

— Maman ! Elias est charmant, intelligent, il a sûrement des tas d'autres qualités… Mais il ne me plaît pas.

Maman soupira.

— Tu es vraiment devenue trop raisonnable, Cléophée ! Tu ne vois jamais personne en dehors de tes gamins et de tes cerisiers. Qu'est-ce qui t'est arrivé, ma chérie ? T'étais une vraie chipie, avant. Tu te souviens, le jour où tu avais prêté ton TPC à un garçon de ton lycée pour qu'il te retrouve dans ta chambre la nuit ?

— J'avais quinze ans !

— Et tu en as vingt-neuf aujourd'hui. À ce rythme-là tu vas finir vieille fille. Mais je t'avais promis une bonne nouvelle, alors parlons de ce bel Elias… Puisque tu ne réponds jamais à ses messages, ni à ses invitations, ce charmant garçon, qui a de la suite dans les idées, une autre de ses qualités, a décidé de s'adresser directement à ta maman.

Elias était un ami d'enfance. Cléo et lui avaient grandi dans la même école, dans une valleuse de Normandie. Ses parents s'étaient liés d'amitié avec sa mère, avant qu'ils ne déménagent à Montevideo.

— D'accord, maman, qu'est-ce qu'il veut ?

— Se marier !

— Quoi ?

— Pas tout de suite, tu as le temps, il veut se marier en 2118. Le 31 mai.

Cléo s'effondra sur le lit pendant que sa mère continuait d'observer une à une les tenues de sa fille accrochées dans sa penderie.

— Maman, soupira l'institutrice, qu'est-ce que tu as encore été inventer ?

La mère de Cléo, dépitée devant la garde-robe de sa fille, avait abandonné la penderie et observait le verger de cerisiers par la fenêtre.

— Pauvre Elias… Tu n'as rien de correct à te mettre, ma chérie ! Et combien de temps vas-tu continuer d'habiter dans ce trou ? Tu pourrais trouver mieux, non ? Aujourd'hui, tout le monde habite au bord de la mer. Ou n'importe quel coin avec une jolie vue, au moins…

— Ici je suis bien.

Mylène jeta pêle-mêle des jupes et des robes sur le lit, sans masquer son agacement.

— Évidemment, ma petite chérie, c'est si facile pour toi de jouer les blasées, tu as vécu avec un petit boîtier magique à ton poignet depuis que tu es née. Si tu avais connu les hubs de millions d'habitants, la pollution, les appartements empilés comme des prisons, tu la savourerais autrement, ta liberté.

— Maman, tu avais cinq ans quand la téléportation humaine a été inventée !

— Peut-être, mais je me souviens que…

Cléo la coupa avant que sa mère ne s'embarque une nouvelle fois dans ses souvenirs, où son enfance ressemblait à une sorte d'enfer sur terre.

— C'est quoi cette histoire de mariage en 2118 ?

Mylène s'assit sur le lit, écrasant les robes de sa fille sous ses fesses. Un immense sourire éclaira son visage.

— Tu ne vas pas le croire ! C'est incroyable. Elias a réussi à acheter un créneau d'une heure pour célébrer votre mariage, en 2118, dans la basilique Saint-Pierre de Rome.

Cléo en resta sans voix. Sa mère insista.

— J'espère que tu te rends compte, ma petite gâtée sans conscience de la valeur des choses, de ce que ça représente ? Il y a sur terre à peu près dix milliards d'êtres humains, dont au moins la moitié vivent en couple et ne rêvent que de célébrer leur union dans un des lieux les plus fabuleux de cette terre. Fais le calcul ! À peine un couple d'amoureux sur mille, sur dix mille, aura cette chance-là dans sa vie ! Et Elias a réussi à te décrocher un créneau d'une heure, dans vingt ans ! Ce n'est pas une preuve d'amour, ça ? Saint-Pierre de Rome fait partie des quatre lieux de mariage les plus recherchés au monde, avec Notre-Dame de Paris, le Taj Mahal et la Mosquée bleue. Réfléchis, ma grande, des occasions comme ça ne se présentent pas deux fois. Elias a déjà réservé le créneau, si c'est pas avec toi qu'il se marie, ce sera avec une autre, moins gourde ! Si j'avais eu cette occasion, moi, je…

Cléo roulait des yeux ahuris, espérant presque que sa mère plaisante.

— Enfin maman, c'est n'importe quoi ! On ne réserve pas un mariage, sans même savoir avec qui on va se marier, vingt ans à l'avance !

— S'il n'avait pas réservé à l'avance, ça lui serait passé sous le nez… et je te signale qu'il veut se marier avec toi… pour l'instant.

— Eh bien il aurait pu me demander mon avis !

Cécile Cabanac

La Rizière

Il arrive un moment où vous n'êtes plus en mesure de pleurer. Votre corps s'y refuse. C'est sans doute sa façon à lui de vous dire : « Passe à autre chose, je t'en prie ! Je suis sec, je n'ai plus rien en magasin ! » La douleur, par contre, a toujours des réserves. Elle se rappelle à vous avec une régularité de métronome. De piquante, elle devient rugissante puis lancinante et parfois, cette garce finit par s'endormir au creux de vos entrailles comme un bébé. Mais le sommeil des nourrissons est agité, n'est-ce pas ? Et celui de ma douleur l'est également. Le pire, c'est qu'elle m'empêche de penser. Elle m'accapare tant que le moindre clignement de paupière, la moindre pulsation m'est aussitôt retirée avec brutalité. Son empreinte est partout sur mes lambeaux de chair et mes cloques. C'est à peine croyable. Comment ai-je survécu à cela ?

À mon chevet, des médecins et des infirmières chuchotent. Je vois leurs petits yeux ténébreux à travers mon masque en plastique, leurs mines sont si graves. Ils se font du souci pour moi. Je les aime. Tous. Vraiment. Je voudrais tant regagner un peu de force pour voir le soulagement dans leurs pupilles… Mais je ne pense pas être en mesure de leur offrir cela pour le moment. Il faut attendre. Soyons patients.

C'est étrange, car la patience n'a jamais été mon fort. Je ne m'étendrai pas sur les circonstances affligeantes de mon accident, d'ailleurs, je ne me souviens plus de grand-chose. Toujours est-il que je suis brûlé à 92 % et qu'il semble que mes chances d'en réchapper soient assez maigres. Soit. Il y a des années de cela, j'avais fait passer le message suivant à mes proches : « Dans le cas où il m'arriverait quelque chose de moche, faites en sorte, mes chéris, de m'épargner l'immobilité ou l'inconscience. » Cela manquait-il de clarté, d'après vous ? L'immobilité OU l'inconscience. L'un ou l'autre, pas les deux ! Comme souvent mes mots sont passés au tamis de la foi, de l'espoir ou de je ne sais quelle croyance stupide qui les fait rêver de me voir debout, cigarette en main à leur raconter ma dernière histoire drôle. Tout cela est sans doute charmant dans leurs esprits, mais je peux vous assurer qu'ils ne me verront plus jamais avec une clope ! Grand Dieu non !

Ce matin, on me prépare pour une greffe de peau. Il semble qu'on ait trouvé un homme compatible. Je ne sais rien de lui, sans doute est-ce mieux ainsi. Si c'est un abruti, je refuse de mêler le peu de chair qui me reste à la sienne ! Si c'est un savant, c'est autre chose. M'élever un peu ne me ferait pas de mal. Cela ferait plaisir à mon épouse Béatrice qui m'a toujours trouvé un peu trop « terre à terre ». Elle ne m'en a jamais fait le reproche, mais je sais qu'elle aurait préféré faire sa vie avec un homme plus cérébral que moi, plus aventureux aussi. Quoi qu'il en soit, mon donneur est mort, sans aucun doute. Je ne veux rien savoir de son passage à trépas non plus. Connaître les détails me gâcherait la vie. Et, voyez-vous, je n'ai pas l'intention de perdre une once de ce que l'on voudra bien m'accorder. Après tout, je vais peut-être obtenir quelques semaines de plus, voire davantage, qui sait ?

L'intervention va durer des heures, mais la garce, au moins, sera endormie. Elle ne peut pas lutter contre les doses de cheval qu'ils vont m'injecter dans les veines. Ce moment-là sera le mien. Je vais en profiter au maximum. Tiens, me voilà sous le Scialytique. Que cette lumière est désagréable et agressive ! L'infirmière a une charlotte bleue posée comme un béret sur sa tête. Elle est charmante. On dirait un peintre de la Renaissance. Je tente un clin d'œil et puis je m'en vais. Je m'enfonce.

La chaleur est étouffante et l'air, terriblement humide. Un soleil éclatant darde ses rayons impétueux dans un ciel monotone. Une cascade de sueur coule sur mon torse étonnamment glabre. Il me semble que je suis ailleurs et dans la peau d'un autre. Sa chair m'est agréable, elle est ferme, douce. Un léger hâle recouvre mes avant-bras. Je regarde mes deux pieds enfoncés dans une eau terne. Des touffes d'herbes vigoureuses émergent tout autour de moi. Une rizière, manifestement. Une vieille femme roule sur un petit chemin de terre au guidon d'une moto sans âge, soulevant des volées de gravillons. Elle a une cigarette au coin des lèvres, un bob rouge fatigué sur la tête. Je remarque de petits bras menus qui enserrent sa taille. Un enfant torse nu m'apparaît et m'adresse un sourire édenté. Je reste là, idiot, les pieds dans la boue, traversé par une étrange sensation de sérénité. Une joie simple, plus forte qu'un répit dans la souffrance. Si pure, si bienfaisante que j'adresse un regard au ciel, témoin involontaire de ma félicité. Je me sens enivré de vie. Je n'ai jamais rien connu de tel. Un rire discret me secoue alors que j'observe ce paysage magique qui m'enveloppe. Je décide de m'extirper enfin de la vase. Un pied puis un autre en luttant un peu, car elle me voudrait tout à elle. Je parviens à me hisser sur le sentier caillouteux. Un cycliste approche et me salue d'un geste de la main. Que la chaleur de ces regards me réconforte ! Je me sens fondre comme ma chair a pu le faire. Ainsi, je ne suis plus le même. Je cède volontiers mes vieux oripeaux pour ceux-là. Je marche. Quelques kilomètres peut-être, sans me presser. J'atteins un marché aux parfums de citronnelle et de jasmin. On me propose de goûter un bol de riz, mais je suis retenu. Ma déception est immense. Une voix m'appelle. Lointaine d'abord. Celle de Béatrice. Est-ce qu'elle me supplie ? Ce n'est pourtant pas son genre ! Mes paupières se fendent, la lumière de la chambre jaillit et inonde mes prunelles brumeuses. Mon épouse est là avec nos deux enfants. Elle semble heureuse, alors je le suis. « La greffe a pris », me dit-elle en joignant les mains. Ma gorge est un désert aride. Mon fils aîné me tend un verre d'eau. Je balbutie quelques mots. « Qui était l'homme ? » demandé-je. Tous les trois me regardent, intrigués. Je reformule en ravalant mon impatience. « Mon donneur ? Que faisait-il ? »

Ma famille trop occupée à se réjouir de me voir parler ne répond pas à mes interrogations. Pendant que tous les trois me racontent les affres d'angoisse dans lesquelles les a plongés mon intervention, je l'entends. L'homme. Il s'adresse à moi : « J'étais un grand voyageur. Je vous donnerai un peu de mes rêves et de ma sagesse, je sens que vous en manquez. »

Virginie Caillé-Bastide

La Promesse de l'eau

Je n'ai jamais connu mes parents car, peu de temps après ma naissance, l'on m'a arraché à leur amour et leur protection.

De cette séparation originelle, je ne conserve que des images fugaces qui se téléscopent. Ce sont surtout certains sons qui restent ancrés dans ma mémoire : des ordres lancés, des cris, les plaintes rauques et pitoyables qui sortaient de ma petite bouche, témoins de ma vulnérabilité.

Et puis, la sensation désagréable d'une piqûre.

Après, ce fut le trou noir.

Quand je repris mes esprits, j'eus un moment de panique car je ne savais pas où je me trouvais et les larmes me vinrent immédiatement aux yeux. C'est alors qu'une voix douce s'adressa à moi.

« N'aie pas peur, mon ami d'infortune. Je vais t'aider. »

J'avais du mal à situer d'où provenait ce timbre mélodieux, mais ses paroles me touchèrent, sans pour autant me rassurer.

« Qui es-tu ? Où sommes-nous ? »

Un long soupir s'exhala avant que la réponse ne me parvienne :

« Je suis ta voisine de captivité, mais tu ne peux me voir car nous ne sommes pas dans la même cavité. Je suis arrivée quelques semaines avant toi et tu es un peu plus jeune que moi. »

Les questions se précipitaient dans ma tête.

« Pourquoi sommes-nous ici ? Que va-t-il advenir de nous ? Allons-nous être torturés ? Tués peut-être ? »

Un rire en demi-teinte se fit entendre :

« Non, rien de tout cela, ils ont trop besoin de nous. Dès que nous serons en âge de faire ce qu'ils demandent. »

Je comprenais de moins en moins :

« Mais qui "ils" ? Et pour faire quoi ?

— Travailler ! Travailler sans relâche pour divertir les enfants qui viendront nous admirer. Rassure-toi, nous serons bien nourris, il faut que nous soyons en pleine forme pour accomplir de ridicules sauts et autres pirouettes ! »

Comme je continuais à ne rien comprendre et demeurai muet, elle conclut :

« Ah, c'est vrai que tu ignores encore qui tu es ! Tout comme moi, tu es un dauphin et nous nous trouvons au sein du plus grand parc aquatique de Floride. Tu t'appelles Bi et moi Fa. »

Deux ans plus tard.

Encore une affreuse journée passée avec Fa à effectuer mille acrobaties dans ce bassin qualifié de gigantesque par la publicité. Certains de nos compagnons ont été capturés à l'âge adulte et le soir lorsque nous sommes tous confinés dans nos bassins de retenue, ils nous racontent les dimensions infinies de l'océan et la liberté éperdue de nager droit devant soi, sans jamais rencontrer le moindre obstacle. Fa et moi écoutons ces récits merveilleux en peinant à imaginer cette sensation qui nous est refusée.

Lors de nos interminables représentations, ce qui me fait le plus souffrir, c'est le bruit, j'ai les ouïes si sensibles. Une atroce cacophonie de roulements de tambours et de cris aigus jaillissant du public venu en masse. Qu'ils sont vulgaires et gras ! Vêtus d'affreux tee-shirts bariolés, coiffés d'hideuses casquettes avec, bien souvent, un hamburger XXL ou un pot géant de popcorn dans une main et une bouteille de soda de l'autre.

En dehors de notre petit groupe de dauphins, nous avons un ami, un seul qui vient nous visiter à chaque fin de spectacle, Jonathan, un somptueux goéland. Un soir que nous partagions avec lui les quelques poissons qui restaient dans le seau de notre dresseur, il nous raconta son histoire.

Dès sa plus tendre enfance, il avait voulu voler plus haut et plus loin que les autres et s'exerçait sans relâche. Il n'était pas motivé par le désir de dépasser ses congénères, seulement de se dépasser lui-même. Après bien des déconvenues au cours desquelles il avait failli perdre la vie, il était enfin parvenu à réaliser son rêve et voulait faire profiter les autres de sa magnifique expérience. Las, les vieux du clan ne l'entendirent pas de cette oreille et lui ordonnèrent de cesser sur le champ ces dangereuses échappées. Soit il se conformait aux règles, soit il serait banni. Il tenta de plaider sa cause, arguant que découvrir des horizons jusque-là inexplorés n'était pas crime d'arrogance ni de défiance envers ses aînés, mais en vain. Alors, le cœur brisé, il embrassa pour la dernière fois du regard ses parents qui baissaient les yeux, déploya ses longues ailes et prit son envol.

À ces mots, Fa et moi avions eu le cœur serré, mais nous l'enviions, car il avait fait le choix de la liberté, et il l'éprouvait encore chaque jour lorsqu'il décidait où se poser.

Il avait doucement dodeliné de la tête et répondu avec tristesse.

« À quoi bon la liberté si on ne peut la partager avec ceux que l'on aime ? J'ai perdu mes parents, été banni de mon clan, et suis irrémédiablement seul. Votre amitié m'est le bien le plus précieux et vous n'aurez pas à regretter de me l'avoir offerte. »

Plusieurs jours s'écoulèrent sans que nous ne revîmes notre ami.

Notre existence suivait son morne cours dénué de rêves.

Jusqu'à cette nuit sans lune où nous distinguâmes des voix juvéniles qui chuchotaient tout près de nos bassins de retenue.

« Tu crois vraiment que ça va marcher Brian ?

— Bien sûr, j'ai pris toutes mes précautions et Bruce nous attend avec le van. »

Deux voix de filles se firent alors entendre :

« Jennifer et moi, on a réussi à piquer deux brancards de toile.

— Ce sera mieux que rien. Allez on s'y met ! »

Le petit groupe sua sang et eau pour nous extirper de nos bassins respectifs Fa et moi. Alors, nous fîmes notre possible pour les aider en sautant d'un bond dans leur litière d'appoint. Ils nous transportèrent ensuite jusqu'à leur véhicule qu'ils avaient pris soin d'équiper de seaux d'eau de mer dont ils nous arrosaient régulièrement. Deux heures plus tard, notre convoi s'arrêta enfin.

Pour la première fois, je respirais le parfum de l'iode porté par les vagues de l'océan dont le ressac emplissait délicieusement mes ouïes. Quand, non sans mal, nos sauveurs nous déposèrent à la lisière des rouleaux, je ne pus m'empêcher de pousser des cris de joie aussitôt imités par Fa. C'est alors que Jonathan plana au-dessus de nous.

« Je vous avais promis de vous aider, eh bien voilà !

— C'était donc toi ? Mais comment ?

— Certains humains savent écouter les oiseaux. Brian en fait partie et je lui ai demandé de vous sortir de votre prison. Qu'allez-vous faire de cette belle liberté ? »

Ce fut Fa qui répondit :

« La savourer, tout simplement. »

En hommage à Robert Merle (*Un animal doué de raison*) et à Richard Bach (*Jonathan Livingston le goéland*).

Annabelle Combes

Évasion

Évasion. Balade dilettante en les méandres des villes et des paysages aux fins de dissiper la tension intérieure que le texte, le combat avec soi-même, fait naître. Voilà qu'apparaît pour l'auteur, le confinement dans le confinement, pandémie inédite et irrationnelle, nos pieds interdits de sortir, d'allonger, de braver, de soulager. La pensée, elle, a déjà enclenché. La pesanteur s'efface.

Bienvenue en Imaginaire. Là, nos jours sont si légers.

La porte s'est refermée
Pour la première fois
Je ne l'ai pas verrouillée

J'ai fixé le mur. Il ne restait que la fenêtre au-delà du mur blanc. Le temps n'avait plus de sens. Il tournait à l'envers.

Je l'ai décidé. Moi aussi, j'allais tourner à l'envers, tête en bas, pieds en l'air. Ainsi commencerait le voyage. Mes pieds ont dit oui. Voler, cela les amusait. Ma tête, c'était différent.

Il fallait qu'elle change

d'angle.

Les certitudes n'existent pas

Plus

Ma tête marche,

Elle ouvre des fenêtres de sons, de passion, des étapes improbables, jamais envisagées.

En fait, elle ne marche pas. Elle court, vogue, vole.

En liberté

Personne ne peut l'emprisonner.

Elle n'a pas même besoin de crayon.

Je vois *La Pie* de Monet. J'avance. Mes pas se creusent dans la neige, s'enfoncent jusqu'à la barrière. Les doigts gourds. L'oiseau me fixe. Plumage noir, ombres bleutées, traits de craie. Je me promène en soleil d'hiver, traineau de blizzard, en contraste givré, blanc de neige, de brume, immaculé, blanc de costume, son mat de plume. La pie s'est envolée. J'ai franchi le portail.

Clarté.

Les rosiers, ceux de Klimt, bruissent, symphonie de verts à mes pieds, à mes poignets, vert cresson, mauve anglais, vert frisson, gris de pluie, rose de rosée.

Les fragrances se déportent, orteils au diapason, ils attrapent les couleurs, les enroulent à profusion, appartements, habitants, gris de mercure, bleu marquise de Ségur, brou de noix sur papier marouflé.

J'ai atterri sur les parquets de Caillebotte, eux aussi confinés, ils riaient, crissement des rabots, torses dénudés, il fait chaud, 30 °C, Caillebotte rame, ma tête à l'envers sous les frondaisons, barque qui file dans la moiteur, je ne rentre pas à la maison,

J'ai raison,

D'autres vitres se fracturent, pas besoin de chaussures, Bazille sur la terrasse m'enlace, des ocres en impression, des calcaires parcellaires, bronze satiné, rotin tressé, où est la vérité ?

Jardins de Sisley, odeur de cyprès, camaïeux de bleus, vert océan, main d'enfant, la barque m'a déposé, gris lunaire de Baudelaire, charivari de Dostoïevski, ors et velours se mêlent, palette chromatique qui ne fait que s'user.

D'autres vents poussent la marée.

Il y aura de nouvelles confrontations
D'autres partitions
jailliront
des entrailles et des cœurs
Tête à l'envers
Descendre en Soie
Y trouver les accords qui desserrent les étaux
Dire oui Dire non Se positionner
Imaginer le paradis des artistes
où grimpent ceux qui oublient
l'ennui
Embellie
Son blanc Panthéon, bleu Acropole, rouge Dragon
son noir Soulages, en cage.
En pointillé, en embuscade, le rire s'est amorcé
Les hommes montent à l'assaut en combinaison de papier
et je peins leur blouse de lumière.
Cœur ouvert, rouge sang sur nos fragilités

Prends soin de ton âme. De sa poésie.
Tout là-haut, les vivants sont vivants, ils créent
Tout là-haut, les vivants nous observent
et tissent nos fenêtres d'air.
Poumons qui se libèrent
Nous sommes tous frères

Jean-Paul Delfino

Éclats d'ailleurs

Chacun voyage à sa façon. Il n'y a pas, pour moi, de règle en la matière. L'essentiel est que le voyage ait du sens, au moins pour soi.

Les miens sont faits de rencontres. D'instants. Puissent ces quelques éclats de Brésil et de Guyane vous faire voyager.

L'UNIVERSITÉ DES CHATS
(Teresina – 2015)

Dans le campus de l'université de Teresina, planté de roseaux formant des voûtes végétales, les chats règnent en maîtres incontestés. Vautrés devant les portes des classes, là où un semblant de courant d'air flotte, ils passent l'essentiel de leur journée à dormir et à bâiller, ne se déplaçant jamais inutilement. Il ne viendrait à l'idée de personne de les déranger dans leur occupation si noble à laquelle ils vont jusqu'à sacrifier leur curiosité et leur goût de jouer. On les enjambe respectueusement.

Près des allées empierrées, des panneaux ont beau informer étudiants et enseignants qu'il est interdit d'abandonner des animaux domestiques sur le campus, sous peine de prison et d'expulsion, rien n'y fait. Les chats sont là, impassibles, immobiles, efflanqués, râpés jusqu'à la corde. Il faut dire qu'ils sont fiers. Bien trop fiers pour aller quémander des miettes de gâteaux gras à la noix de coco ou des bribes de hamburgers trempés d'huile et de ketchup. C'est bon pour les humains, pour les chiens.

À mon avis, ces chats ont toujours été là. Avant les étudiants et les professeurs. Avant l'université elle-même. Avant les Indiens, les Portugais, les Nègres d'Afrique. Avant que l'homme ne sache se tenir sur ses deux pattes. Ils règnent sur leur domaine, se contentant de dormir, ne s'intéressant à rien sinon à eux-mêmes, dédaigneux des *bem-te-vi* qui pullulent dans les roseaux. Ce n'est pas l'université Torquato Neto, comme le proclame fièrement une peinture qui vous saute à la face, dès l'entrée franchie. C'est l'université des chats, patiemment modelée par la chaleur.

LE HOLLANDAIS DE BELÉM
(Belém – 2013)

Un fantôme m'a sauté dessus alors que je discutais avec les immenses grues jaunes, plantées le long de l'Estação das docas. Ce fantôme est grand, immense, décharné. Il m'a reconnu. Il nage dans ses soixante-dix ans sonnés à grands coups de marteau dans ses dents disparues. Il est marié à une Indienne replète qui a dû être belle, autrefois. Elle me salue.

Il m'a reconnu. Je suis écrivain. De l'Alliance française. Ça tombe bien. Il a édité des poèmes. Il faut que je les lise. Tout de suite ! Ses mains ont la fièvre, ses doigts tremblent. Ses yeux tournent comme deux toupies folles. Il faut que je lise. Que je le fasse publier, absolument !

Sa femme s'esquive. Elle part chercher de l'eau auprès du garçon du *Capone*, endormi. Elle ne reviendra pas.

Lui, il continue. Il est Hollandais. Il tend vers moi ses deux serres démesurées, me regarde par en-dessous. Il me supplie comme me supplierait un homme en train de se noyer. Il faut que je le lise…

Je le lirai. Je promets.

Il viendra me voir à la conférence de vendredi. Vendredi, n'est-ce pas ? À l'Alliance française ? C'est bien ça ?

Oui. C'est bien ça. Avec Edyr Augusto Proença. Mon ami.

Je le lirai, n'est-ce pas ? Je lirai ses poèmes ? Ses mains sanglotent. Serrent les miennes.

Je lirai, puisque j'ai promis.

Une accolade. Dans le fond du *Capone*, sa femme indienne esquisse un sourire. Elle est désolée.

Je lirai. Bien sûr que je lirai. Je n'ai qu'une parole.

Je repars lentement sur les flancs du fleuve. Mains dans les poches. Cigarette aux lèvres.

Je lirai, puisque je l'ai promis.

Mais il ne m'a rien laissé à lire.

SOLIDARITÉ SAINTE
(Salvador – 2013)

Dans le plein centre-ville de Salvador, entre l'ascenseur qui mène à la ville haute et l'embarcadère tout empuanti de fuel et de gasoil, se tient le marché des voleurs. Pour dire la vérité, il n'y a là rien de bien méchant. C'est un flux et reflux continuel de touristes et de camelots, de taxis impatients, de gamins dépenaillés, de Nordestins vêtus à la dernière mode ou descendant de leurs collines, la démarche lourde et les yeux au sol, de policiers en tenues ou en civils, de mouchards de toutes sortes, de vendeurs de souvenirs, d'automobilistes désabusés, excédés, rigolards. Tout cela se mêle, se mélange, s'émulsionne et forme une foule bigarrée et bruyante qui s'ébroue parfois, ronronne, klaxonne, hurle, jouit et fait des affaires sous les yeux placides des vieux. Avachis par groupes de trois ou quatre à la terrasse de l'unique café, ils poussent des dominos, boivent et grignotent, toujours friands de voir comment les touristes se font arnaquer, faire les poches et repartent finalement, saoulés par le vacarme et les odeurs, plongeant soudain dans le ventre d'un taxi en jurant leurs grands Dieux qu'on ne les y reprendrait plus.

Un vendeur de colifichets m'a harponné, juste avant l'entrée de l'ascenseur. Petit, mal foutu, cabossé de toutes parts, la vingtaine déjà dévorée par le crack et l'alcool, il marchait à la façon d'un albatros estropié, le regard par en-dessous. D'une voix rauque, il m'a demandé une cigarette. Je lui en ai donné trois. Pour me remercier, il m'a offert un collier aux perles bleues et blanches. C'était un vrai cadeau, pas une tentative pour me vendre à prix d'or des souvenirs chinois. On a échangé quelques mots. Il m'a montré son pied droit. Un balle l'avait traversé, abandonnant derrière elle un cratère pourrissant. Il voulait de l'argent. Je lui ai dit que je n'étais que romancier. Il a haussé les épaules en signe de désolation. Avant de faire demi-tour, il m'a tout de même tapé dans la main. Solidarité sainte des miséreux.

JUSQU'AU BOUT DU MONDE
(Cayenne – 2018)

Parmi les innombrables histoires qui se colportent encore sur l'île du Diable, l'île Saint-Joseph et l'île Royale – les trois perles composant les îles du Salut, au large de Cayenne –, il y a celle-ci. Un détenu, dont le nom et le matricule ont été engloutis depuis longtemps par les marécages de l'Histoire, avait pris pour habitude d'aller, chaque matin, se poster à la pointe de la Mangeuse d'hommes. Du lever au coucher du soleil, il restait là, face à l'immensité de l'océan. Il avait pris la perpétuité et, comme la double peine était en vigueur, il savait qu'il resterait là jusqu'à sa mort, puis qu'il reviendrait une nouvelle fois pour dépenser une vie de plus en Guyane. La règle était simple. Dix ans de bagne se doublaient toujours de dix années supplémentaires passées à errer dans les rues de Cayenne. Une vie sur Saint-Joseph s'accompagnerait donc immanquablement d'une vie en plus à gigoter entre les bras moites de la Guyane.

Pourtant, ce prisonnier avait un plan pour s'évader. Il l'avait muri longuement, il ne pouvait donc pas rater. Et c'était pour cela qu'il se dressait en tête de proue à la pointe de l'île du Silence. Tout le long du chemin menant de l'asile jusqu'à l'océan, il ramassait des pierres et les serrait dans ses poches. Lorsque celles-ci regorgeaient littéralement de ces cailloux noirs et rouges, il s'installait face aux vagues et, avec le plus grand sérieux du monde, il les lançait dans la houle. L'un après l'autre, avec méthode. Quand ses poches étaient vides, il repartait sur le chemin pour en dénicher d'autres et revenait les jeter dans l'océan.

Chaque soir, en regagnant sa cellule, il souriait. Encore un petit bout de fait. Ce n'était pas encore fini, bien sûr. Et il s'en fallait ! Pourtant, le lendemain, il recommencerait. Il lancerait à nouveau des cailloux dans l'eau. À force d'en jeter, il savait avec évidence que tous ces cailloux finiraient par former une digue. Une digue solide, sur laquelle il pourrait marcher. Une digue qui lui ouvrirait le chemin de la liberté et qui pourrait l'emporter jusqu'au bout du monde.

Joseph Denize

À notre santé !

L'évasion : pouvait-on choisir meilleur thème de réflexion en ces temps de quarantaine planétaire ? C'est dans un état d'ébullition intellectuelle que je sors de chez moi pour aller acheter du vin. Florence, Toscane, quatrième semaine de confinement : ma première sortie depuis cinq jours. Chemin faisant, des schémas de pensée s'ébauchent et se chevauchent pêle-mêle dans ma tête, des idées surgissent et se bousculent, chacune impatiente d'être examinée avant les autres, choisie comme clé de voûte du texte inoubliable qui est en préparation – en pensée, je m'évade ! Mais à peine ai-je tourné au coin de ma rue que mon infatuation se dégonfle comme un premier soufflé. La boutique est là, elle n'a pas bougé – c'est déjà quelque chose – mais une vingtaine de personnes, masquées pour la plupart, attendent devant l'entrée en respectant entre elles la distance de sécurité, formant une queue qui s'étire sur la chaussée (où ne circule aucune auto), pour ne pas encombrer le trottoir. Tentative d'évasion avortée, le réel m'a rattrapé.

Le réel ? Inutile de chercher bien loin : c'est le lieu où la mort rôde. Et certains jours on ne se sent pas de taille à lutter.

Trois-quarts d'heure d'attente, à vue de nez. Sans trop rechigner, je m'aboute avec une attitude que j'espère digne, bien que je ne porte pas de masque. Incidemment, je pense à Kafka, qui aimait les salles d'attente : ces étroits goulots de l'espace-temps le rassuraient : ils lui donnaient l'impression de vivre plus longtemps. Peut-être n'était-ce pas Kafka, mais peu importe, je me résigne à poireauter en ruminant cette idée.

N'ayant pas emporté de livre, j'en viens presque à envier les personnes dans la queue – une bonne moitié – qui ont le nez plongé dans leur téléphone, même si je ne comprends pas pourquoi, ne disposant que de si peu de temps à l'air libre, elles continuent à se gaver les yeux de ces images plates et lisses qui ont fini par constituer le gros de nos perceptions quotidiennes. Depuis toujours, pour tromper les attentes, je joue à un petit jeu : je choisis un détail de mon environnement qui accroche mon attention et j'imagine son histoire. Ce briquet vert pomme jeté dans le caniveau, par quelles mains est-il passé ? Peut-être provient-il d'un autre pays ? Cette grande fleur rouge graffée sur un mur, s'agirait-il d'un message codé ? De qui à qui ? Et pourquoi mon voisin de devant porte-t-il des chaussettes dépareillées ? Ce divertissement m'a plus d'une fois mené bien loin, mais aujourd'hui le cœur n'y est pas et, quand j'abandonne mes divagations, la file d'attente a à peine avancé. Deuxième tentative d'évasion ratée.

En me retournant, je constate que la queue s'est allongée et qu'un vieil homme a pris place derrière moi. Quatre-vingts ans au jugé, d'après ses épaules un peu voûtées, ses cheveux blancs et ce que je peux voir de son visage ridé, barré d'un masque bleu. Lui en sait certainement plus long que moi sur le temps qui passe, même si je commence à grincer aux jointures. En le voyant, je m'émeus en songeant à la moisson de seniors que la Grande Faucheuse est en train d'engranger dans le pays – l'Italie, où la moyenne d'âge est la plus élevée d'Europe – comme pour se débarrasser des témoins de ses derniers exploits à si vaste échelle. Car s'il est malgré tout trop jeune pour l'avoir combattue, mon voisin a peut-être encore des souvenirs de la Seconde Guerre mondiale, d'une époque où prononcer les mots d'« évasion » ou de « liberté » pouvait vous valoir de graves ennuis. Par ailleurs, plus que moi, ce vieil homme risque sa vie en mettant le nez dehors. À son âge, et par les temps qui courent, sortir de chez soi pour étancher sa soif revêt une dimension héroïque qui force l'admiration.

Ses yeux me sourient. Comme s'il m'avait entendu penser, voilà qu'il me dit, avec un fort accent florentin : « J'ai quatre-vingt-six ans, mais je ne me suis jamais autant fait suer pour boire un coup. » Je ris. Une conversation se noue, essentiellement à sens unique, garnie de plus de détails qu'il n'est souhaitable d'en rapporter ici. Que lui importe d'être confiné, lui qui dans sa vie a tellement voyagé ? Émigré aux États-Unis avec ses parents après avoir vu des soldats sikhs libérer Florence de l'occupant nazi, il avait ensuite vécu et travaillé dans la restauration, non sans aventures et revers, au Brésil, puis au Venezuela, avec sa femme et ses enfants qui, nombreux, s'étaient à leur tour dispersés de par le monde, se mariant et procréant de leur côté, d'où la nécessité d'autres voyages – au Canada, en Australie… Mais c'est dans sa ville natale qu'il a choisi, vingt-cinq ans plus tôt, de terminer sa vie. Aussi, depuis toujours, sa passion est l'accordéon, et il n'a jamais eu de public aussi chaleureux que l'autre soir, quand malgré ses doigts rouillés il a joué quelques airs sur son balcon, applaudi par des dizaines de résidents confinés s'étant affichés pour l'écouter sur le pourtour de la grande cour commune de leur pâté d'immeubles. Un triomphe.

Tout à coup, c'est mon tour. Plaisamment troublé, j'entre dans la boutique avec la sensation d'avoir lu la quatrième de couverture d'un livre extraordinaire que je n'aurai sans doute plus jamais l'occasion de tenir entre mes mains. Plus que rare, c'est une édition unique, hors commerce. Toutes mes évasions mises bout à bout seraient bien vaines et toutes ratées si au final elles ne me permettaient pas d'en apprécier la valeur.

En saluant le vieux monsieur, je ne peux m'empêcher d'avoir une pensée pour les médecins et les infirmiers qui font l'impossible afin de préserver ces volumes d'expérience et d'humanité, pour ces pompiers des corps qui au risque de leur vie combattent l'incendie de la seule grande bibliothèque qui ait jamais compté. De retour chez moi, vieux du futur, retranché dans son petit confort et n'ayant d'autres symptômes que ceux de l'émotion, c'est vers eux que je lève mon verre – santé !

Isabelle Désesquelles

Un printemps

J'ai écrit un jour une longue lettre à une qui n'était que maux. Une mendiante que je n'ai pas sauvée. Elle n'a pas lu les mots qui ont surgi de notre rencontre, de la conscience d'une et tellement. Sans abri.

Qu'en est-il quand l'hôpital ne parvient plus à être un abri à la maladie ? Comment s'en évader ?

D'autres pages me reviennent. L'histoire d'un garçon que l'on a enfermé, on a battu son âme. Une enfance abîmée, elle nous gratte, elle nous démange comme un mutilé son membre fantôme continue de le lancer là où il n'y a plus de bras, plus de jambes, où il n'y a qu'un vide. Alors on cherche un ailleurs, mais pas question de bouger et on a peur, il est où le bonheur ? Les livres ne sont pas un pansement mais ils ont un pouvoir, cher à Pascal et à tous ceux qui ont trouvé dans la lecture un souffle à même de les divertir du malheur « qui est de ne pas savoir demeurer en repos, dans une chambre. » Quand on croit mourir, quand les masquent tombent et que cette chambre est celle d'un hôpital, les livres sont là qui parviennent à attendrir une angoisse, à assouplir le temps infiniment long et soudain trop court à y être suspendu plus que de raison. Il sont un recours, ils sont un secours.

On est allongé les bras fatigués d'être tendus, coincé au fond d'un fauteuil ou recroquevillé dans un lit sur le flanc et ce sont eux les livres qui se penchent sur nous.

On a le cœur comme un poing serré, on ne sait pas si on tournera la page, mais notre index, lui, tourne les pages et elles sont pleines de tout ce que l'on n'a pas vu, tout ce que l'on n'a pas connu, tout ce que l'on aura vécu. On dévore des mots que l'on n'a jamais prononcés, on n'en fait qu'une bouchée et on est moins seul, un tout petit peu moins. On ne lève pas son nez d'un Imaginaire, on en a une collection et qui sait elle pourrait nous apprendre Le métier de vivre.

Un livre n'est pas un chat qui aurait sept ou neuf vies, il contient bien plus de destins et de petits touts que les êtres qui en font l'histoire, les personnages en quête de lecteurs. Donnez-leur une heure et leurs émotions seront les vôtres jusqu'à éveiller un stimulus où les nerfs trouveront un repos. Alors, on ose fermer les yeux et s'abandonner. À la rêverie. Et ils sont là qui nous attendaient, les souvenirs, la mémoire des départs. On respire des embruns, une écume a laissé une pointe de sel sur nos lèvres dans les coins où se blottit un sourire, on est si las et pourtant on y puise une paix retrouvée.

C'est un ailleurs de marcher dans la lande d'Hurlevent, et dès lors pas un brin de bruyère qui n'ait son visage ; elle s'appelle Emily la fille sauvage qui nous a donné un paysage. On continue, on gravit des montagnes et pour le croire on le dit à voix haute « J'ai possédé une ferme en Afrique, au pied du Ngong ». Le cœur s'emballe jusqu'à devancer l'ombre à coller aux basques de Karen Blixen, à ses côtés on éprouve « la sensation d'être tout près du soleil ». Les lointains infusent dans nos veines et, la poésie. « Elle est retrouvée. Quoi ? L'éternité. C'est la mer allée. Avec le soleil. » Décidément, il refuse de se coucher.

Jusqu'à éclairer ce que l'on a un jour glissé entre les pages et qui serait un rendez-vous secret que l'on se donne. On a laissé dans le livre une empreinte. Une joie que l'on aurait oubliée peut-être si elle n'était intacte encore dans cette violette cueillie sur un causse ou dans la tache d'un miel corse dans la marge. On découvre que certaines fleurs ne fanent pas, que les petits déjeuners l'été dans le maquis sont sans égal et on a une envie de désert. On sait où le trouver, corné, en format poche et immense. À un point, d'y plonger à livre ouvert, les grains de sable en tombent, on est au Sahara et ce n'est même pas un mirage.

Les livres devancent le monde. Camus a écrit *La Peste*, il a aussi écrit *Noces* où « de grosses plantes grasses aux fleurs violettes, jaunes et rouges, descendent vers les premiers rochers que la mer suce avec un bruit de baisers. Debout dans le vent léger, sous le soleil qui nous chauffe un seul côté du visage, nous regardons la lumière descendre du ciel… il y a là une liberté ». Pour une phrase comme celle-là, on est prêt à aller voir, on y va, on devient arbre, dans la peau d'un olivier.

On écrit les épaules des femmes sortant du ventre de la mer à Tipasa, les paupières griffées de sel, leur hanches découvertes et toute cette lumière jetée sur un or. Il y en a une, elle a fait quelque chose de magnifique, elle a écrasé ses seins contre mon tronc, elle s'est frottée, a reniflé mon écorce et j'ai pleuré ma sève, elle en a fardé ses lèvres et puis… et puis tout doucement elle a détaché une feuille, une seule, un peu verte, un peu grise, elle a hésité, qu'allait-elle faire de moi maintenant ? Et elle m'a glissé dans un livre. Où je suis bien. Il suffit d'une phrase et on est prêt, tout près.

Des anciens devant la mort et une lumière blanche. De vous qui en êtes malade de ce monde.

Je croyais avoir terminé, j'allais poser mon crayon, éteindre mon écran, quand mes doigts ont touché quelque chose là tombé à côté de moi alors que je vous écris. J'ai frotté sans y penser d'abord ce que je ne connaissais pas, le temps, un instant, que mon cerveau me souffle d'y regarder de plus près. Devant les mots il y avait entre mes doigts une feuille d'olivier, un peu verte, un peu grise, sortie d'un petit carnet bleu dans lequel il y a quinze ans face à la Méditerranée au pied d'un arbre au milieu des ruines je cherchais Les mots pour le dire.

Oui, les livres ont un pouvoir, ils sont notre histoire. Et la vie violente.

Victor Dixen

Aux confins

JOURNAL DE CONFINEMENT, 1000e JOUR

Ça me fait tout drôle d'entrer ce chiffre, *mille*, dans l'ordinateur de bord.

C'est par un millième de degré que tout a commencé : 0,001° d'erreur dans la trajectoire d'injection de ma capsule en direction de Vénus, c'est tout ce qu'il a fallu pour me transformer d'héroïne du ciel en victime de l'espace. Les chargés de communication de l'agence spatiale voulaient absolument qu'une femme astronaute soit la première à survoler Vénus. Parce que c'est la planète de l'amour, voilà pourquoi – plus sexiste, tu meurs. Mais moi, j'ai accepté. Après mon divorce avec Gérald, ça me paraissait doucement ironique d'aller rendre visite à Aphrodite. Et surtout, dans une vie, on a rarement deux fois l'occasion d'entrer dans les livres d'Histoire.

En théorie, la capsule était censée utiliser l'attraction de Vénus pour faire demi-tour et me ramener sur

Terre, couverte de gloire. Mais ça, c'était sur le papier. La capsule est passée un cheveu trop loin de son objectif et elle a continué sa course dans le vide spatial, avec moi à bord.

RAS, j'écris en guise d'entrée dans le journal de bord, avant de fermer l'ordinateur.

Rien à signaler.

Comme hier, avant-hier et ainsi de suite : mille jours à vivre, à manger, à dormir confinée dans une pièce unique de cinq mètres carrés. C'est loin de rentrer dans la surface Carrez minimum pour louer légalement une chambre de bonne. Quand je pense qu'à l'époque, je me plaignais de mon studio parisien trop étroit !

Depuis longtemps, j'ai dépassé l'orbite de Mars, la ceinture d'astéroïdes et les lunes de Jupiter. Je n'en ai rien vu, pas davantage que je n'ai pu admirer les anneaux de Saturne où les orages de Neptune à travers le minuscule hublot en verre blindé. Mon véhicule a croisé à des millions de kilomètres de ces merveilles. Telle une balle perdue, tirée dans le vide de l'univers.

À présent, les instruments de bord m'indiquent que je me dirige dans la vaste région de Pluton, la toute dernière planète du système solaire à la lisière du nuage de Oort, avant le saut final dans le vide interstellaire. C'est bizarre, non, que deux idées si contraires partagent la même racine ? – le *confinement* d'une capsule minuscule, perdue aux *confins* immenses de l'espace…

Je ne regarde guère à travers le hublot. Si je n'ai pas pu apercevoir une géante gazeuse comme Jupiter, ce n'est pas pour chercher une naine méritant à peine le nom de planète, une caillasse si sombre et insignifiante que les astronomes l'ont découverte des siècles après ses sœurs. À vrai dire, je préfère ne pas y penser. Je préfère ne pas me rappeler que Pluton était le nom de l'ancien dieu des morts. *Vous qui entrez ici, abandonnez tout espoir...*

Moi, pour un jour encore, je voudrais garder l'espoir. Même si les chiffres m'ont condamnée dès que la capsule a manqué l'assistance gravitationnelle de Vénus. Même si les calculs m'ont indiqué dès la première minute l'endroit je serais mille jours plus tard – au milieu de nulle part. Au début, je croyais que la chance pourrait démentir les données balistiques, que la salle de contrôle trouverait un moyen de me faire rentrer à la maison, que la Terre entière se mobiliserait pour sauver la capitaine Cléa Valrémy, « l'égarée de Vénus ».

Mais jusqu'à présent, ni les efforts des ingénieurs spatiaux, ni les prières ferventes des Terriens n'ont pu infléchir les lois inexorables de la physique. Peu à peu, avec l'éloignement, la latence de communication a augmenté. Lorsque j'ai fêté mon trente-troisième anniversaire en duplex avec mes parents, il a fallu une heure entre le moment où je leur ai dit de souffler pour moi la bougie à l'écran et l'instant où elle s'est éteinte. Pour mes trente-quatre ans, la latence est montée à deux heures. Et maintenant que j'en ai trente-cinq, il faut quatre heures pour obtenir une réponse à la moindre question. Impossible de dialoguer dans ces conditions. Alors on se tait. On continue de correspondre uniquement par écrit. Les seules voix humaines que j'entends désormais émanent de la playlist contenue dans mon baladeur numérique. J'avais chargé cent titres, pour les cent jours que la mission vénusienne était censée durer : une chanson pour me réveiller chaque matin, c'était bien assez, avec toutes les mesures et manœuvres qui devaient occuper presque tout mon temps. Mais voilà, ça fait neuf cent cinquante jours que mon temps n'est plus occupé par rien du tout. J'ai réécouté ma playlist tellement de fois que je pourrais gagner un concours de karaoké les yeux fermés. Il n'y a qu'une piste que je ne me lasse pas de passer, quand le moral est un peu bas. C'est un petit rituel que j'ai instauré juste après mon divorce.

Allez, une fois encore, pour le millésime !

J'appuie sur une touche et un arpège de piano s'élève de l'enceinte.

Une voix chaude remplit l'habitacle exigu, fendant l'immensité glacée de l'espace.

« *I will survive,* me chante Gloria Gaynor.

— Moi aussi… », je lui réponds doucement, mais ça n'a jamais été aussi dur à dire qu'aujourd'hui.

Mes yeux s'humectent de larmes.

À travers le hublot, les étoiles lointaines de plusieurs années-lumière se floutent. Lorsque la capsule les atteindra, dans des millénaires, elle ne contiendra plus que mes os blanchis. Est-ce que je mourrai de faim, quand les dernières réserves protéiques soigneusement rationnées s'épuiseront ? Ou de soif, quand le système d'épuration ne pourra plus recycler mon urine en eau potable ?

« Sacrée Pluton, c'est toi qui me fous le bourdon… », je murmure, tandis que la voix de Gloria Gaynor décroît peu à peu.

C'est alors qu'elle m'apparaît à travers le hublot.

Pluton.

Non pas lointaine comme le prévoyaient les instruments de bord, mais toute proche.

Non pas terne et charbonneuse comme la décrivent les traités d'astronomie, mais luisante tel une perle noire.

La planète du dieu des morts est là, remplissant peu à peu tout le hublot… et tout mon cœur.

J'essuie mes larmes du revers de la main et je saute sur le tableau de bord pour passer en pilotage manuel. La marge de manœuvre offerte par les micropropulseurs de la capsule est infime, dérisoire – il y a deux ans et demi, ce n'était pas assez pour me raccrocher au puits gravitationnel de Vénus.

Mais aujourd'hui, peut-être qu'un demi-millième de degré de correction de trajectoire sera suffisant…

Peut-être que c'était cela, le sens de toutes ces nuits et de tous ces jours artificiels, de ces heures innombrables à lutter pour y croire encore au creux de ma prison étroite…

Oui : peut-être qu'il me fallait aller jusqu'aux confins du royaume des morts, sans jamais perdre espoir, pour retourner enfin vers la vie et la liberté.

D'une main tremblante, j'entre les données de navigation dans le système.

« Capture orbitale réussie, annonce la voix synthétique de l'ordinateur de bord. Demi-tour amorcé. Injection sur la trajectoire terrestre engagée. »

Samuel Doux

Bunker intérieur

Quatrième nuit de confinement. C'est encore les vacances. Pas encore la Chine ou l'Italie. Ça arrivera plus tard. On vient d'acheter un appartement à Paris, centre. Soixante-dix mètres carrés dont vingt en cave. Rénové entièrement, sur rue et cour. On dort au sous-sol, les enfants au rez-de-chaussée. Dans la nuit, j'entends un bruit, sommeil léger. En caleçon, le corps empâté, je monte les escaliers. Je comprends en une seconde : deux hommes viennent d'entrer chez nous ! Je lâche une phrase du genre : « Non mais Oh ! » Très fort, dans les graves, l'air de dire : un homme puissant habite cette maison. Les deux voleurs ne disent rien et partent en claquant la porte. Je tremble un peu. Fanny me rejoint, pas inquiète, pas angoissée. Ils sont partis. OK, on ferme à clef alors, elle hausse les épaules et redescend se coucher. Rideau de fer, serrure trois points, volets, je boucle tout. Notre maison, ce bunker. Cette fois-ci, c'est parti, nous ne ressortirons plus.

Il est 6 heures du matin. Je ne me rendors pas. Ils foutaient quoi, ces deux cons, chez moi, cette nuit ? Dans mon appartement-de-propriétaire-capitaliste-de-gauche ? Ils n'ont pas compris qu'on allait tous crever si on se frottait les uns les autres ? Je me fais couler un café grâce à notre nouvelle machine de luxe achetée juste avant que le monde ferme. J'aurais pas dû crier quand je les ai vus. J'aurais dû me poser tranquille et leur proposer un café. Surpris par mon ouverture d'esprit, séchés par mon aplomb, ils ne seraient pas partis et on aurait pu le boire ensemble ce café. Au lieu de ça, je me retrouve seul et angoissé à *ma* table en bois de trois mètres de long.

Dedans ça dort, dehors il n'y a plus personne de vivant, seulement les camions poubelles, les scooters des livreurs, des taxis tristes. On a tout vidé. Ce n'est pas si court, quatre, six semaines. Le vertige. Et chaque soir le bilan : les morts, les vivants, les presque morts et ceux, héroïques, qui nous fournissent, des soins, de la nourriture, de l'électricité, tout pour qu'on reste bien tranquille chez soi. « Non mais Oh ! » Les mêmes qui contestaient. Pendant des mois ils hurlaient, pendant des mois ils dormiront. Pas de sitôt qu'on va les revoir. Imperceptible fin de la liberté. Les ordonnances sont passées. Pleins pouvoirs pour nous faire travailler sans répit, pour sauver la France, gagner cette guerre, rester unis, solidaires, appliquer les consignes. La langue ne ment pas. Pour un coût marginal de combien de morts ? (C'est la guerre, on vous dit) L'exécutif met fin à cent ans de luttes sociales en même pas quinze jours. « Non mais Oh ! » Quoi ? Les avis des scientifiques sont formels, c'est la meilleure solution.

Qu'est-ce que j'ai, *moi,* ce matin ? Que de la merde dans la tête. Il était pas mal, le président à la télé. Et puis on applaudit ceux qui en ont besoin. J'ai même donné cinquante balles à deux cagnottes différentes. Tout ça c'est à cause des deux gogols dans mon salon. On va survivre. Ils n'ont rien pris. On sortira de cette crise, il y aura un après et ça ne sera plus jamais comme avant. C'est sûr ? Ça veut dire quoi, exactement ? On ne sait pas encore. Le président ne l'a pas dit. Ça ressemble plus à une tautologie qu'à un programme politique.

Et là, à l'aube triste de ce jour confiné, je fais un constat dégueulasse. Si je pense aux deux décérébrés surgis dans *mon* salon, je n'imagine que des Roms expérimentés en cambriolage habillés récup' ou des magrébins un peu bien sapés, ambiance Tacchini. Désolé pour le politiquement correct ou je sais pas quelle connerie de ce genre. En tant qu'écrivain de gauche, je devrais me dire qu'au fond n'importe quel petit blanc retardé, ou mal né, pourrait avoir envie de profiter de la situation. Mais je ne suis pas de gauche parce que j'hésite à accuser les minorités sans preuve. Je suis de gauche parce que je comprends les minorités qui volent pour récupérer un peu d'écume de bien-être. N'empêche. À cause d'eux, chaque soir, je m'assurerai désormais que *ma* propriété est protégée, que nous sommes *safe*, sécu, unis, solidaires dans la menace. Voilà notre nouvelle vie.

— Franchement c'est dingue que tu nous en veuilles pas d'être rentrés chez toi.

En bout de table ils se sont installés, un peu gênés par mon invitation, alors qu'ils essayaient de me voler.

— Quand même, tu devrais pas laisser ta porte ouverte. Faut être putain de rassuré pour faire ça.

— Ou alors avoir jamais vécu dans des endroits trop chauds…

— J'ai grandi à la campagne pas loin de Cergy, ma mère laissait tout ouvert dans la maison, de toute façon on n'avait rien.

— Genre *peace*…

— Genre.

— C'est à cause d'elle alors si tu nous offres un café au lieu d'appeler les keufs ?

— Peut-être, j'ai l'impression d'être un mec bien en faisant ça…

— C'est votre truc, aux bourges, la bonne conscience.

— Ça fait pas que du mal…

— Non, pas que…

— Mais… Vous… Le confinement, le Covid, les flics dans la rue, les amendes, vous en avez rien à foutre, en fait ?

— Franchement, le virus dans notre liste de problèmes, il occupe pas la première place.

— Rolo a été super malade y a deux semaines, il s'est remis finalement, non ?

— Ouais.

— Et vous traînez encore dehors ?! C'est hyper dangereux ! À la base, vous partez pour voler des trucs et finalement vous tuez une petite vieille en lui refilant votre Covid-par-porteur-sain…

— Non, mais laisse tomber, tranquilles ou pas, on n'a pas les moyens d'avoir de conscience du tout…

— Et puis on pouvait pas laisser passer l'opportunité : tous les Parisiens sont partis dans *leur* maison de campagne.

— Les bourges, vous êtes notre garde-manger, vous devriez vous laisser faire, c'est pas si grave…

Là-dessus on se marre comme des cons. Ils sont désolés, ils peuvent pas rester. Avec les caméras et personne dans les rues, ils seront facilement traçables, faut qu'ils dégagent. Je les presse de partir. Je surveille la rue pour eux. Il n'y a personne, c'est bon. On se fait pas la bise. Ils disparaissent.

La serrure trois points claque. Je suis seul dans mon bunker, avec mon putain de café premium.

Julien Dufresne-Lamy

Dans ma cabane

Je suis souvent enfermé chez moi. Reclus dans ma tête, avec mes personnages. Parce que j'écris des histoires et avant de les consigner sur des pages, ils vivent dans mon ventre durant des mois et ensemble nous cohabitons un pays que je tiens à garder à moi, secret.

Depuis l'enfance, j'ai l'intime conviction que je n'aurai pas une vie comme les autres. Je sais d'avance que mes semaines et mes mois ne seront pas découpés en horaires de travail, en pauses réglementaires comptées à la seconde près par un petit chef rondouillard et j'ignore si je suis une sorte de diseur de bonne aventure ou bien un maudit charlatan mais c'est vrai : mon lieu de travail n'est rien d'autre que mon lit douillet, mon fauteuil en velours, mon plancher de bois qu'il faudrait penser à briquer parfois.

Je vis dans un appartement sans histoire. Un petit 40 m² dans le 12ᵉ arrondissement de Paris près des jardins de Bercy infestés de moustiques. Au 5e étage sans ascenseur, je suis là, errant parmi mes meubles d'inspiration nordique, ma vaisselle japonaise et mes livres de toutes origines. Mon appartement me ressemble, il est encombré, jamais en bazar, mais fourmillant d'idées, mes murs sont tapissés de photographies de Gregory Crewdson, des ballets de Pina Bausch, de scènes de films comme *Dogville*, et de vieilles cartes chinées aux puces. Dans mon couloir, un atrium de lumière sous un grand miroir, un salon à droite, une chambre remplie de livres à gauche et partout, de jolis objets sans intérêt, couleur pastel ou bois. Au centre du salon, un canapé italien, un faux tapis persan, une lampe tempête et deux grandes fenêtres qui accueillent la clarté du jour. Chez moi, la nuit mesquine est interdite de séjour.

En toute saison, mon appartement est mon théâtre. De ma fenêtre, je regarde les passants qui défilent sous les balcons et je voyage. Je me demande ce que chacun fait là et où il va comme ça, je suis devenu une grand-mère curieuse derrière son voilage et ce n'est pas grave, j'en fais des comédies. Derrière mon vieux rideau blanc, je contemple les commerçants qui tendent des baguettes chaudes ou de petits sacs en papier en disant « en vous remerciant ». Je scrute les chauffeurs de bus qui se font un signe de la main dès qu'ils se croisent. Les ados bossus par leurs cartables, leur Capri-Sun en bouche et leur Snapchat en main. Et les ouvriers d'en face sur leurs échafaudages que j'imagine en grand casse-tête chinois.

J'invente des vies de chiffon à tous, à ma concierge, à mes voisins. Ce père de famille en face que j'appelle Léo et que je trouve très beau jusqu'au jour où, face au bistrot, je frôle son long manteau à la texture mousseuse. Tous les samedis, je regarde Léo jouer à cache-cache avec ses filles et dès qu'un petit rayon de soleil viendra fissurer le ciel, je sais que Léo s'empressera de jardiner sur son grand balcon fleuri. Au printemps, je le vois se mettre au jogging sous les arbres qui fleurissent. À l'automne, Léo ralentit, enfile des lainages et prépare des soupes pour sa famille tandis que les arbres fatigués soufflent au temps leurs taches de rousseur et cette rousseur soudaine, moi, ça me rappellera toujours Fifi Brindacier, Zadie Smith et Katharine Hepburn.

Et puis, plus personne n'est là. Quand vient l'hiver ou la nuit. Quand surgissent parfois quelques tragédies. Et lorsque le monde se retire pour reprendre des forces, je prends un livre et dans ma cabane fermée à double tour, le noir m'éblouit. Alors je m'évade avec Monsieur Malaussene, la bouche gercée, sans stick à lèvres. Et quand j'en ai assez, je prends le train avec Anna Karénine, direction mon hameau près de Dikanka. D'un coup de magie, mon pays devient merveille, en sucre d'orge comme chez Gretel, mes bibelots pastel prennent vie, ils sont les petits Oompa Loompas facétieux de la Chocolaterie. Aussitôt, je me retrouve au milieu de nulle part, dans le joli comté de Yoknapatawpha. J'enfile les bottes de Calamity Jane et j'amarre le *Pequod* pour une traque à la baleine blanche. Mais je refuse de finir seul survivant alors je barbote sagement dans l'eau à la recherche de la perle d'Oedipa. Les heures passent et je me métamorphose en insecte. Je me carapate dans le pensionnat de Kathy et Ruth pour écouter leurs drôles d'histoires mais ces nuits-là, manque de bol, elles dorment à poings fermés comme deux bébés potelés. Je prends l'avion déçu, dans la peau de Pozdnychev. Ses pulsions sanguinaires m'effraient et pour m'en acquitter, je tiens à apporter un bouquet à Mrs Dalloway. Elle refuse poliment en me disant qu'elle s'occupera elle-même d'acheter les fleurs. Je lui réponds pas de problème, ma bonne dame.

Aux livres, j'ai compris que je pouvais tout offrir. Ma tête, mon cœur et ma peau. La littérature est ma branche d'arbre et je suis son hibou, ce joyeux poilu qui la nuit s'agrippe à elle en dégustant le noir. Depuis toujours, la littérature me déguise, me protège, comme un petit parapluie. Et elle permet tout. Mettre une odeur sur le camphre, une image sur la Renaissance. Fréquenter des hommes dangereux, visiter des lieux interdits, imaginer une chasse à courre ou errer dans la cour des miracles, rêver l'Amérique, les tumbleweeds et le Château Marmont. Dessiner le Londres victorien, traverser les forêts sauvages, les armées d'Hadrien, rencontrer les bandits et les philosophes, nager chez les sirènes, boire l'aridité et contempler la lune.

Dehors, je regarde les rues parisiennes toujours aussi vides. Et peu importe, je les traverse en courant avec Holden et quand il fatigue, Oliver Twist prend la suite. Paris est triste sans ses commerçants, sans ces ados bossus qui s'assoient sur les trottoirs et ces ouvriers qui gambadent sur les échafaudages. Mais il faut lui laisser reprendre du poil de la bête et ça ira mieux, dans un mois dans un an, comme dirait l'autre. En attendant j'affrète une machine à remonter le temps. Je vais voir la reine Bérénice, la princesse de Clèves et l'autre Iphigénie. Elle a un nom à coucher dehors mais je la trouve très sympathique. Chez Merteuil ça sent le spiritueux, il est tard alors je peux m'alcooliser le sang avec Dorian et mes meilleures copines, elles s'appellent Daisy et Zerbinette. Et on danse ensemble, on danse, on voltige, mon pied accroche sur une écharde et sur une autre. Emma Bovary me souffle à l'oreille que j'aurais dû briquer le parquet allons bon. Pour extirper les épines, je demande l'aide de Benny Profane et essoufflé, je m'allonge et regarde enfin le soleil se coucher. La lumière se retire, doucement, sans bruit, dans mon petit appartement, dans mon grand pays et blotti contre Gatsby, je chuchote un merci pour tout, grâce à toi, grâce à vous, je dois vous le dire, j'ai passé une journée fantastique.

Jim Fergus

Traduit de l'anglais (États-Unis)
par Jean-Luc Piningre

L'Autre Monde

> « On peut dire d'ailleurs qu'à partir du moment où le plus infime espoir devint possible pour la population, le règne effectif de la peste fut terminé. »
>
> Albert Camus, *La Peste*

Je ne sais quel réconfort vous apporter, si tant est que j'en sois capable. Le rôle des romanciers est pourtant d'agir sur l'imagination du lecteur, de l'éloigner du quotidien, de lui ouvrir d'autres mondes, en lui permettant de rêver, de s'échapper, de se libérer un moment de nos entraves de femmes et d'hommes. Ce n'est pas de la fiction que j'écris ici, mais plus que jamais, en ces temps de crise sanitaire, je considère mon travail comme un devoir sacré.

Je rédige ces lignes dans le Sud de l'Arizona, où je me mets moi-même en quarantaine, du fait que j'ai pu être en contact avec le virus. Un confinement qui n'a rien d'astreignant ; je n'ai pas de raison de me plaindre, contrairement à mes amis et collègues de la plupart des villes américaines, de France, d'Italie, d'Espagne et du reste du monde. Ma compagne, qui est française, est elle aussi confinée, sur une île du Pacifique, à quelques milliers de kilomètres d'ici. Elle a repris l'avion depuis les États-Unis pour veiller sur sa mère âgée, puisque la pandémie s'est étendue là-bas. D'une façon ou d'une autre, nous sommes tous, sur cette planète, captifs d'un virus décidé à envahir nos poumons et nous détruire.

Enfant, j'ai eu de graves crises d'asthme, qui m'ont fréquemment conduit aux urgences pour y recevoir de l'oxygène. Il y a une quinzaine d'années, j'ai souffert d'une infection fongique rare, due à un champignon qui vit dans le sol de cette partie de l'Arizona. Lorsqu'on inhale ses spores microscopiques, elles restent dans nos bronches. Cette maladie porte ici le nom de fièvre du désert et, comme le covid-19, elle génère des pneumonies. C'est ce qui m'est arrivé et j'ai bien cru en mourir. Quand j'ai fort heureusement guéri, on m'a fait passer une radio. Celle-ci montre que le champignon, qui demeure à vie dans les poumons, avait laissé des cicatrices dans les miens. J'ai depuis rechuté deux fois. Tout cela pour dire que le coronavirus a pour moi l'apparence d'un ennemi familier puisque, depuis l'enfance, je ne compte plus les cauchemars dans lesquels j'étouffe et m'efforce de respirer quand même.

Si le printemps est arrivé, il fait encore très frais le matin. Les touristes et les ornithologues amateurs qui, chaque année en cette période, reviennent dans notre petite ville, sont pour la plupart rentrés chez eux. Il règne un silence anormal alors que j'emmène mes cinq chiens en promenade. Nous quittons la maison vers la rivière Santa Cruz, qui prend sa source dans les montagnes voisines de la Sierra Madre au Mexique. En chemin, nous ne croisons pas âme qui vive, pas un seul véhicule. Portes et volets sont encore fermés. En revanche, nous longeons le corral d'un petit ranch dans lequel sont parqués quatre ânes. Levant la tête vers nous en signe d'amitié, l'un d'eux pousse un braiment retentissant. J'adore le bruit qu'il fait, il m'ôte un poids du cœur et je ris.

Comme il a plu, cet hiver, plus que d'habitude, la rivière a grossi. Elle atteint presque la hauteur des berges. Nous franchissons le pont et descendons de l'autre côté, en aval, le long d'un sentier que nous avons pratiquement tracé nous-mêmes au fil des ans. Nous sommes en Arizona, mais notre région n'est pas désertique comme on pourrait le croire. La vallée est fertile et, contre toute attente, se flatte de posséder la plus grande forêt ininterrompue de peupliers d'Amérique du Nord. Ce sont de vieux arbres, qui se dressent jusqu'à vingt et trente mètres du sol, et sont actuellement en feuilles. D'un vert vif et luisant, celles-ci semblent danser à la lumière du matin. À cette époque, les peupliers diffusent leurs graines, sous forme de minuscules boules de coton blanches, qui flottent doucement dans l'air avant de recouvrir la terre, tel un manteau de neige fraîche.

Les chiens se séparent, flairant chacun une piste, le nez au sol. Ils sillonnent le lacis de ruisseaux qui courent dans la vallée, débusquent deux canards déjà en train de nicher dans une mare, pour une nouvelle génération. La vie qui se poursuit. J'aperçois les montagnes au loin, entre les arbres. Nous avons trouvé refuge dans un autre monde, un monde naturel où le confinement n'est même plus un souvenir. Pas de virus ici, nous n'avons pas besoin de lingettes antiseptiques, de gel hydroalcoolique, de masques ou de protections. Les seuls bruits sont le léger murmure des feuilles dans la brise du printemps, le refrain joyeux des oiseaux, les grenouilles qui coassent sur les berges, le *ploc* qu'elles font en plongeant lorsque nous approchons, avant de laisser un cercle s'élargir sur la surface de l'eau… tous ces êtres vivants, heureusement détachés de nos soucis d'humains.

Et pourtant… comment effacer de notre esprit les images, vues le soir à la télévision, de médecins et d'infirmières épuisés, enveloppés de leurs combinaisons intégrales, qui manquent de matériel et livrent un combat inégal contre cette nouvelle peste qui menace chacun de nous ? Que de gens héroïques sur les lignes de front d'une guerre impossible à gagner entièrement – eux n'ont pas la chance d'être confinés à leur domicile. En tant qu'Américain, comment oublierais-je les points de presse quotidiens du narcissique dérangé qui dirige notre pays, un homme à l'évidence plus absorbé par son fragile ego que par le bien-être de son peuple, un homme dont l'ignorance, l'incompétence et les mensonges nous ont fait courir des risques inutiles ? Il est déjà responsable de nombreuses morts qui auraient dû être évitées, et il le sera de tant d'autres à venir.

Mais ici, devant cette magnifique forêt, ce merveilleux vallon enivré de printemps, de vie, je parviens à oublier. Je profite du bonheur injuste et absurde – un luxe – de pouvoir m'échapper dans cet autre monde, un monde qui, pour être bien réel, est aussi le fruit de notre imagination commune. Un jour, peut-être, le virus finira-t-il par me prendre dans ses griffes, cependant je suis certain d'une chose : ce ne sera pas ici, dans cet endroit. Ici, je ne suis plus un petit garçon terrifié qui étouffe sur le chemin de l'hôpital. Ici, mes vieux poumons sont intacts, sains, propres, et je respire. Libre. Venez, je vous emmène.

Isabelle Filliozat

S'évader ou découvrir la liberté

Plus de ciné, de resto, de concert ou de boutiques, plus de transports non plus pour aller ici ou là… Sur Internet, fleurissent les propositions pour « passer le temps » et « occuper nos enfants », mais est-ce là le sens de la vie ? Occuper le temps plutôt que le vivre ? Nous nous sentons privés de liberté, mais étions-nous vraiment libres, avant ? Il n'y a pas si longtemps, nous plaignions du manque de temps. Il fallait toujours aller vite de crainte d'être en retard, trop de boulot, trop de choses à faire… nous étions trop occupés pour vivre vraiment…

Depuis le début du confinement, il semble que nombre de jeunes et moins jeunes cherchent l'évasion électronique plutôt que l'intimité ou le face à face avec soi. En Italie, l'opérateur Telecom Italia a noté un bond de 70 % de l'usage de la bande passante depuis la fermeture des écoles. Les cours en ligne n'en sont pas responsables ! Ce sont les connexions sur *Fortnite* qui explosent. En Chine, le nombre de joueurs quotidiens sur les jeux mobiles les plus célèbres a bondi de 48 % depuis le début de l'épidémie. Au bout de deux jours de confinement, la plateforme Steam a battu son record historique : plus de 20,6 millions de joueurs connectés en même temps. Une grosse panne a interrompu les abonnés de Netflix du fait de la saturation du réseau. Pourtant, nous sentons bien que ces stratégies d'évasion ne nous rendent pas heureux. Visionner des séries en boucle avachi sur le canapé, ça fatigue, ne nous rend pas fiers de nous-mêmes et a tendance à nous laisser une sensation de vide intérieur. Cela ne nourrit pas ce qui est essentiel pour un humain : la relation et l'accomplissement de soi. Les jeux vidéo donnent l'illusion de s'accomplir. Dans les mondes virtuels, tout est fait pour qu'on éprouve une illusion de liberté et une puissance sans limites, et les shoots de dopamine donnent de fortes sensations de plaisir. Quand on joue en ligne avec d'autres, on se sent relié… L'est-on ? Ces liens ne nourrissent pas en profondeur le sentiment d'appartenance. Et se sentir puissant dans le virtuel ne nous aide pas à développer notre force dans le réel. Le monde virtuel nous enferme dans l'illusion. Sans compter que les valeurs soutenues par ces jeux sont loin d'équité, fraternité, amour, paix, non-violence ou gratitude… Que nourrissons-nous dans la société en y jouant ?

Les écrans ludiques sont addictifs, ils remplissent le temps. Nous ne mesurons pas à quel point ils nous le volent. La vie est si courte, même si elle paraît longue parfois. Que nos enfants soient petits ou grands, résistons à l'idée de vouloir « les occuper ». Car s'occuper signifie s'éloigner de soi-même et s'ennuyer dès lors que nous n'avons plus rien à faire. C'est à un changement de perspective que cette épreuve nous invite, à un retournement vers l'essentiel, à un questionnement sur la vie et la mort et sur le sens qu'a cette vie.

Certains sont seuls dans leur logement. La plupart sont confinés avec un partenaire, un enfant ou une famille. Cette promiscuité obligée peut former le terreau de la violence ou d'intimité partagée. Le confinement, ne pas pouvoir sortir, courir, bouger, la menace de la contagion, les craintes pour l'avenir, les infos peu rassurantes, l'insécurité financière, la peur d'une pénurie alimentaire… C'est beaucoup de stress. Enfermés avec nos enfants dans un lieu clos, l'ambiance est souvent électrique. Cela rappelle l'expérience du neurobiologiste Henri Laborit (1914-1995). Un rat est placé dans une cage à deux compartiments dont l'un est équipé au sol d'un grillage électrifié. Lorsqu'une décharge précédée d'un signal lumineux est envoyée, le rat a tôt fait d'apprendre à fuir vers le second compartiment. Si on ferme cette porte, et que donc le rat n'a plus aucune possibilité de fuite, il se fige. Il est en inhibition de l'action. Au bout de quelques jours de ce traitement, l'animal fait de l'hypertension artérielle. On le comprend. Laborit a poussé son expérience en plaçant un second rat dans la cage avec le premier, dès qu'un choc électrique survient, les rats se jettent l'un sur l'autre et se battent. Résultat : aucune hypertension artérielle, même pendant plus d'une semaine d'expérience. Attaquer l'autre rat ne permet pas d'éviter le choc, mais ça libère les tensions ! Oui, c'est pour cela que nos ancêtres disaient que donner une gifle ou une fessée, ça soulage ! Ils ne mesuraient pas alors les dégâts que ces gestes faisaient au cerveau de l'enfant et à la relation. C'est aussi pour cela que ceux qui ont plusieurs enfants voient frères et sœurs se tomber dessus et s'écharper plus encore que d'habitude. Nous ne voulons ni développer de l'hypertension ni aucune somatisation, ni succomber à la violence et nous ne voulons pas que nos enfants s'y adonnent. D'ordinaire, nous avons toutes sortes d'options pour libérer la pression, nous allons nous promener, faire du sport, voir des amis et les enfants vont à l'école. Même notre travail, les rencontres avec les collègues, nous ressourcent. Avec le confinement, ce n'est plus possible. La porte vers l'autre compartiment est fermée. Plus d'échappatoire. Heureusement, nous ne sommes pas des rats et nous avons d'autres solutions pour « sortir de la cage ». Comme le soulignait Viktor Frankl : « Nous ne choisissons pas toujours les circonstances, mais nous pouvons choisir notre façon de les vivre. » Ce psychiatre a vécu dans les camps de concentration des circonstances autrement plus difficiles que la nôtre aujourd'hui. Il nous rappelle qu'être cloîtré entre les quatre murs de notre appartement, non seulement n'a pas le pouvoir de limiter notre liberté, mais pourrait être l'occasion de la reprendre. On est seul et isolé ? C'est l'occasion de plonger en soi, de découvrir la méditation et la joie de vivre. On est coincé avec les enfants ? C'est une opportunité pour les redécouvrir. D'ordinaire, il faut bien se l'avouer, dans l'urgence du quotidien, nos échanges se cantonnent souvent à « Lève-toi, dépêche-toi, fais ceci fais cela, non, pas ça, tu as été sage à l'école, combien as-tu eu à ton contrôle de maths ? Maintenant tu dors, tu te lèves tôt demain matin. » Nous vivons avec eux, nous pensons les connaître, mais connaissons-nous leurs pensées intimes ? Nous voici enfin dans des circonstances extraordinaires, avec une belle plage de temps pour se rencontrer plus profondément, écouter, renforcer les liens familiaux, résoudre quelques conflits entre frères et sœurs, lever finalement ce qui peut faire blocage dans la relation. Pas facile quand nos écrans nous appellent avec autant d'insistance en nous proposant l'évasion. Mais ce serait dommage de ne pas profiter de ce temps pour passer de la question : « Qu'est-ce que la vie m'apporte ? » à « Qu'est-ce que je peux apporter à la vie ? ».

Nous allons continuer de préparer le repas, faire la vaisselle, et pourquoi pas jouer parfois à un jeu vidéo ou regarder une série, mais nous pouvons changer notre dynamique intérieure. Une seule urgence pour être libre, fuir l'évasion et développer l'attention à l'instant, la conscience, l'intimité et cultiver amour, joie et gratitude.

Sophie Fontanel

Comme à Hydra

Tous les jours, je pense à Hydra. C'est une île de Grèce, en bas sur la carte, et même si ses fortifications rappellent une histoire mouvementée, Hydra est un endroit de paix absolue. Je pense à ce paradis où je suis supposée aller cet été.

J'ai débarqué sur cette île il y a plus de trente ans. J'ai posé les pieds sur un quai de marbre poli, comme ciré, et j'ai vu les immenses terrasses de café, et j'ai vu dans le port les bateaux scintillants.

Le logeur est venu me chercher avec un âne, sur lequel il a chargé mon sac à dos. Il s'appelait Dionysos. J'ai suivi l'âne et l'homme, il saluait tout le monde en marchant, j'ai longé les terrasses où les gens jouaient au backgammon. Je n'avais jamais vu de gens jouer au backgammon. Quand j'ai demandé si c'était encore loin, Dionysos a haussé les épaules : il savait, lui, qu'à Hydra rien n'est loin. Il n'y a que deux villages, ils sont mitoyens. Le reste, la montagne, est quasi inaccessible.

Hydra n'est pas l'endroit le plus distant où je sois allée dans le monde. En revanche, c'est là-bas que j'ai trouvé, et que je trouve depuis des années, la plus grande évasion. C'est fou, parce que c'est en Europe, on n'y est même pas seul, ou seule, au monde comme on peut l'être sur la côte Atlantique au sud du Portugal, ce n'est pas la sorte de steppe vaste et irriguée qu'est la Suède, ce n'est pas l'infini rebond des Alpes, et pourtant, on se sent si loin, si merveilleusement loin.

Vous pensez bien qu'après tant de temps passé à Hydra, j'ai entendu toutes sortes de théories sur l'effet que produit l'île. Vous trouverez des cerveaux éclairés prêts à vous expliquer qu'ici il n'y a pas de voitures, et que c'est ça « l'explication ». Le seul engin motorisé est un camion poubelle. Il fait aussi office de voiture mortuaire, m'a-t-on raconté. Je n'ai jamais vérifié. De toute manière, j'ai longtemps douté qu'on puisse quitter la vie si on la vit à Hydra. Comment l'éternité viendrait-elle vous chercher alors que vous la côtoyez déjà, jour après jour ? Bien sûr, j'écris ces mots alors que j'ai vu le cimetière, j'écris ces mots qui ne sont qu'une image. Mais si on ne peut pas délirer un peu en rêvant, alors en quelle occasion le pourra-t-on ?

Comment se fait-il que l'île d'Hydra, dont la seule agglomération est pleine d'activité au moins six mois de l'année, soit à ce point dépaysante ? Eh bien, c'est déjà qu'ici il n'y a pas vraiment de plages. Et pour vous faire comprendre en quoi cela change tout, je vais vous raconter une anecdote.

Une année, j'étais à Hydra avec des amis, et une camarade arrivait ce soir-là, par le bateau, pour passer quelques jours avec nous. Nous sommes allés accueillir cette nouvelle venue, et après l'avoir installée dans un petit hôtel, nous avons pris un verre sur le port. Soudain, la camarade a demandé : « À quelle plage vous allez, vous ? », sur le ton de qui est habitué à un certain ordre du monde. On a répondu qu'on n'allait pas à la plage, car il n'y en avait pas. Notre camarade a brandi les paumes de ses mains en signe de complète perplexité : « Comment ça, pas de plage ? » On a dû lui détailler la topographie de l'île : peu de plages, et caillouteuses. Notre camarade a alors eu un regard gigotant et kafkaïen, indiquant qu'elle vivait un moment de grande absurdité : « Mais alors, on fait quoi, ici ? »

C'est ce jour-là que je compris, en lui détaillant le cours de nos journées, en quoi la vie à Hydra permet d'échapper à tout. « Eh bien, le matin, on se lève, commençai-je, et on va plonger là-bas à gauche, dans les rochers, après le port. On nage et on reste aussi presque une heure à faire la planche. Ensuite, on remonte, et on retourne prendre le petit déjeuner. Ensuite, on va au café et on prend un café glacé. Ensuite, on commande de la pastèque. Ensuite, on regarde passer les gens. Ensuite, on a faim, alors on longe la route du bord de mer pour aller à une taverne. Quand il y a des rochers plats, on fait un petit plongeon, et on remonte. Ensuite, on s'installe à la taverne, on passe la commande et on a le temps de faire un autre plongeon. Ensuite, on rentre faire la sieste, non sans avoir plongé une dernière fois. Et on après la sieste on retourne au café, rêvasser ou lire. Et après, ma foi, c'est l'heure du dîner. Mais un plongeon dans la nuit est toujours possible. »

Ce farniente total, même pas scandé par la vie de la plage, c'est cela qu'offre Hydra. Je me revois un matin, alors qu'il était vraiment très tôt, peut-être même pas 7 heures, arrivant vers les rochers plats, pour le premier bain. Il y avait déjà quatre femmes dans l'eau, toutes d'un âge canonique. Elles faisaient « le bouchon », comme elles allaient me l'apprendre, se contentant de rester droites, leurs visages radieux tournés vers le soleil tout neuf. L'une d'elle parlait parfaitement bien le français. Je lui ai demandé s'il leur arrivait de nager. Et sa réponse, ah sa réponse me berce en ces jours de confinement : « Nager ? Non ! Même pas besoin ! Nous, on flotte ! »

Flottons.

Lorraine Fouchet

Dans le même bateau

Mon père rêvait de s'embarquer un jour en famille, quand son cabinet d'architecte lui en laisserait le loisir. Ma mère, journaliste, avait envie d'une échappée belle ensemble pour serrer nos liens à défaut de les resserrer, et redonner une chance à son couple qui faseye. Moi, Lou, seize ans, je suis en première. Je me sens étrangère, ils ont dû m'échanger à la maternité, je ne vis que pour ma meilleure amie Anaïs et mon petit copain Maxence. L'idée d'être coincée avec mes parents sur un bateau me terrorise d'avance. Mais on ne choisit pas sa vie à mon âge. Surtout quand une bombe éclate : pas une explosion nucléaire mais une déflagration aussi invisible qu'angoissante qui frappe sans qu'il n'y paraisse rien.

Maman établit la liste de courses sans oublier son pote le whisky. Je rajoute du bio et du chocolat. Papa pense aux cigarettes et aux pâtes. Notre voilier n'est pas grand : une cabine double, une plus petite, un carré, une table à cartes, une cuisine, une douche. On quitte le port, on met le cap sur une crique où on jette l'ancre.

Les premiers temps, on doit s'adapter, trouver nos marques. Je lis dans *L'Usage du monde* de Nicolas Bouvier : « On croit qu'on va faire un voyage, mais bientôt c'est le voyage qui vous fait ou vous défait. » Chacun est rivé à son portable, sauf aux repas. On regarde les infos en boucle, on mange ensemble puis on s'isole dans nos bulles d'angoisse respectives. On n'a rien à se dire d'autre que « passe-moi le sel ». La nuit, le bateau bouge, on dort mal. Le jour, papa gère ses chantiers interrompus, maman écrit ses articles pour personne, je révise mollement mon bac. Les heures passent, effilochées, trouées de malaises. Maman prend l'apéro trop tôt. Papa envoie des textos à son associée sous la table. Je partage ma peur avec Anaïs et Max. Ils me manquent tellement.

La deuxième semaine, papa part nous ravitailler dans l'annexe. Maman et moi restons seules, on se maquille pour rire, ça nous rapproche. La promiscuité pèse. Le plus dur, c'est le soir. Sauf à 20 heures, quand tous les gens des bateaux voisins montent sur leurs ponts. Un vieux loup de mer surnommé Manu pour Manu Dibango joue *Georgia on my mind* au saxo. Des amoureux agitent des clochettes tibétaines. Des footeux soufflent dans une vuvuzela. Dimanche, papa aide ma mère à cuisiner. Il faut tout nettoyer après lui mais ils s'amusent. Leur complicité nouvelle m'agace. Je suffoque comme un poisson hors de l'eau. On décide de regarder moins les infos, et de quitter les groupes WhatsApp qui nous asphyxient.

La troisième semaine, on se prépare des salades surprise au déjeuner. On laisse nos portables sonner dans le vide pendant les repas. Et parce qu'on a besoin d'exercice, papa nous donne son truc : depuis quatre ans, il fait chaque matin les « 5 rites tibétains », ça diminue son stress. Maman tombe des nues : quatre ans, et elle n'a rien vu ? On s'y met, nos corps s'étirent et les heures s'étirent moins en longueur. Je chante dans ma tête pour combler le vide. Maman lit Christian Bobin : « Écrire, c'est parler à l'intérieur du silence sans froisser le silence » et commence un roman. Papa dessine, son carnet se remplit de croquis. Un soir, le saxo ne joue pas à 20 heures. Papa rame jusqu'au bateau du musicien, il est fatigué. On décide de lui déposer des plats chaque jour.

La quatrième semaine, une vedette du secours en mer vient chercher Manu qui respire mal. On récupère Sidney Bechet, son westie. Loin d'être un poids, le petit chien est une bouffée d'oxygène. Je l'emmène à terre chaque matin à la rame. Je chante pour lui tout bas dans ma cabine exiguë. Il lèche le nez de maman une nuit où elle craque. Il fait pipi sur le pantalon de papa qui lui hurle dessus avant de nous serrer contre lui si fort qu'il en tremble.

Au milieu de la cinquième semaine, on est aussi opérationnels et affutés que l'équipage d'un sous-marin. Nos jours sont rythmés. On parle peu mais le silence est devenu plein. On apprend que Manu a failli monter jouer du saxo là où on va après, il est encore faible. Alors pour lui, à 20 heures, je rassemble mon courage, et j'entonne : « Dis, quand reviendras-tu ? » sur le pont. Ma voix monte vers les étoiles, d'abord hésitante, puis ample. Mes parents écoutent, tétanisés. Toute la crique applaudit.

Et enfin, un jour, on rentre au port. Je cours rejoindre Max et Anaïs mais on s'étreint avec nos yeux et nos sourires, nos bras doivent encore attendre. Papa retourne au cabinet à pied sans prendre sa voiture. Le journal de maman reparaît sur papier et elle a rajeuni. Sidney se roule dans l'herbe du square. Son maître remonte lentement la pente. La grand-mère d'Anaïs et un cousin de Max sont morts. La planète tourne au ralenti. Le printemps explose de fleurs.

J'ai été coincée quarante-cinq jours avec mes parents, à cause d'un microscopique virus. Comme partout. Nous, on était trois sur le même bateau dans notre petit appartement. Tous les soirs, sur le balcon, on a applaudi les soignants et les gens dont l'engagement sans relâche nous a sauvés. Ma famille va à nouveau s'éparpiller, après s'être entrechoquée et cabossée, mais on n'est plus les mêmes. Je savais combien mes amis étaient précieux, j'ai découvert mes parents. On va continuer les rites tibétains du matin. Et garder Sidney Bechet. Le roman de maman avance. À la rentrée, c'est décidé, je m'inscrirai au conservatoire de chant. Papa dessine un bateau, le vrai, celui qu'il veut construire pour nous.

On n'est pas au pays d'Aladin et de son rêve bleu. Max et moi, on se quittera peut-être. Ou je me brouillerai avec Anaïs. Mes parents sont repartis pour un tour, ça durera ou pas. Mais on a appris à s'épauler, à former un équipage, à se savoir fragiles et forts ensemble, à s'aimer. Il paraît que les chiens qui connaissent le goût du sang mordront à nouveau. Je connais désormais celui de la liberté, je mords à pleines dents dans chaque jour qui passe. Chaque heure est unique et magnifique.

Anne-Marie Gaignard

À mon invisible amie

Le 2 avril 2020

À mon invisible amie,

Privée de toi depuis plusieurs semaines, j'ai eu cette envie folle de prendre de tes nouvelles. Surtout, ne prends pas ombrage de mon long silence. Je ne le sais que trop bien… J'aurais dû te faire un petit signe depuis longtemps. Pardonne-moi.

Si nous devions ne plus jamais nous revoir, j'aimerais te dire, ô combien tu es présente dans mon cœur et dans ma tête.

Mais que ferais-je sans toi ?

Tu es ma bouffée d'air, mon oxygène. À toi toute seule tu es paysages, océans et montagnes. Tu es l'oiseau qui me permet de m'évader, de sortir de mes pensées obscures et de pouvoir partir loin, très loin.

Merci d'être, chaque jour qui passe, présente dans ma vie.

Je sais que tu n'es jamais loin de moi. D'ailleurs, j'en ai la preuve. Toutes les décisions que je prends, je te les soumets. Tu es ma petite voix, tu me souffles à demi-mot ce que j'ai envie d'entendre. Jamais tu ne m'as coupé les ailes. Tu es un tout ! Une mère protectrice, un père aimant, un mari adorable, une jeune fille qui mord la vie à pleines dents.

Grâce à ta bienveillance, je suis l'oiseau qui se laisse porter par le vent. Ton pouvoir est en moi et me transforme. Il me façonne doucement, sans douleur. Alors, oui, face à l'océan, je suis la septième vague. Celle de la liberté. Celle qui m'emmènera le plus loin possible des dangers qui me guettent, des requins qui me tournent autour.

Lorsque je t'écris, mes pensées m'entraînent vers des contrées lointaines, des moments passés, des souvenirs que l'on croyait à jamais disparus. Face à l'océan, je scrute l'horizon qui s'offre à moi et c'est toi que je trouve là-bas, assise au bord de l'horizon. Tu es resplendissante, tu me réchauffes et deviens mon soleil.

Face à l'immensité des eaux, je ne pense plus à rien…

Les vagues me fascinent, et le ressac régulier a le don de me bercer. J'ose te le dire, chère amie. Tu as toujours été pour moi, « la mer » qui a su me cajoler, me bercer au rythme du va-et-vient incessant des vagues. Face à l'immensité de l'océan, la rêverie s'offre à moi et je t'en remercie du fond du cœur. Plus de contraintes, plus d'obligations, je me laisse enfin aller.

Pourtant, l'heure tourne mais elle ne compte plus. Je suis déjà loin, tellement loin.

Grâce à toi, j'ai pu faire connaissance avec le Bonheur. Si, je t'assure, il était là, c'était bien lui. J'ai ressenti ce petit pincement que je connais bien, au plus profond de moi. Le Bonheur est venu jusqu'à moi. Tu as bien dû le ressentir toi aussi, ce sentiment étrange que l'on ne connaît qu'une seule fois dans sa vie, le fameux coup de foudre ? Je te l'accorde volontiers, rencontrer le Bonheur n'est pas une chose facile. Mais grâce à toi, j'ai pu lui parler. Sais-tu ce qu'il m'a dit de toi ?

« Je l'aime tellement ! Elle est un tout. Le rêve et le cauchemar, le yin et le yang, le blanc et le noir, et je le sais depuis toujours. Malheureusement, elle et moi, c'est un amour impossible. Pourtant, sans elle, je n'existerais pas.

J'aurais tellement aimé la demander comme épouse, mais j'y ai renoncé. Moi, le Bonheur, j'ai pris peur ! Elle est insaisissable ! Jamais elle ne se serait laissé attraper dans la toile d'amour que j'ai pourtant tissée pour elle. Non ! Elle veut vivre pleinement chaque jour de sa vie.

Je crois, tout simplement, qu'elle ne veut pas connaître l'attachement. Elle ne veut pas être déchirée par une séparation qui arrivera tôt ou tard. Elle veut être libre de vivre ou de mourir. »

Voilà pour ce qui est de ma rencontre avec le Bonheur.

Je suis heureuse d'avoir pris le temps de t'écrire et de te livrer mes pensées les plus intimes.

C'est avec regret que je dois te laisser.

Il est 20 heures ! Les premiers applaudissements se font entendre, de plus en plus forts chaque jour qui passe.

Ma tendre amie invisible, prends soin de toi et fais-moi un petit signe dans mon prochain rêve. Je saurai que c'est toi, ma belle et douce Liberté !

Karine Giebel

Sentence

Aryana a mis sa plus jolie robe. Elle n'a pas de miroir dans lequel admirer son reflet, mais elle est sûre que ce vêtement sera du plus bel effet. Elle se coiffe avec soin, se maquille légèrement les yeux et se parfume. Après avoir mis un châle coloré sur ses cheveux, elle quitte discrètement la maison.

Kumail revêt sa kurta mauve et termine de s'habiller. Dans la pièce principale, sa mère et sa sœur sont en train de préparer le repas. Il annonce qu'il va au village et disparaît bien vite. Dehors, le soleil est haut dans le ciel. L'après-midi sera longue et belle.

Ils se tiennent la main, tout en marchant lentement sur le chemin de terre. Parfois, ils échangent un regard, un sourire, une parole.

Une promesse.

La saison chaude commence à peine, elle durera jusqu'au mois de juin. Au loin, ils aperçoivent un paysan qui remonte dans leur direction. Avec hâte, ils quittent le chemin et grimpent le talus pour se réfugier dans le bois. Ils se cachent derrière un bosquet et se dévisagent, complices, s'empêchant de rire pour ne pas dévoiler leur présence à l'homme qui chemine désormais dix mètres en dessous d'eux.

Une fois la menace passée, ils retrouvent la piste caillouteuse et continuent leur route. Kumail complimente Aryana sur sa robe, elle rougit un peu. Soudain, elle a trop chaud et enlève son châle qui repose désormais sur ses épaules. Depuis qu'elle a fêté ses douze ans, elle ne s'était jamais montrée hors de la maison avec les cheveux découverts.

Ils descendent encore, jusqu'à atteindre une bicoque en pierre dont le toit s'est partiellement écroulé. Ils l'ont repérée la dernière fois qu'ils se sont promenés par ici.

À l'ombre douce de cet abri de fortune, ils s'enlacent, s'embrassent. Il aime caresser son visage à la peau mate et veloutée tandis qu'elle ferme les yeux. Aujourd'hui, Kumail se montre plus entreprenant que d'habitude. Ses mains s'aventurent sous les étoffes, Aryana le laisse faire.

Sur elle, il a tous les droits. Parce qu'elle l'a décidé. Parce qu'il n'est pas comme les autres, parce qu'il est unique. Il pense et agit différemment, la traite avec respect.

Avec amour.

Blottis l'un contre l'autre, ils écoutent passer les heures, ce temps qui coule si vite lorsqu'ils sont ensemble. Kumail lui raconte le lointain, l'inconnu.

Il s'est déjà rendu dans la capitale alors qu'Aryana n'a jamais voyagé au-delà de la province retirée et déshéritée qui l'a vue naître. Il lui promet qu'un jour, ils iront là-bas ensemble.

Là-bas, ils pourront afficher leur amour sans crainte.

Il embellit la réalité, Aryana le sait. Pourtant, elle sourit tandis que son imagination s'emballe. Le croire sur parole. Oublier ce que la vie lui a appris, coup après coup, malheur après malheur.

Oublier et le croire sur parole…

Quand Aryana rentre à la maison, la nuit tombe déjà. Ils se sont endormis, se sont réveillés trop tard. Dès qu'elle passe la porte, Muhammad se met à hurler.

Où étais-tu ? Que faisais-tu ?

Face à son père, la jeune fille baisse les yeux et débite un mensonge inventé à la va-vite sur le chemin du retour. Elle prétend avoir été dans la colline couper des petites branches de siwak. Elle n'a pas le temps de terminer sa phrase, reçoit une gifle, puis une autre. Elle reste immobile, n'essayant pas de se soustraire au châtiment paternel. Habituel.

À quoi bon ?

Mais le coup de poing qui arrive ensuite la projette sur le sol. Elle se replie sur elle-même, sous le regard courroucé de sa mère, tandis que Noor, sa petite sœur, se réfugie sous la table.

Les insultes et les reproches pleuvent de toutes parts. Son père, ses frères, sa mère. Comment a-t-elle osé sortir de la maison sans permission ? Comment a-t-elle osé se promener seule dehors ?

Aryana s'excuse, encore et encore. Quand son père cesse de la frapper, elle promet de ne jamais recommencer.

Ce matin, Aryana part aux champs avec sa mère et sa sœur, ainsi qu'avec d'autres femmes du village, tandis que les hommes se reposent à la maison. Elles profitent de l'absence des maris et des fils pour parler librement. Certaines évoquent les élections qui approchent. Même si dans le pays les femmes ont le droit vote, aucune d'entre elles ne s'y risquera. Car ici, loin de la capitale, la *jirga* en a décidé autrement. Ce conseil tribal, composé exclusivement d'hommes, les anciens de la communauté, fait office de tribunal local. Leurs décisions sont basées sur l'honneur.

Et ici, l'honneur sali se lave avec le sang des femmes.

Chaque litige, chaque conflit et chaque crime est réglé par la *jirga* tandis que les autorités du pays ferment les yeux. Les sages peuvent décider de donner une fille mineure en mariage à un homme bafoué. Ils peuvent ordonner un lynchage, une lapidation, et même pire, car cela est hélas possible.

Il suffit d'une rumeur, d'une parole, d'un soupçon. Pas besoin de preuve pour ces juges tout puissants.

Ici, ce sont eux qui font la loi. Leur loi.

Aryana a entendu dire que dans les grandes villes de son pays, les femmes se battent pour faire changer les choses. Mais dans sa province, pauvre et rurale, la lutte n'est pas encore engagée.

Elle a aussi entendu dire qu'il existe des pays où les choses sont différentes, où les femmes ont des droits.

Elles peuvent travailler, choisir leur mari, sortir de la maison à leur guise.

Elles rendraient même la justice.

Aryana ignore si cela est vrai ou s'il s'agit de chimères. Ce dont elle est sûre, en revanche, c'est qu'elle n'a pas eu de chance.

Chaque nuit, Aryana regrette d'être née avec le mauvais sexe.

Chaque nuit, Aryana rêve d'être un garçon.

Chaque nuit, surtout, Aryana rêve de liberté.

Kumail regarde son père et sa mère, inertes sur le lit. Il les a assommés, l'un après l'autre. Il ne se serait jamais cru capable d'une telle chose. Mais on ne lui laisse pas le choix. La nuit est tombée depuis longtemps et il a écouté sa mère pleurer des heures durant. Quand le silence est enfin revenu, quand elle s'est endormie, il est passé à l'acte.

Le jeune homme attache ses parents sur leur couche et les bâillonne, avant de filer vers la pièce principale où Krishna, sa jeune sœur, dort dans un coin. Lorsqu'il caresse doucement son front, elle ne se réveille pas, épuisée par sa journée de labeur. Il saisit un coussin, juste à côté d'elle, hésite un instant. Ses mains tremblent, des larmes brûlantes inondent ses joues.

Puis, de toutes ses forces, il plaque le coussin sur le visage de Krishna. Elle se réveille brutalement, cherche de l'air, se débat. Elle lutte désespérément pour rester en vie. Mais Kumail ne cède pas.

— N'aies pas peur, je t'en prie. Ça ira très vite…

Mais non, ça ne va pas vite. Ça dure même une éternité. Krishna suffoque, Kumail pleure de plus en plus.

On ne lui laisse pas le choix.

Dans quelques heures, il sera trop tard.

Enfin, la fillette cesse de bouger, de respirer. Kumail serre le corps inerte dans ses bras et le berce longtemps, le couvrant de baisers et de murmures.

Pardon, pardon, pardon...

Avant-hier, c'est Aryana qu'il serrait dans ses bras. Trois hommes les ont surpris, enlacés dans l'herbe, juste derrière la petite maison.

Ils n'ont pas eu le temps de fuir.

N'ont pas pu se défendre.

Le soir-même, le verdict de la *jirga* est tombé. Implacable, comme toujours. Incompréhensible comme jamais.

Aryana a été condamnée à être enterrée vivante.

Krishna, à être violée en public par les frères d'Aryana pour laver l'honneur des deux familles.

La tombe est déjà creusée, à cent mètres du village, non loin du cimetière.

L'exécution est prévue pour demain matin.

Demain matin, on sortira Aryana de la geôle où elle croupit en attendant la mort, on lui attachera les mains dans le dos et on la forcera à s'agenouiller dans la fosse avant de lui jeter des pierres au visage puis de l'ensevelir alors qu'elle vivra encore.

Voilà ce qu'ont décidé *les sages*.

Kumail caresse le visage effrayé de sa sœur et ferme ses paupières. Il ne pouvait pas les laisser commettre ça, lui laisser endurer ça. Outre la douleur et l'humiliation, la vie de Krishna aurait été un enfer dans un pays où une femme souillée a moins de valeur qu'un animal.

Il remonte le drap sur le corps sans vie et reste un moment immobile au bord du gouffre, à quelques centimètres de l'horreur.

Puis il se relève, essuyant ses larmes d'un geste brutal.

Il repasse dans la chambre des parents. Revenu à lui, son père tente de se libérer de ses liens en poussant des cris étouffés par le bâillon. Mais il n'est pas près d'y arriver. Kumail fixe son géniteur droit dans les yeux.

— Comment tu as pu les laisser décider ça ? murmure-t-il. Tu n'as donc aucun courage ?

Son père s'immobilise, son regard noir se brouille de larmes acides. Kumail se baisse et récupère une boîte en bois cachée sous le lit. Il s'empare du revolver que son paternel cache ici depuis des années et y insère six balles. Il en met six autres dans sa poche, au cas où.

Il quitte la demeure familiale, l'arme dans la main droite. Dans son pays, et particulièrement dans sa province, chaque foyer ou presque est équipé d'une arme à feu qui coûte moins cher qu'un téléphone.

Arrivé devant la maison d'Aryana, il frappe trois coups contre la porte. Quelques minutes plus tard, Muhammad ouvre. Le père semble encore à moitié endormi. Quand il voit le coupable sur le seuil, son regard se durcit. Il ouvre la bouche mais n'a pas le temps de parler. Le canon de l'arme vient se coller sur son front et Kumail l'oblige à reculer avant de refermer la porte derrière lui.

— Tu arrives à dormir alors que ta fille va mourir ? assène-t-il à voix basse.

Aryana est assise contre le mur humide. Les jambes repliées, elle tremble.

De froid, de peur.

Elle imagine la terre dans ses poumons, l'étouffement lent, l'agonie.

Son père et ses frères seront eux-mêmes chargés de l'exécution censée blanchir l'honneur de la famille. Aryana pense à Krishna dont le sort sera encore pire que le sien alors qu'elle n'a que quatorze ans.

Tout ça par ma faute ! Pourquoi ai-je enfreint les lois ? Pourquoi suis-je tombée amoureuse d'un homme qui ne m'était pas destiné ?

Comment ai-je pu croire que j'étais libre ?

Soudain, la porte s'ouvre et une silhouette élancée se dessine dans la pénombre. Aryana saisit la main que Kumail lui tend et se sent transportée vers le ciel. Elle a du mal à tenir debout, ayant subi les coups répétés de son père et de ses frères. Alors Kumail la prend dans ses bras. Il peine à marcher mais tient bon.

Au bout de quinze minutes, ils arrivent près de la tombe creusée à côté du cimetière. Surtout pas à l'intérieur, car Aryana n'y mérite pas sa place.

Ils se regardent, s'embrassent. Pas besoin de mots, d'explications.

Ils ne tentent même pas de fuir, ce serait inutile. Kumail vient d'assassiner sa propre sœur, le père et les frères d'Aryana. Où qu'ils aillent, on les retrouvera.

Il n'y aura ni exil, ni pardon.

Ils viennent d'apprendre le prix de la liberté. Ils sont prêts à le payer.

Les deux amants, deux adolescents, descendent dans la fosse et s'y agenouillent face à face, front contre front.

Le revolver, juste à côté d'eux.

Raphaëlle Giordano

L. mon amour,

Tu es partie.

Et tout mon être est en apocalypse.

Je me retrouve seul entre les quatre murs de ma bêtise. Sonné, hagard. Déboussolé comme un idiot qui a perdu son nord. Des larmes dessinent sur ma joue les barreaux de la prison que j'ai moi-même érigée, pauvre fou inconscient du trésor que j'avais.

Je n'ai rien voulu voir venir. La cécité m'arrangeait. Aveuglé que j'étais, bouffi du privilège de t'avoir à mes côtés, comme un nabab de la chance. Devenu gros et gras, de cette suffisance de ceux qui ont tout et qui ne le savent pas. Tellement aveugle que je ne te voyais plus, mon amour. Tu paraissais tellement acquise. Jour après jour, tu t'es sentie devenir transparente. À cause de moi. Qui faisais si peu cas de toi…

Jusqu'à ce fameux soir. À marquer d'une pierre noire. Je revois encore cette terrible scène entre nous.

Dans tes yeux furieux qui me dardaient, j'ai vu en un éclair tout un paysage sous l'orage, flouté par un rideau de pluie si serré que même le peuple des grands arbres s'en trouvait transformé en ombres fantomatiques. Ta colère aurait mis à genoux les éléments déchaînés. Tes mots ont déversé leur vérité dans un débit torrentiel, comme une crue de rancœur trop longtemps contenue. Et derrière la fureur de ta cruelle déconvenue, j'ai senti le froid de la grêle sur ton cœur. Toutes ces années où je t'avais bafouée. Ta prodigalité que j'avais prise pour un dû. Avec quelle désinvolture j'avais joui de toi, dans un détachement presque indifférent, inconscient des privilèges que tu m'accordais !

Ce soir-là, il y en eut du verre brisé. Et les éclats sont toujours là, partout dans ma chair, depuis qu'a commencé ma drôle de guerre. Après la grenade de tes mots et leur vacarme assourdissant qui ont fait trembler les moindres recoins de mon âme, le plus terrible a été le grand silence de ton départ. De ces silences qui font hurler les tympans.

Tu étais mon air, et je ne le savais pas.

Je t'inhalais à pleins poumons, à grandes goulées qui remplissaient mon âme de petites bulles pétillantes et joyeuses, griserie des hauteurs dans laquelle ta présence ne manquait jamais de m'emmener.

Tu étais à toi seule le poumon de mes jours, l'Amazonie de mes rêves, l'oxygène de mes horizons. Privé de toi, j'ai le souffle court. J'étouffe dans mes propres limites.

Tu étais ma terre, et je ne le savais pas. La terre riche et fertile de mon entrain, le grain de ma motivation, les sillons de mes ambitions. Mon lopin semble désormais calciné. Rien ne pousse sur des vallées de larmes.

Tu étais mon eau, et je ne le savais pas. Depuis que je ne peux plus boire à ta source, c'est tout mon être qui s'est tari. Je n'ai plus de salive tellement les mots mots me manquentt. Les angoisses dessèchent mon palais, mais on ne peut pas étancher la peur…

Tu étais mon feu, et je ne le savais pas. Avec toi, s'est éteinte la flamme de mes désirs. Tu éclairais mes pas de tes lumières, et me voilà réduit à économiser la vie comme des bouts de chandelle.

Les mots de Prévert tambourinent dans ma tête : on reconnaît le bonheur au bruit qu'il fait quand il s'en va… Je regarde mon image projetée sur la vitre de la fenêtre fermée qui me confine, et je n'y vois que le reflet d'un triste écervelé.

La nuit, je rêve de toi. Je caresse en tremblant le souvenir de toi, je crois encore sentir sous la chaleur de mes doigts la douceur de ta peau, semblable aux rayons soyeux d'un soleil d'été, de tes cheveux longs que j'aimerais sans fin, comme les belles soirées étoilées d'éclats de rire, de ton sourire grand comme les bras ouverts des êtres chers, à l'instant béni où l'on les serre, de tes baisers qui apaisent tout, qui donnent envie de danser sur les toits du monde et d'honorer toutes les couleurs de la Terre.

Pour la première fois de ma vie, j'ai découvert ce que cela fait d'être un forçat prisonnier dans une geôle dorée. Sans toi, je ne manque de rien, et je manque de tout. Comme un bagnard, j'ai commencé à compter les jours, à graver des bâtons sur les murs délabrés de mon cerveau qui tourne en rond. Deux bras écartés suffisent pour toucher les bords de mon périmètre autorisé. Mon moral a rétréci comme peau de chagrin.

Et puis, un matin, à travers les carreaux, j'ai vu un oiseau déployer ses ailes et s'envoler très haut, jusqu'à n'être plus qu'un point dans le grand carré de ciel. Recommencer à battre des ailes… C'est peut-être le clin d'œil involontaire de la nature, témoin indifférent de ma déconfiture. Je n'ai pas le droit de baisser les bras et, à défaut d'ailes, il me faut me ressaisir. Me rendre digne de toi. Je serre fort ce fil à suivre comme un Thésée d'intérieur, pressé d'échapper à un Minotaure invisible. Plongé depuis tant de jours dans la pénombre de mes doutes, j'ai commencé par me cogner partout. Mes yeux ne sont plus habitués à regarder la vie en face.

Alors, pareil à un funambule hésitant sur le fil de la vérité, j'ai avancé, petit pas par petit pas, en quête d'un essentiel. J'ai d'abord été étonné de trouver un tel désordre dans les recoins de mon existence. Tant de tri à faire. C'est fou tout ce qui encombre l'âme ! J'ai travaillé sans relâche et sans filet, prêt à prendre tous les risques pour oser mon renouveau, l'œuvre au noir de ma transmutation.

Je suivais cette idée folle que me retrouver moi permettrait de te retrouver toi. Et que même si ni toi ni moi ne serions plus jamais tout à fait les mêmes, peut-être pourrions-nous nous retrouver quand même ? Différemment ? Peut-être même en mieux ?

Il y en a eu des jours et des lunes. Tant de semaines qui ne se comptent plus sur les dix doigts. Je ne sais plus très bien si j'y croyais encore, mais un jour, tu as frappé à la porte.

Tu es là ?

C'est toi ?

Si belle ! Si éblouissante ! Si merveilleuse ! Si pareille ! Si différente !

L'émotion m'étreint aussi fort que tes bras. Je te touche, te pince même, encore incrédule, pour vérifier que je ne rêve pas. Je ris dans mes larmes. Je t'embrasse comme un fou plein de raison. Je préfère te mettre en garde : je crois que je ne vais plus jamais m'arrêter de t'embrasser.

Ma liberté ! Enfin, je t'ai retrouvée.

Serena Giuliano

Le Grand-Huit

Je n'ai jamais aimé les manèges à sensations.

Je n'ai jamais compris en quoi c'était divertissant, de se dire qu'on allait crever toutes les deux secondes.

Une fausse impression de liberté.

Comment peut-on être libre alors qu'on ne peut rien contrôler ?

Depuis quinze jours, je suis gâtée : j'ai le sentiment d'être à la fête foraine des émotions, et qu'on m'a mise de force dans un grand-huit avec des putains de loopings !

Autant vous avouer que je commence à avoir la nausée.

Lorsque je suis tout en haut, ça va ; je réussis à me dire que c'est agréable.

Que le paysage est plutôt joli.

J'ai le temps de faire tout ce que je remettais au lendemain.

À ce lendemain qui a fini par arriver, et qui, en plus, a mis le temps sur pause.

Alors je nettoie, je range, je trie.

Mais je ne sais pas bien dans quelle poubelle on jette les angoisses…

Tiens donc, voilà une descente !

Quand je suis en bas, j'ai souvent honte.

Honte de ne pas être une mère assez patiente, lorsque je hurle à mon fils QUE C'EST PAS SI COMPLIQUÉ UNE FRACTION, BORDEL DE MERDE !

Honte de me plaindre tandis que je suis confinée dans le confort d'un appartement douillet, où je ne manque de rien. Confinée, mais entourée de ma famille en bonne santé, aux côtés d'un époux doux et aimant.

Contrairement à d'autres.

Alors je remonte. Et me voici au sommet de nouveau.

Je prépare des gâteaux, des crêpes, des *pasta al forno* ; je transforme le temps en calories, et puis, juste après, je fais du sport.

Je me sens en forme, vivante comme jamais, je souris, je respire.

C'est alors que, au détour de mon fil Twitter, j'aperçois les décomptes morbides.

« Mille morts en Italie en vingt-quatre heures. » Et ici, tout près : décès de médecins, d'infirmiers, d'une jeune fille de seize ans qui avait la vie devant elle. Je lis : des personnes âgées parties dans la solitude d'un Ehpad impuissant, des enterrements sans un au revoir digne de ce nom.

C'est la pente la plus raide, elle enchaîne sur un looping.

Et puis un autre.

Cerveau lessivé, je ferme fort les yeux.

Je cesse de respirer.

Maintenant, on est à l'arrêt, et de nouveau dans les airs.

J'ouvre un œil, le vent me caresse les cheveux.

Ou est-ce la petite main de mon fils venu se blottir contre moi ?

Je respire son odeur.

J'appelle mes amies en face cam.

Je ne les ai jamais autant vues que depuis deux semaines.

Soudain, tout le monde a le temps.

On prend l'apéro, on « *air* trinque ». On évoque l'« après » pour ne pas trop penser au présent.

On dédramatise.

Plus personne ne dit : « Ne regarde pas ma tête ! » Tout le monde s'en moque d'être moche ; la priorité, c'est d'être en vie.

On s'envoie des vidéos marrantes, des mèmes et des blagues pourries.

On tente de rire de ce virus qui se fout de notre gueule.

Qui se fout de tout.

De la merde financière dans laquelle il nous plonge, de la détresse des soignants, de la peur de l'autre qu'il instille, de l'injustice ressentie lorsqu'il faut continuer à sortir travailler malgré lui.

Fin de la pause.

J'entends les pleurs d'une caissière, la colère d'un infirmier.

L'avantage, lorsqu'on est tout en bas, c'est qu'on ne peut que remonter.

Ouvrir les réseaux sociaux comme on ouvre un balcon sur le monde.

Avoir des milliers de gens à portée de clic.

Se sentir moins seule. Lire la bienveillance, les élans de solidarité, les initiatives qui réchauffent le cœur.

Voir l'homme sous son plus beau jour, alors qu'il n'a même pas mis de filtre.

Mais un clic de trop, et c'est de nouveau la chute.

Voir l'homme sous son plus mauvais jour.

Il a enlevé tous les filtres.

Quand est-ce qu'on arrive ?

Combien de descentes encore ?

Combien de haut-le-cœur ?

Je n'en peux plus, j'ai mal au ventre.

Quand est-ce qu'on sort de là ?

J'en finis par détester le soleil.

Il est là, insolent, indécent. Comme un doigt d'honneur permanent.

Et puis ce printemps qui ne cesse d'éclore. Avec ses arbres en fleurs et sa bonne humeur.

Face aux terrasses et aux parcs vides, il doit penser qu'on lui a tous posé un lapin.

Je déteste tout ce que j'aime habituellement, en plus des manèges à sensations.

Ils donnent une fausse impression de liberté.

Comment être libre lorsqu'on ne peut rien contrôler ?

Héloïse Guay de Bellissen

Après tout ça

Après tout ça, l'inquiétude se confinera d'elle-même. Parce que tout passe dans la vie, mais pas la vie elle-même, y a qu'à voir la nature. Elle s'en fout complètement de vivre ou de mourir, elle existe, point barre. Les fleurs éclosent, la cime des arbres s'alourdit de feuilles, les rouges-gorges prennent du bon temps au soleil. La vie sociale et sociétale s'est arrêtée autour de nous, mais pas en nous. Faut pas confondre. Et puis, est-ce plus inquiétant que d'habitude, vraiment ? Nous ne sommes jamais à l'abri d'un basculement, nous le savons tous, mais la chance que nous avons en ce moment, c'est que nous basculons tous ensemble.

Après tout ça, nous ne mettrons plus de masque. Ça en sera fini de ce *nous* imaginé, ce faux visage que nous portions parfois par facilité ou crainte. Nous aurons dépassé celui que nous voulions être pour celui que nous sommes. Nous nous serons enfin rencardés, face à face avec notre solitude, et le nouveau regard que nous poserons envers nous sera beau et rassurant. D'ailleurs, tiens, nous nous trouverons beaux.

Après tout ça, nous serons à un mètre cinquante de nos pompes, ouais, c'est vrai, se retrouver, se trouver c'est pas si simple, mais nous avancerons. Dans le chaos, nous provoquerons notre bonheur parce que cette distance nous la garderons, car, pour tout, elle est nécessaire. C'est l'espace vital, la zone de repli dont on a besoin pour se battre mentalement et physiquement, la distance de garde pour mettre des coups ou s'en écarter.

Après tout ça, l'égo sera un concept dépassé parce que la fragilité humaine nous aura prouvé sa violence et nous l'aurons acceptée. Il faudra se résoudre à n'être qu'un corps, qu'une vie, parmi d'autres vies, et d'autres corps. Nous serons porteurs sains de ce qu'on est vraiment et de ce qu'on va faire : réparer le monde. Reconstruire le tout à partir du rien. L'humanité à partir de l'humain.

Après tout ça, nous serons contagieux d'un autre virus, celui d'être heureux simplement. Nous allons provoquer le bonheur, et changer de vie, même pire, en avoir plusieurs. Nous explorerons le champ des possibles. La vie, la continuer telle qu'elle était, la sublimer, la surpasser, l'écraser sous le poids de notre avenir, la saccager comme on le souhaite, la bercer d'illusions nouvelles, la jeter d'une falaise mais en lui ayant confectionné un parachute, et faire tout ça en même temps.

Après tout ça, la société de consommation, hé, ho ? Y a quelqu'un ?! Non ? Ben, tant mieux, ton chômage partiel nous fera du bien.

Après tout ça, nous arrêterons de courir, de vouloir toujours plus, parce que nous aurons ralenti notre système de pensée. Nous prendrons le temps, le temps de l'attente et du miracle, le retour à l'attente souhaitée et nécessaire, et au présent. Nous aurons pris de la hauteur et nous pourrons voir que, sur terre, il se passe toujours quelque chose de terrible et de beau, et nous saurons désormais qu'on est toujours entre les deux.

Après tout ça, nous ne mettrons pas de gants pour dire qui nous sommes aux autres. Pas de gants pour toucher, caresser, gifler, faire un duel au soleil, prendre quelqu'un dans nos bras. Pas de gants non plus en hiver, même quand ça caillera, parce que nous en aurons eu ras le bol.

Après tout ça, vous aurez fait l'expérience, pendant quelques semaines, de la vie d'artiste, un mélange subtil de confinement et de doutes permanents : *Vais-je survivre à ce monde ? Est-ce que j'ai fait les bons choix ? Est-ce que j'ai assez d'argent ce mois-ci ? Non. Bon... Qu'est-ce que c'est beau le ciel, sérieux, je devrais le peindre ou l'écrire, ou peindre dans le ciel, ou écrire la peinture du ciel, c'est possible tout ça ou pas ?*

Vous aurez acquis notre don, celui d'être libre. C'est ce que nous faisons de mieux, des voyages immobiles en se risquant chaque jour un peu plus à la liberté.

Alors : bienvenue chez nous, rentrez, nous ne sommes pas si féroces, approchez, nous rêvons toujours au-dessus de nos moyens, mais nos moyens sont infinis.

Anne Icart

À quoi tu penses, Philo ?

« À quoi tu penses, Philo ? »

Je venais d'arriver dans l'appartement de mes parents. Comme chaque soir, je passais vérifier qu'ils allaient bien. Et c'était bon aussi de ne pas être, pour quelques minutes au moins, séparée des autres par un écran d'ordinateur. À son habitude, mon père prenait des nouvelles du monde dans son bureau. Ma mère, elle, s'était exilée à l'autre bout du couloir pour lire dans la cuisine. L'avantage du grand appartement de mon enfance : nous n'avions aucun problème pour respecter la distanciation sociale. Philo, seul, était dans le salon. Presque immobile.

Il avait pris cette habitude de se planter devant la grande porte-fenêtre chaque fin d'après-midi. Avec une régularité de métronome. Philo est un garçon de rituels. Trop bousculés à son goût en ce moment. Il se courbait d'abord en deux pour lire la température sur le thermomètre accroché à l'une des jardinières du balcon. Selon qu'elle était basse ou haute, il se donnait un coup de poing sur la cuisse (trop basse pour un mois d'avril) ou il prononçait un « Ah ! » satisfait (15 °C pour un mois d'avril, c'est honnête). Puis, le front appuyé sur le carreau, il se mettait à observer les immeubles d'en face. Les fenêtres pour la plupart fermées. Les rues sans voitures. Les trottoirs sans piétons. Le ciel bleu azur. Mais, dans une heure, les gens passeraient une tête hors de leur confinement pour applaudir tous ceux qui se battaient pour nous rendre la vie plus rassurante. C'est ce qu'il attendait.

Philippe, Philo, handicapé mental, mon grand frère. Mon grand-frère-enfant. Mon héros.

« À quoi tu penses, Philo ? » j'ai répété.

Il s'est tourné vers moi. Ses sourcils étaient froncés, en accent circonflexe, comme toujours quand il est inquiet. Il a réfléchi un moment.

« Anne, tu crois qu'on pourra aller à Saint-Lizier cet été ? »

J'ai souri. D'aussi loin que je me souvienne, les rêves d'évasion de mon frère l'emmenaient invariablement à Saint-Lizier. J'ai souri aussi parce que, ces rêves-là, je les partageais avec lui depuis l'enfance.

On s'est assis l'un en face de l'autre, chacun dans un coin du salon, à trois bons mètres de distance.
« Parle-moi de Saint-Lizier », je lui ai demandé.

Immédiatement, ses yeux noisette pas mûre se sont éclairés. Son corps s'est détendu.

« D'abord, quand on arrivera, je t'aiderai à défaire mon sac. Comme ça, ce sera fait ! Et puis, j'irai me promener. Pour prendre l'air. On en aura besoin, pas vrai, Anne ! On sera restés assez enfermés dedans à Paris ! J'irai Au Montcalivert, parce que de là-haut, on voit toute la chaîne des Pyrénées. Peut-être que Papa viendra avec moi ? Si on marche lentement… S'il ne fait pas trop chaud. On s'assiéra au pied de la croix et on respirera. Papa me dira : "Tu vois, là, c'est le Valier. Et là, la Mail de Bulard. Le Crabère, le Maubermé…" Peut-être qu'on trouvera des mûres, comme il y a deux ans ! Tu te souviens, j'en avais ramené tellement que Maman en avait fait de la confiture. On l'avait rapportée à Paris et j'en mettais dans mon yaourt tous les soirs. En rentrant, on passera par Montjoie. Ça nous fera bien deux bonnes heures de marche… Je rattraperai tout ce que je ne peux pas faire là et le Dr M. sera content. Je dois marcher pour mon cœur. »

Je suivais Philo sur les chemins caillouteux menant au Montcalivert, en respirant moi aussi. Mon corps n'était plus à Paris mais bel et bien là-bas. Si je fermais les yeux, je pouvais voir les Pyrénées se découper dans le ciel pur, les quelques nuages accrochés à elles, les reliefs escarpés, un névé ici et là. Je pouvais sentir la brise légère et tiède. L'odeur de l'herbe fraîchement coupée, celle du petit sous-bois de Pouterolles, mélange d'humidité et de champignons.

J'ai rouvert les yeux. Philo me regardait, mi-figue mi-raisin. Il croyait peut-être que je ne l'écoutais pas.

« Continue… », je lui ai soufflé.

« Peut-être que Jean-Louis et Claudine voudront bien m'emmener à Guzet. Avec Alain et Taff ! Il n'y aura pas de neige, c'est sûr ! Mais ce n'est pas grave ! Le soir, on dînera tous ensemble et peut-être même, on fera une partie de Monopoly. Avec celui de l'Ariège que Jean-Louis m'a offert ! »

« Et on dira des gros mots ! Et Jean-Louis et moi, on trichera ! »

Philo a éclaté de rire. Le mot « gros mots » provoque toujours ça chez lui. Un immense éclat de rire, spontané, pur.

« Le lendemain, je me lèverai à 9 heures. Je me préparerai et je regarderai les jeux à la télé. On déjeunera dehors. Le soir, quand la nuit sera bien noire, on montera au Marsan avec Papa et on regardera les étoiles. Papa mettra encore trois heures pour ajuster son télescope mais on s'en fout ! On se couchera avec la Voie lactée dans la tête. »

Philo s'est arrêté de parler. Comme pour mieux réfléchir à tout ce que nous ferions à Saint-Lizier quand nous pourrions y revenir. Puis il s'est replanté devant la vitre, devant les fenêtres fermées, les rues sans voitures, les trottoirs sans piétons. Il s'est à nouveau penché pour relever la température ; elle n'avait pas changé depuis tout à l'heure. Il s'est redonné un énième coup de poing sur la cuisse, signe de colère ou d'impuissance. Il ne pouvait rien faire pour changer la météo. Il ne pouvait rien faire pour changer les règles du moment, qui chamboulaient tant son quotidien.

Il ne pouvait qu'imaginer, loin, loin devant ces semaines interminables.

J'ai toujours su à quel point mon frère était capable de ça, s'évader dans des mondes lointains, hors de notre portée. Même si son rêve d'aujourd'hui l'emmenait à seulement huit cents kilomètres d'ici, il sentait bon l'avenir. J'ai toujours su que sa bulle était remplie de joies simples, accessibles, ses joies à lui, celles qu'un gros mot déclenchait, une partie de Monopoly, une promenade sur les chemins de Saint-Lizier, une virée à Guzet pour voir la neige, la confiture des mûres qu'il avait ramassées, notre famille.

J'ai toujours su ça et je le lui ai toujours envié. Alors, Philo, continue de me raconter, d'accord ?

« Anne, on ira à Saint-Lizier cet été, dis ? »

Claude Izner

Le chemin qui s'en allait

Devant la maison de pierre jaune, au milieu du causse, un petit chemin s'en allait. Il était couvert de cailloux et bordé de ronces. Il s'ennuyait.

Le lérot lui avait juré que la Terre est une grosse boule qui toupille entre les étoiles. Alors, un matin d'été, le petit chemin s'étira très fort et décida d'aller voir au-delà du bois de châtaigniers.

Il escalada la colline et découvrit la courbure de l'horizon. Il pouvait partir où bon lui semblait.

Une caresse lui chatouilla le dos. Deux souliers s'éloignaient vers la plaine.

— Où allez-vous ? demanda le petit chemin.

— Sur la route, répondirent les souliers.

— La route est-elle belle ?

— La route est lisse, droite, plate.

Et comme les souliers marchaient vite, le petit chemin se tendit de toutes ses forces pour les rattraper et devint pareil à un long serpent.

Et comme les souliers étaient cloutés, le petit chemin se râpa et devint aussi doux qu'un pétale d'églantine.

Et comme les souliers étaient lourds, le petit chemin s'aplatit et devint aussi plan qu'une aile.

Le petit chemin était à présent une route. Pas une grande route, juste une départementale. Régulièrement, sur ses bas-côtés, se dressait une borne rouge et blanche. On y lisait le nom d'un lieu.

— Où suis-je ? demanda la départementale.

Nul ne lui répondit.

La route aperçut une camionnette essoufflée.

— Je me fais vieille, gémit la camionnette, je suis bonne pour la casse !

Une automobile klaxonna et la doubla en trombe.

— Où galope-t-elle si vite ? demanda la départementale.

— Sur la nationale, là-bas, on peut rouler sur trois voies.

— Il existe une route encore plus large que moi ? s'étonna la départementale.

— C'est ce qu'on raconte.

— Où faut-il aller pour grandir ?

— Tout droit, jusqu'à la ville, je crois.

Alors la départementale se mit à courir, tant elle avait hâte de découvrir la ville.

Elle était hors d'haleine. Elle avait traversé des champs, des bois, des bourgs, vu des pylônes, de hautes cheminées qui crachaient de la poussière grise, des éoliennes qui brassaient le vent, des fenêtres par milliers. La lune s'était couchée, le soleil se levait. La départementale dut s'arrêter pour laisser passer un dragon avec plein d'yeux sur les côtés.

— Qu'est-ce que c'est ? demanda-t-elle.
— Un train, dit le passage à niveau. Et j'en suis le gardien.

Les barrières se redressent. La départementale s'élance. Elle franchit les rails. Elle ne se reconnaît plus. Elle est large, bordée d'arbres où sont perchées des corneilles.
— Hé, vous, là-haut, que voyez-vous ?
— D'autres nationales, comme toi.
— Suis-je la plus belle ?
— Toi ? Tu n'es qu'un petit rouage dans l'environnement.
« Elles mentent, se dit la nationale. Je mène d'un point à un autre des automobiles pressées, des autocars, des camions, je suis la reine. »
Et elle fonça vers l'inconnu.

— Hélas, gémit une petite voix, personne ne fera donc attention à moi ?
— Qui es-tu ? Pourquoi pleurniches-tu ?
— Je suis le hérisson, je porte le deuil de ma famille, tu me les as tous pris. Ils sont allés à toi, ils te trouvaient si merveilleuse, les phares de tes automobiles illuminaient la nuit, aucun d'entre eux n'est revenu.
— Je n'y peux rien, répliqua la nationale, je vis avec mon temps, le temps c'est de l'argent et l'argent c'est le nerf de la guerre. Vite, vite ! je vais de l'avant, je suis la reine.
— La reine ? Oh, non ! La reine, c'est... l'autoroute, murmura le hérisson.

— Où est-elle ?

— Après les postes de péage, là-bas commence l'autoroute.

La nationale s'élargit brusquement et devint double. D'un côté, elle portait des files de voiture qui montaient vers le nord ; de l'autre, des voitures qui filaient vers le sud. C'était grisant, ce train d'enfer. À peine si l'autoroute distinguait les panneaux lumineux, les aires de restauration, les usines, les bretelles, les bifurcations. Parfois, elle ralentissait pour éviter des amas de ferraille entrechoquée, mais elle ne s'attardait jamais et reprenait sa course.

Une rumeur constante planait au-dessus d'elle :

— Je dois livrer à temps.

— Je dois pointer à temps.

L'autoroute franchit un tunnel, s'enlisa dans les bouchons et devint périphérique.

Tout le long du jour le périphérique tourna comme un dératé.

Vint la nuit. Au loin, la ville gigantesque brillant de mille feux éteignait les étoiles.

Les étoiles ! Voilà ce qui manquait au périphérique.

— Je n'ai plus de souffle, constata-t-il, j'étouffe, je suis à bout.

Il se mit en quête d'une issue.

Le trafic diminua, puis se fit rare.

C'était le bon moment.

Le périphérique s'engouffra dans le tunnel.

L'autoroute longea les stations-service, franchit les postes de péage, s'échappa vers la nationale bordée d'arbres bruissant d'appels.

Après avoir dépassé des bourgs, des villages silencieux, elle ralentit sa course.

La départementale se mit au pas. L'ombre bruissait de chuchotement. Le ciel sombre clignotait, l'aube se leva.

Le petit chemin escalada la colline. Traversa le bois de châtaigniers. Une paire de vieux souliers se reposait sur un talus.

— Où vas-tu ? demandèrent-ils.

— Chez moi.

Le petit chemin se tordit dans un virage et s'arrêta. Devant lui, au milieu du causse, sous les premières lueurs du soleil se dressait une maison de pierre jaune.

Et plus jamais le petit chemin ne s'ennuya.

Philippe Jaenada

Libéré des livrées

En 1988, je me sentais prisonnier. Je le dis maintenant, avec le recul (ou l'avancée) du temps qui a passé, mais à l'époque je n'avais, c'est du moins le souvenir qu'il m'en reste, qu'un sentiment diffus de mal-être, d'engoncement : je sentais, inconsciemment, que j'étais ligoté. J'avais vingt-quatre ans, plein d'amis, une vie apparemment agréable, je sortais souvent, je voyais du monde, mais ça n'allait pas – du tout. Aujourd'hui, vieux schnock lucide, je sais qu'au moment d'entrer définitivement dans mon existence d'adulte, celle où j'évoluerais jusqu'à ma mort, je ressentais quelque chose comme – pourrait-on dire avec l'emphase émouvante de ces jeunes âges – la peur de ne pas être moi-même. En société ou même devant son miroir, il convenait d'être ci et ça, de faire ci et ça (rien de péjoratif là-dedans, je ne parle pas de routine ou d'endoctrinement, ni de soumission quelconque, simplement il fallait se choisir un rôle, qu'il soit celui d'un citoyen docile ou d'un marginal enragé, d'un aventurier ou d'un pantouflard : un rôle). J'étais en train d'enfiler un uniforme invisible, une livrée d'employé de la vie. Je ne le savais pas, et je ne savais pas non plus que je n'en avais pas envie.

Il m'a fallu des années (vingt ?) pour comprendre pourquoi je m'étais mis, en 1988, à tenter toutes sortes d'expériences stupides. Pour m'amuser, je pensais, au début. Ayant entendu je ne sais quelle théorie dans une émission de télé, j'ai passé un mois à me nourrir exclusivement de café au lait sucré. Après avoir repris des forces (et un transit intestinal convenable), je suis resté une semaine sans dormir, sept nuits de suite. Le mois suivant, une semaine sans manger, en buvant seulement, de l'eau. Puis une semaine sans sortir de chez moi, et sans me lever : pour être sûr de résister, j'avais tendu partout entre les murs de mon petit studio, à partir d'une cinquantaine de centimètres au-dessus du parquet, des bandes magnétiques de cassettes audio, des centaines de fines barrières souples, marron, jusqu'à un mètre cinquante de hauteur. J'avais fait des provisions de trucs froids à manger, et installé tout ce qui me semblait nécessaire à portée de main d'un homme qui rampe (d'un abruti qui rampe). Pendant une semaine, je ne me suis soulevé du sol que pour me coucher sur mon lit ou m'asseoir sur les chiottes. Ça devenait douloureusement ridicule, j'en avais conscience. Ce dont je n'avais pas conscience, c'est que ces exercices de privation, ces tentatives maladroites de « faire sans », avaient tout bêtement pour but de me défaire de façon simplette et utopique, grossièrement, de certaines pratiques humaines obligatoires : manger, dormir, marcher.

J'ai déménagé. Peu de temps après, je me suis consciencieusement, et profondément, brûlé l'extrémité des dix doigts avec une cigarette, en y appliquant le bout incandescent. Je voulais ne plus pouvoir me servir correctement de mes mains. (Oui, j'accepte de bon cœur la moquerie, évidemment, je vous en prie, je mérite.) Avec mes dix gros pansements de fortune, je suis allé, comme prévu depuis plusieurs semaines, rendre visite à une amie à Lille. Elle avait réservé dans le meilleur resto de moules frites de la ville, je n'ai pas pu me défiler. Qui a déjà essayé de manger des moules sans les doigts peut comprendre que j'aie alors pensé : « Pauvre, pauvre type… Va falloir trouver quelque chose pour arrêter ça, bonhomme, tu fais pitié. »

Après deux ou trois autres idioties encore, que je n'ai pas envie de raconter ici mais qui faisaient plus que tendre vers la crétinerie suicidaire, j'ai entamé l'expérience finale, dont l'objectif, pas évident de prime abord et vu de l'extérieur, était de mettre un terme à toutes ces bêtises : je me suis isolé et enfermé dans mon nouvel appartement, au quatrième étage du 27 rue Gauthey, dans le 17ᵉ arrondissement, pendant un an et dix-sept jours, du 1ᵉʳ janvier 1989 au 17 janvier 1990, les volets clos, sans téléphone, sans télévision, sans radio, sans chaîne hi-fi, sans Internet qui n'existait pas, mais sans Minitel non plus, sans rien qui puisse m'apporter quoi que ce soit de l'extérieur, ni me permettre de transmettre quoi que ce soit vers l'extérieur. J'ai arrêté de parler (j'ai certainement marmonné entre le salon et la salle de bains, mais je n'ai pas articulé le moindre son à destination d'un autre être humain que moi-même), j'ai arrêté d'entendre autre chose que ma respiration et les voitures au loin, j'ai arrêté de voir autre chose que mes murs blancs. (Je mens. Je sortais cinq minutes par jour acheter un paquet de clopes, un paquet de nouilles, un paquet de gruyère râpé (j'étais devenu végétarien quelques mois plus tôt, cela faisait partie de ces épreuves absurdes que je m'imposais), sans parler, passant inévitablement pour un rustre mal élevé aux yeux des caissières, mais tant pis.) Au bout de 382 jours, j'en suis ressorti – très péniblement, pour être honnête, lentement, pataud – débarrassé de tout, libéré de tous les costumes et de mes obligations, comme on dit dans le jargon militaire, je me sentais remis à zéro, poncé, prêt à recommencer comme un grand bébé (costaud, agile, expérimenté, réfléchi, averti).

J'avais réussi à m'évader. Mais à m'évader en me sauvant à l'intérieur de mon appartement, à l'intérieur de moi-même. Plus rien n'avait pu m'atteindre. (Lorsqu'on s'évade à l'autre bout du monde, ça ne change pas grand-chose, on est atteint de la même manière mais ailleurs, c'est partout pareil.) Aujourd'hui, trente ans plus tard, je vis un peu à l'écart de la société, ça m'est resté, mais je tiens un rôle, bien sûr, je ne vais pas prétendre le contraire, je ne sais pas exactement lequel, celui d'écrivain, d'ours, de mari, de père, de marginal routinier, de vieux schnock lucide, d'alcoolo à l'occasion, j'ai quelques livrées dans ma penderie, comme tout le monde. Mais, depuis le 17 janvier 1990, je me sens – même en ce moment confiné, et même si ce n'est qu'une illusion, même surtout si c'est nunuche à dire – libre. Sans rire.

Jean-Joseph Julaud

L'Amour, la mort, la vie

Amis du Centre, de l'Est, de l'Ouest, du Nord, amis de tous bords, venez, ouvrez toutes grandes les fenêtres et les portes de votre pensée, de votre imaginaire confiné en l'attente de jours sûrs où nous aurons tous terrassé le dragon, où les autorités lanceront sur les ondes ce cri de la victoire : « Terminus ! Retrouvez de vos pas le rythme quotidien ! Nous l'avons étouffé, abattu, le coronavirus ! »

En attendant, si nous nous enfuyions, si nous quittions sans faire de bruit le lieu où peut-être on s'ennuie, sans que personne le voie ou s'en soucie ? Si par quelque magie on s'installait sur le quai de tous les départs en substituant au pas à pas des trajets quotidiens, déjà anciens, le page à page où l'on croise, ainsi qu'on le fait chaque jour, dans l'ordinaire des mois sans virus, les fous et les sages ? Ceux-ci l'image des lecteurs, ceux-là celle des auteurs, ou les deux à la fois chez les uns et les autres, tant la nature humaine se promène incognito dans les extrêmes, alors qu'on la juge, au simple respect qu'elle témoigne aux lois et aux habitudes, l'exemple même de la quiétude.

Prêts ? Partons !

Vous l'avez compris, notre voyage, antithèse du pilotage de la voiture, s'inscrit dans la lecture. Partons ! Partons loin, bien loin, au Japon. Et déjà nous y sommes. Miracle de l'écriture des hommes, tel Alessandro Baricco qui nous livra en 1997 et en 114 pages un passeport pour le pays du Soleil-Levant : le roman *Soie*. Quatre lettres pour titre, promesse d'un séjour où la moire et l'amour vont bercer jusqu'au rêve votre envie de cerisiers en fleur, jusqu'au douloureux suspense, votre attente, avant que… Non, ne rien révéler. Nous sommes en 1861, Hervé Joncour, le héros, a trente-deux ans, il achète et vend des vers à soie. Après un long voyage, il arrive là-bas où le silence s'honore en des temples d'argent. Une jeune femme, un regard, et la grâce inouïe d'un geste qui porte aux lèvres le thé sacré… Hervé Joncour, l'amour, l'effroi… N'y êtes-vous pas déjà ?

Retour en chambre, en salon ou bureau confiné. Juste un instant, on repart ! Où ? Sur la lisière de la forêt amazonienne. Un homme blanc a été tué, les chairs déchirées d'atroce façon, et les chercheurs d'or montrent déjà pour coupables les Indiens gêneurs. Mais Antonio José Bolivar, dans *Le Vieux qui lisait des romans d'amour*, signé Luis Sepúlveda, va vous livrer, en même temps que le vrai meurtrier qu'on est forcé d'absoudre, une philosophie du quotidien, simple et saine. Elle pourrait bien ne plus vous quitter au fil des semaines, des mois, des années, pendant que demeurera, au fond de vous, la fête ultime que donnent les Indiens Shuars au soir de leur existence, avant d'entrer dans la transparence.

Vous venez d'atterrir ? L'action se tend où nous partons – voyez comme on l'oublie, ce fameux confinement ! – l'action se cabre et s'affole, celui qui nous conduit en elle, Joseph Kessel, nous attend, en Afghanistan. Jehol, le cheval plus fol encore que Bucéphale, Ouroz qui le transforme en astre de feu victorieux de toutes les courses jusqu'au jour où, sur la piste… avant son bouleversant retour vers le grand Toursène. Fini la vie et la folie ? *Les Cavaliers*, voilà le titre où se déroulent les fabuleux destins que vous pouvez tenir entre vos mains.

Baricco l'amour, Sepúlveda la mort, Kessel la vie. Vous pouvez considérer, chers confinés – et cher moi-même puisque j'en suis –, ces trois pistes, l'amour, la mort, la vie, comme têtes de colonnes dans lesquelles entreront vos prochaines lectures, au fil de vos envies.

Porte, fenêtre de la pensée qui cherche l'aventure, telle est la lecture, termes plus justes pour l'entrée d'un livre que le mot couverture. Confinés, mes amis, et tous les autres aux sorties autorisées, la liberté et le bonheur, avant tout intérieurs, ne sont-ils pas, juste là, à notre portée, avec pour seul danger la plus belle addiction qui soit : devenir ivre de livres ? Balzac, Hugo, Zola,

Flaubert, Proust… Lire, relire et s'évader. Lire pour guérir de toute anxiété. « Fuir, là-bas fuir… » écrivait Mallarmé. C'est à votre portée ! Rendez-vous sur le quai de tous les départs. Embarquez… Livre ouvert ? Au revoir !

Maïa Kanaan-Macaux

Le Monde d'après

Et si cette pandémie était l'occasion de se réinventer,

Et si de la peur, de la maladie et de la mort, naissait un autre monde,

Nous refuserions de sortir du confinement si ce n'est pour construire loyalement, sincèrement, simplement un monde plus juste, un monde meilleur,

Nous serions différents, changés, mus par cette expérience,

Nous aurions fait preuve de patience,

Nous aurions regardé ce qui nous entoure,

J'aurais pris le temps de comprendre que ma petite dernière veut souvent aller trop vite, passer à autre chose, le temps de discuter avec elle pour savoir pourquoi elle ne veut pas dormir toute seule et pourquoi depuis un an, elle squatte la chambre de la cadette à la nuit tombée,

Le temps de voir que la cadette cherche à s'émanciper, qu'elle a besoin d'être un peu seule et que l'aînée parfois si dispersée, est calme, organisée, qu'elle travaille bien à son rythme, sans pression.

Le bonheur de l'entendre dire « heureusement qu'on s'entend bien, vous imaginez, sinon, l'horreur » et de les regarder jouer et rire ensemble malgré leur écart d'âge.

Le temps de voir les oiseaux qui peuplent notre jardin, de les regarder narguer notre chat qui tente la ruse, mais perd à tous les coups du fait du nombre et de la solidarité volatile. Le temps d'essayer de repérer les espèces, leur petit manège quotidien, le merle qui fabrique son nid en utilisant de longues tiges d'un arbuste, semblables à de la paille (j'ai bien fait de ne pas les couper), le couple de tourterelles inséparables dont Fabrice dit que la femelle fait ce qu'elle veut du mâle, les grives discrètes et ces petits oiseaux très colorés, des mésanges (j'ai pris le temps de vérifier) jaunes et vertes.

Nous tiendrions compte du petit autant que du grand,

Et nous ferions ce qui est en notre pouvoir pour que la vie soit plus acceptable, plus vivable pour tous ; les hommes, les animaux qui disparaissent, la nature qu'on saccage.

Nous serions prêts à délaisser un tout petit peu de ce que nous croyons être un confort indispensable,

Nous serions capables de sacrifices pour sauvegarder ce qui reste de la beauté du monde et cela nous paraîtrait sans doute plus facile que ce que nous imaginions,

Nous déciderions de ne plus faire les courses comme avant, de ne plus prendre la voiture comme avant, de ne plus prendre l'avion comme avant,

Nous nous interrogerions sur nos besoins, nos désirs, nos plaisirs,

Nous profiterions de cette occasion pour refuser de servir les sociétés cotées en bourse,

Nous n'accepterions plus que notre argent enrichisse ceux qui spéculent,

Nous aurions le pouvoir d'appauvrir les actionnaires,

Nous n'accepterions pas qu'on nous culpabilise en nous incitant à consommer à tout prix, au nom de l'emploi, de la croissance, parce que la croissance, on s'en fout. Parce qu'on le saurait depuis le temps si elle faisait le bonheur des hommes.

Mais là, on l'aurait enfin compris, confinés, nos vies réduites à l'essentiel et pourtant heureuses,

On se sentirait plus forts, capables de ne plus abonder dans le sens de ceux qui abusent des salariés et paupérisent toujours et encore nos sociétés,

Nous pourrions les contraindre à fermer des usines qui polluent,

On accepterait d'être acteurs de la transition et on inviterait par nos choix les entreprises à créer de nouvelles façons de produire, on formerait les jeunes à de nouvelles techniques, en réalité très anciennes.

On formerait les salariés à une autre économie,
L'homme serait au cœur de sa vie

Alors que je descends me faire un thé, mes filles ont transformé la cuisine en un laboratoire chimique, elles préparent du produit nettoyant pour les surfaces, du produit vaisselle, de la lessive.

Elles m'ont contraintes il y a des mois à mettre au panier les savons liquides pour les remplacer par du savon de Marseille et du shampoing solide.

Et si nous refusions autant que possible les emballages qui remplissent nos poubelles, les produits qui polluent nos eaux.

Et si on défendait le bien commun, celui des riches comme des pauvres,

Ce qui nous lie, ce qui fait corps, ce qui fait de nous une société

L'école, les hôpitaux, les moyens de transport collectif, la poste.

Et si on pouvait choisir de prendre le train, sans hésiter parce que c'est cher.

Et si on arrêtait d'accroître les inégalités et de détruire la planète, notre seul et unique habitat.

Et si on faisait le lien entre nous et la nature,

On prendrait acte de notre rôle dans l'extinction des espèces, la biodiversité, la crise climatique,

On arrêterait de contaminer nos sols,

D'affaiblir la terre dont nous sommes de bien piètres maîtres.

Nous aurions le pouvoir, la liberté de choisir le monde dans lequel nous voulons vivre.

On choisirait, quand on le peut, de gagner moins et de dépenser moins,

On aurait plus de temps pour faire d'autres choses,

On refuserait de reprendre notre routine sans s'interroger sur le sens de nos actes, de nos gestes, sur l'impact de nos mouvements, de nos voyages petits et grands.

Nous repenserions notre place dans la chaîne humaine pour la sauver.

Nous garderions en mémoire du confinement à quel point l'air peut être moins pollué,

On repenserait aux biches qui ont traversé les villages sans peur, près de Chamonix,

Aux dauphins qui repeuplent la Méditerranée,

Aux phoques qui s'approchent des côtes de la Manche,

Aux oiseaux qui n'ont jamais autant piaillé,

Et si on pouvait à nouveau regarder nos enfants dans les yeux sans avoir honte du monde qu'on leur laisse,

Et si on pouvait récupérer un peu de notre dignité et de notre humanité,

Si seulement on refusait de ressortir dans le même monde qu'avant ?

Yasmina Khadra

Lettre à mon inconnu

Paris le 27 mars 2020

Cher inconnu,

J'ignore qui tu es, ce que tu fais à cet instant, si tu observes les mesures drastiques du confinement ou bien si tu t'insurges contre la tragédie qui nous frappe de plein fouet, mais je sais que tu es quelque part à espérer l'embellie afin que nos petites habitudes nous soient rendues. J'aimerais que tu saches que tu n'es pas seul, que tes pensées, tes angoisses, tes doutes sont exactement les mêmes toxines en train de se substituer à mes fibres en ce moment. Vois-tu ? Nous ne sommes que des êtres fragiles que les vents contraires de l'imprévisible taquinent au gré du temps. Comme des feuilles, nous frémissons à la brise du soir, et comme elles, nous sommes appelés à renoncer à nos branches, un jour ou l'autre. Quand arrive le moment de Vérité, nos vanités nous deviennent dérisoires, nos ambitions se disloquent comme de vieilles reliques miteuses et nous nous surprenons à revoir nos copies depuis le début. Je n'ai pas honte de battre en retraite devant un virus invisible à l'œil nu. Bien au contraire, le confinement m'éveille à ce que le chahut, les projets, la carrière et bien d'autres priorités m'ont fait perdre de vue : Toi, mon cher inconnu !

Je me rends compte que je n'ai jamais vraiment pris conscience que tu existais, que tu faisais partie intégrante de ma vie, que tu étais aussi précieux que les rêves que j'échafaudais seul, dans mon coin, et qui t'excluaient de leur célébration. Et pourtant, aujourd'hui, debout devant ma fenêtre close, avec ce beau soleil dans la cour en train de me narguer, c'est bien à toi que je pense. Les rues orphelines de ta silhouette, le silence réclamant ton appel, toutes les choses qui faisaient notre monde ne me parlent que de toi, mon cher inconnu au visage flouté, comme sont floués les lendemains. Ma solitude à moi est cuisante de ton absence.

Hier, j'ai ouvert mon livre de chevet ; je n'ai pas réussi à dissocier ton visage de chaque page que je tournais. Tu étais dans chaque réplique, dans chaque description et tu campais tous les personnages avec un brio tel que je m'en suis voulu de ne pas t'avoir connu plus tôt, de n'avoir pas mis mes pas dans les tiens pour aller à la conquête de ce qui nous unit. La vie aurait été plus vaste si la tienne avait fusionné avec la mienne, pour être libres et ivres de tous les espaces. Hélas, que n'a-t-on pas cherché ailleurs ce qui était à la portée de nos mains ? Nous avions écouté des chants qui claironnaient faux et nous les avions pris pour la fanfare des va-t'en guerre. Nous avions vénéré des saints qui ne croyaient en rien et pris leurs délires pour des oracles. Nous avions cherché passionnément ce qui nous rendait étrangers à nous-mêmes tandis qu'une simple présence d'esprit aurait suffi à notre bonheur. Et il a suffi d'un virus, d'un chaos microscopique, pour que nos empires s'émiettent comme des mottes d'argile, pour que nos vœux les plus chers se décrochent du ciel de nos fantasmes et tombent à l'eau comme des projets insensés.

Je voudrais, mon cher inconnu, mon cher pion qui manque à mon échiquier, ma chère pièce maîtresse qui mutile mon puzzle, que le monde comprenne que sans toi, l'Histoire qui nous racontera aux rescapés de demain ne sera qu'un brouillon bâclé car, si tu n'en es pas le sujet fondamental, aucun mérite, aucun talent, aucun coup de génie ne saura nous ressusciter dans les mémoires ni dans les esprits.

Si je t'écris cette lettre, c'est pour rappeler aux oublieux que rien n'est plus juste, sur terre, que la raison, et qu'il n'est de raison que celle qui met l'humain au cœur de tous les défis. L'homme se doit de redevenir le pouls de notre foi, le socle de l'ensemble des prophéties. C'est parce que nous avons cru pouvoir nous passer de lui que nous avons couru à notre perte. L'argent, le profit, la réussite jusqu'au-boutiste, le pouvoir absolu, la cupidité boulimique, enfin, ces pierres philosophales, qui nous éblouissaient, n'ont fait que nous aveugler au point de nous faire prendre la vallée des ténèbres pour une porte dérobée donnant sur nos chasses gardées, et nous sommes devenus les otages de nos propres obsessions, les bêtes fabuleuses de nos zoos privés. Ce virus implacable et fourbe porte en lui un message cosmique : La vie n'est qu'une flammèche qu'un rien pourrait éteindre, faites-en une torche à deux, faites-en un soleil pour dépolluer vos zones d'ombre et nourrissez-vous les uns des autres. Réapprenez à vous aimer puisque votre ennemi d'hier est le médecin, l'infirmière, le soldat qui se tient à votre chevet aujourd'hui. Tel est le message du Covid-19 : Croquez la lune comme on croque la pomme, courez vers ce qui vous émerveille, expurgez votre âme de vos vieux démons et faites de chaque être humain votre jumeau éclairé. La haine ne réussit à personne. Elle est une camisole aussi vorace que la tunique de Nessus.

Ainsi est la mise en garde du coronavirus : Puisque nul ne sait où ni comment s'arrête son destin, vivez pleinement chaque instant que vous concède la fatalité et adoptez de chaque folklore une danse et de chaque religion un saint. Il n'est de vie que d'amour, et de poésie que la prière qui nous restitue à tous ceux qui nous ont manqué.

Étienne Klein

Rêveries ascensionnelles

On a l'habitude de dire que la différence entre l'espace et le temps tient en ce que nous pouvons nous déplacer librement à l'intérieur du premier, c'est-à-dire l'arpenter à notre guise (du moins en principe), alors que nous ne pouvons pas changer volontairement notre position au sein du second. L'espace nous est ainsi présenté comme le lieu de notre liberté, et même comme son symbole le plus éloquent, tandis que le temps est une étreinte vis-à-vis de laquelle nous ne pouvons être que passifs : nous sommes « embarqués », comme eût dit un certain Blaise. Cela a une conséquence importante, philosophique : notre liberté, si tant est qu'elle existe vraiment, n'est pas légère comme la grâce, car nous sommes irrémissiblement enchaînés au présent, confinés en un point de la ligne du temps, un seul à la fois. Le temps, mine de rien, est une prison sans barreaux.

Mais chacun d'entre nous l'éprouve en ces jours particuliers : notre expérience du confinement lié au coronavirus modifie à l'évidence les rapports que nous entretenons avec l'espace et avec le temps. Nous parlons du confinement comme s'il était une affaire exclusivement temporelle : « combien de temps cela va-t-il durer ? » nous demandons-nous. Alors que, concrètement, il s'impose d'abord et surtout comme un phénomène spatial ; notre espace vital, soudain borné par quelques murs trop proches, se trouve radicalement rétréci. D'un coup de gong, nos logements se sont métamorphosés en cages. Nous voilà donc doublement confinés : dans le temps présent, comme toujours, et aussi, *en plus*, dans un petit volume d'espace, devenu lui aussi, pour le coup, une prison plus ou moins confortable.

Car je sais bien que la façon de vivre le confinement n'est pas la même pour tous, que les conditions dans lesquelles il se déroule sont même très inégales : affaire de mètres carrés, de balcons, de jardins, de solitude, de promiscuité, d'entente, de mésentente. En général, ce rétrécissement du volume de nos vies radicalise et accentue ce que celles-ci peuvent avoir de « moderne » : plus encore que d'habitude, nous nous retrouvons protégés de la violence de la nature et des turbulences de la météo, alors même que ces éléments sont d'authentiques réalités que nos ancêtres de toutes conditions, contrairement à nous autres, connaissaient fort bien.

Je n'ai pas de recette à donner pour bien vivre ce double enfermement spatio-temporel. Je puis simplement avouer que, lorsque se met à brûler en moi l'envie de sortir, de prendre l'air, de courir furieusement, je déclenche depuis mon fauteuil un stratagème dont je ne garantis pas qu'il ait une efficacité universelle : je fais une expérience de pensée, ou plutôt une « expérience d'imagination » ; j'imagine que je me trouve quelque part en montagne, je rêve que j'y suis corps et âme, que j'y grimpe quelque paroi annonciatrice d'un sommet majestueux. Bien qu'immobile, je me sens alors psychiquement aspiré par « le mouvement vertical des cimes » dont parle Gaston Bachelard dans *L'Air et les songes*. Plus prosaïquement, mon esprit se téléporte dans les hauteurs.

Mais je ne suis pas tout à fait dupe. Je sais d'expérience que la montagne, ce n'est pas si simple, qu'elle a ceci de paradoxal qu'on peut tout aussi bien l'associer au déconfinement et à la liberté qu'au confinement et à la contrainte. Cela dépend des moments et des situations. Par exemple, quand on se trouve dans des passages délicats, on entre dans des états de grande concentration, d'absolu confinement mental : dans ces phases-là se met en place une « présence au présent » qui est d'une très grande pureté – on est ici, vraiment là et pas ailleurs, maintenant, colonisé dans tout son être par une sorte de tension existentielle. L'esprit, lui, ne s'égare pas, ne divague pas. Il se colle au corps. Il devient « mince comme une main », comme dit joliment Antonin Artaud. La conscience qu'il a de la situation empêche qu'il s'échappe et parte se distraire en d'autres sphères. *A contrario*, quand on se trouve dans des passages plus faciles (il y en a toujours) – une arête tranquille, une douce pente de neige, un sentier –, alors, l'esprit peut quitter la gangue d'espace-temps dans laquelle le corps demeure confiné, et se mettre à flotter librement dans toutes sortes d'ailleurs… C'est en général lors des phases de descentes, donc après le sommet, que l'esprit se dilate ainsi comme un gaz et que la pensée s'affûte. Une épuration lumineuse se produit, fruit tardif d'une bataille livrée entre adrénaline et endorphines.

C'est ainsi que la montagne offre un visage double, ambivalent : d'un côté, elle induit un sentiment de présence à soi qui est d'une acuité absolue ; de l'autre, elle offre à la pensée l'occasion de se déployer d'une façon originale. C'est pourquoi je souscris volontiers à ce conseil puissant de Nietzsche dans *Ecce homo* : « Ne prêter foi à aucune pensée qui n'ait été composée au grand air, dans le libre mouvement du corps – à aucune idée où les muscles n'aient été eux aussi de la fête. » Dans la vie courante, il faut bien le reconnaître, notre esprit est un peu cadenassé : il n'y a pas assez d'horizons, de verticalité, de contrastes, pour qu'il ait libre cours. En montagne, au contraire, la majesté des perspectives ouvre l'espace de la pensée, écarte sa métrique, dilate ses paysages.

C'est pourquoi il est utile et précieux, lorsqu'on est confiné chez soi, d'afficher dans les confins de son âme l'image de quelque beau sommet.

Cela nous déconfine un peu et, en prime, agrandit l'appartement.

Fouad Laroui

Mais si, mais si, la société existe

Dans l'avalanche, que dis-je, le *tsunami* d'affirmations péremptoires, d'annonces plus ou moins farfelues et de déclarations martiales qu'a suscitées le Covid-19, une phrase mérite qu'on s'y arrête, tant elle est emblématique d'une mutation profonde – et c'est une mutation qui nous affecte tous. Cette phrase a été prononcée par le Premier Ministre britannique, Boris Johnson, dimanche dernier (29 Mars 2020) depuis l'appartement où il est confiné pour cause d'infection par le coronavirus.

Il a dit quoi, l'hirsute Boris ? Ceci : « *There really is such a thing as society* », soit : « La société, ça existe vraiment ».

Et alors ? me dira-t-on. C'est une observation plutôt banale.

Certes. Mais elle ne l'est pas si on la replace dans ce qu'on pourrait appeler pompeusement la diachronie. Il faut remonter à 1979 et à la victoire des Conservateurs aux élections législatives de cette année-là pour en comprendre la signification. Margaret Thatcher était devenue Premier ministre habitée par la ferme intention d'en finir avec toute trace de socialisme ou d'étatisme. Il s'agissait de promouvoir le marché et la libre-entreprise. Au centre de son dispositif, elle plaça l'individu, nouveau fétiche, l'individu libre de ses choix, libre d'entreprendre ou non, responsable de son bien-être et de sa destinée.

L'individu ? lui demanda-t-on, mais que faites-vous de la société ? Arriva alors sa réponse tranchante et définitive : « La société, ça n'existe pas. » Et toc !

Pour être honnête, il faut dire que la mère Thatcher avait continué en soulignant le rôle central de la famille et la nécessité de prendre soin de ses proches et de ses voisins. Mais cet ajout s'est perdu, comme il arrive souvent dans le cas de phrases historiques qui nous sont parvenues tronquées. Seul resta ce qui devint rapidement le mantra de l'individualisme néo-libéral. *There is no such thing as society.* Et que chacun se débrouille !

L'élection de Mme Thatcher, puis celle de Ronald Reagan l'année suivante, marquèrent le début de trois décennies d'un ultra-libéralisme basé sur ce mantra auquel s'ajouta le fameux *Greed is good !* (La cupidité, c'est bien !) de Gordon Gekko. La société s'était dissoute dans l'égoïsme.

Cela a duré, en gros, une génération. Et voilà qu'un petit microbe invisible vient nous rappeler à quel point nous avons besoin les uns des autres, à quel point la société existe – heureusement. Si chacun ne se préoccupait que de sa petite personne, ces jours-ci, nous serons tous morts avant l'Assomption.

Et que serait la société sans État ? Le coronavirus a définitivement ridiculisé les anarchistes, les libertariens de salon et les anarcho-syndicalistes chers à Chomsky. Dans *Ma vie*, son autobiographie, Trotsky racontait avec humour comment il se débarrassait des anarchistes qui voulaient débattre avec lui en leur posant une seule question : « Dans votre utopie, qui s'occupera des trains ? » Pendant qu'ils cherchaient la réponse, il en profitait pour s'éclipser... On pourrait actualiser la phrase malicieuse de Trotsky en demandant à tous ceux qui prêchent le dépérissement de l'État : « Qui combattra la pandémie ? »

Boris Johnson, les yeux rougis, la chevelure plus en bataille que jamais, le souffle court, vient d'enterrer le thatchérisme en une phrase, une seule. Et pourtant la dame de Fer figurait en bonne place dans son Panthéon personnel, à côté de Churchill et de Périclès. Mais il n'y a que les imbéciles qui ne changent jamais d'avis. Espérons que tous les contempteurs de l'État fassent preuve d'autant de sagacité que le *Prime Minister* de Sa Gracieuse Majesté.

Alors oui, la société est de retour. L'État aussi. Et c'est une bonne nouvelle.

Caroline Laurent

Dans les murs

« Alors, Minette ! Rien que pour toi, le palace… T'es contente ? » La Patrouille me tend la boîte de biscuits que j'ai cantinée. « Tiens, Princesse. » Les bourrelets de son menton se plissent. Elle sourit. La Patrouille, c'est notre gardienne, une montagne coincée dans un uniforme bleu marine. Avec sa peau blanche et ses cheveux cerise, ça fait un peu Vive la France. La Patrouille, quoi. Je l'aime bien, et elle m'aime bien aussi, parce que toutes les deux on vient du Nord. « Mange. Tu sais pas qui te mangera. » Elle éclate de rire et referme la porte. Acier contre acier, verrou, tours de clef. Je regarde la boîte. Des petits beurres sans beurre ; j'avais demandé des cookies. Laisse tomber, j'ai pensé. Je jette les biscuits sur le lit du bas. Les draps de Cathy sont toujours en place, froissés. Et cette odeur de shit. Cathy cachait plus trop son herbe ces derniers temps, elle jouait avec le feu, à deux mois de la sortie… Elle est partie maintenant, *ciao* l'artiste, et la cellule, je l'ai pour moi seule. Mes neuf mètres carrés : pour moi seule.

Hier, panique au village, Nadia fait passer l'info : des détenues vont sortir. Hein ? Remise de peine ? Si on veut. La ministre a pété un câble. Ils vont dégager plus tôt que prévu des taulards pour « freiner l'épidémie ». Sérieusement ? Ce con de virus fait flipper tout le monde. Depuis quelques jours, on parle que de ça et de rien d'autre, même dans les murs. Nadia dit qu'ils vont reporter tous les passages chez le juge. Elle s'en fout, elle, elle en a encore pour dix ans. La fois où je lui ai demandé pourquoi elle était là, elle m'a dit : « Tu veux vraiment savoir ? » J'ai hésité et puis j'ai dit non. J'aimais mieux pas. Depuis, on est bien copines toutes les deux.

« Fais-toi jolie, Bébé. » Tout le temps elle répète ça. « Fais-toi jolie, tu sortiras plus vite. » Nadia en est persuadée : la beauté, ça rassure. « Pour moi, ça marchera jamais, t'as compris ou pas ? » Clin d'œil. C'est pas qu'elle est moche, en vrai, mais elle ressemble à un mec, cheveux courts, jogging, et cet air buté qu'elle prend chaque fois qu'elle parle aux surveillants.

« Cathy. Tu fais une bise à ta co', tu prends tes affaires et tu me suis. » La Patrouille, ce matin. J'étais en train de faire des pompes. Cathy a bondi. Elle avait des poches sous les yeux et des croûtes mauves sur la nuque. La nuit elle se gratte jusqu'au sang, les punaises soi-disant, et puis elle crache ses poumons, trop de shit, trop de goudron. Le bruit que ça fait… Et faudrait fermer sa gueule et dormir ? On s'est tapées dessus des fois, obligé.

Mais c'est fini, tout ça. Je vais être bien tranquille. Les chiottes pour moi seule.

À travers la porte, j'entends une rumeur dans le couloir. J'aime pas ça, entendre les gens dehors pendant que moi je suis dedans. J'allume la télé. Elle est gratuite depuis la semaine dernière, grâce au virus. Quand même, c'est hallucinant, ce truc. Aux infos, ils parlent encore du « confinement ». J'ouvre le paquet de biscuits. Les journalistes sont transparents, couleur fantôme. Les gens sont forcés de rester chez eux. Enfermés. C'est plus fort que moi, je me marre. Je repense à Nadia pendant la ronde. « T'as vu, Bébé, la prison c'est open bar maintenant ! *Way !* Ils confinent ceux du dehors, et nous ils nous déconfinent dedans ! » Elle était morte de rire. Je m'allonge sur le lit de Cathy. Ça pue vraiment l'herbe sur son oreiller, la sueur aussi, mais son matelas est meilleur que le mien. Ce soir, je dormirai en bas.

Au quartier aussi, on avait des lits superposés. Je dormais sur celui du haut, toujours, parce que j'étais la petite. Le frérot en dessous et la sœur sur le futon. Maman nous a élevés à la dure, mais jamais on a manqué à manger. Jamais. Qu'est-ce qu'ils font pendant que je suce mon petit beurre ? La Patrouille m'a prévenue. Les visites risquent d'être suspendues. À cause du virus. Paraît aussi qu'il faut se laver les mains trente fois par jour. Nous, on a droit à trois douches par semaine. Je crois pas que ça va changer.

Dans le couloir, malgré la télé, le bruit continue. Des pas, des gens qui courent. Des cris, mais pas comme d'habitude. J'augmente le volume, putain, ils peuvent pas me foutre la paix, que je profite de ma cellule de princesse, un peu ? Je reprends un biscuit, je zappe la chaîne, trouve une émission sur les animaux. Un truc que j'aimerais faire plus tard, ça. Bosser dans un zoo. Les bêtes, ça te déçoit jamais. J'adore les panthères et les pandas roux. Ouais, quand je serai sortie, dans deux ou trois ans, c'est ça que je ferai. Soigneuse de zoo. Loin des humains, tout ira bien.

Dans le couloir, les voix montent des talkies-walkies, et soudain, c'est comme une vague, bam bam bam, les filles cognent aux portes. Je coupe la télé. Je me lève. Au loin, Nadia qui gueule. Sa voix, je la reconnaîtrais entre mille. « Enculés ! Vous nous sortez ! Direct, vous nous sortez ! » Le bruit me prend à la gorge, la vague continue, bam bam, ça monte, alors je me mets à bastonner la porte moi aussi, je fais comme les autres, sans savoir pourquoi. Ça s'agite dehors, mais je vois rien, qu'est-ce qui se passe, putain ?

13 heure, 14 heures, l'après-midi y passe. Le silence est revenu. Ils ont dû coller Nadia à l'isolement. J'avoue, ça pèse bien sur le cœur. Je comprends toujours pas ce qui arrive, et je suis seule. Si Cathy était là, on aurait parlé au moins.

19 heures. La lucarne de ma porte s'entrouvre. Hey ! Tu te prends pour une Martienne ou quoi ? La Patrouille porte un masque de Dr House et des gants. Elle dépose le plateau de bouffe. Woh, c'est quoi

ça ? Y se passe quoi ? Elle me regarde une seconde, puis elle baisse les yeux. « C'est à cause du virus… » Ouais, j'avais deviné, merci. Un maton l'a chopé et va nous le refiler, c'est ça ? La Patrouille plisse les yeux ; peut-être qu'elle sourit sous son masque, mais c'est pas un sourire joyeux. « Minette, tu touches pas aux draps de Cathy, OK ? On viendra tout désinfecter demain. » Je prends mon plateau, la lucarne se referme.

C'est bizarre, j'ai l'impression que mes mains tremblent.

Sur l'oreiller du bas, la boîte de petits beurres est vide.

Arnaud Le Guilcher

Envoyer du steak

Dans une vie d'avant, je m'occupais d'artistes pour un superbe label. Une des chanteuses avec qui je préférais bosser était férue de photographie. Un jour, un de ses amis galeriste lui a fait un cadeau dingue : pour immortaliser la pochette de son nouvel album, il avait organisé une séance gratuite avec un dieu vivant de la photo japonaise.

Le maître était âgé et très malade. Son temps était d'autant plus précieux qu'il était sans doute compté, et pour le rencontrer, l'unique moyen était d'aller dans son studio.

À Tokyo.

Et plus vite que ça.

Quatre jours plus tard, nous étions miraculeusement dans l'avion pour une mission blitzkrieg de trois nuits sur place. L'objectif : ramener la pochette du disque, et des petites vidéos saisies au vol afin d'alimenter les réseaux sociaux.

J'ai dit : « J'en fais mon affaire. »
À l'aise.
Easy.

Ne nous mentons pas : la préparation de ce périple a été bâclée… Ce n'est qu'en arrivant sur place que nous avons compris qu'on atterrissait en pleine saison des typhons. Un guide, contacté depuis l'hexagone, avait zappé de nous prévenir. Le tarmac était battu par un vent dément et la mer semblait tomber du ciel. Pour nos « petites vidéos », ça allait être plié…

Pendant trois jours, on a galéré. Vraiment. Notre guide était incompétent et la météo infernale. En tout et pour tout, sur quatre jours, j'ai compté douze minutes d'accalmie. On les a mises à profit pour saisir quelques plans de la chanteuse, errant l'âme lourde et amoureuse, dans un Tokyo underground…

Les images saisies dans ces rues détrempées faisaient vraiment peine à voir.
Vêtements fripés, brushing mou, maquillage baveux.
On était venu pour faire rêver les fans.
On n'y était pas…

Quant à la séance photo… Le maître est arrivé avec plus de trois heures de bourre. Il était affaibli, vieux, agité. L'album parlait d'amour, de tendresse, de mélancolie, mais comme le génie n'entravait pas un mot de français, il s'était mis en tête de shooter ma chanteuse dans la peau d'une tueuse aux mâchoires crispées, à l'œil sombre, cachant un couteau dans son dos. On était exactement à l'opposé de la douceur des chansons que ces images étaient supposées illustrer.

Les photos seraient inutilisables. Les vidéos aussi.

Mes boss n'allaient pas accueillir mon retour au bureau avec des colliers de fleurs.

J'étais mal.

La veille de notre départ, j'ai réalisé que je n'avais quasiment pas fermé l'œil depuis Paris, et que le jetlag commençait à devenir de plus en plus encombrant. J'avais chaud. J'avais froid. La vue trouble. Je suais. J'enquillais ma soixantième-douzième heure sans pioncer. Je délirais doucement.

Je me voyais mourir.

J'allais crever.

Et il pleuvait.

Sans cesse…

Avec la chanteuse et le réal, on a dîné en faisant semblant d'avoir accompli notre mission… Mes deux camarades sont restés à l'hôtel siffler du saké, et moi j'ai pris un taxi direction Shibuya. C'était un des quartiers les plus populaires du coin, l'équivalent du Times Square new-yorkais.

Il était 23 heures et je voulais me plonger dans Tokyo by night.

Dans le mini-van Toyota, j'ai réalisé que j'avais oublié mon portable dans ma chambre.

En descendant du véhicule et en posant le pied sur le sol mouillé de ce carrefour bondé, j'ai été saisi par une légère ivresse.

Personne ne savait que j'étais parti.

Personne ne savait où j'étais.

J'étais déconnecté.

Intraçable.

Libre.

J'ai enchaîné les magasins tandis que le jetlag jouait avec moi comme un enfant torturerait une mouche. J'étais en lévitation. J'hésitais entre rire et pleurer. Je ressentais tout immensément fort. La puissance de la ville. Ses lumières. Son bruit mat et structuré. Rassurant. Je m'imprégnais de l'énergie de Tokyo comme un personnage de manga qui se branche sur une centrale nucléaire avant de se manchonner avec Godzilla.

Porté par mon euphorie, j'ai acheté de quoi bourrer mes valises d'objets inutiles : des stylos de toutes les tailles, des magnets sushis, des bonbons qui flinguent les muqueuses buccales… J'ai fini par zoner dans une librairie, où sur trois étages, on vendait des magazines spécialisés en n'importe quoi. Water-polo. Chihuaha. Sourcils… Tous les sujets étaient bons.

Et je l'ai vu. Il m'attendait, là, dans son plus beau rayonnage. Ce superbe magazine de steaks crus. Oui, de steaks crus. Il m'a scotché. Ça faisait plus de quinze piges que je n'avais pas mangé de viande. Auparavant, pendant trente et un ans, j'avais digéré des troupeaux entiers de vaches ou de moutons, englouti des poulaillers par dizaines, et puis du jour au lendemain, j'avais arrêté. Prise de conscience. Dégoût. Appelez ça comme vous voulez…

J'ai saisi le magazine d'une main molle. Sur des pages de papier glacé grand format, des entrecôtes rouges et persillées, prises en photo par un amoureux de la bidoche, s'alignaient sur un fond clair. Des descriptions en idéogrammes, parfaitement incompréhensibles, ajoutaient du mystère. J'ai oublié ma passion pour les légumes. Renié le tofu qui constituait l'essentiel de mon alimentation. J'ai acheté ce recueil conçu par un mordu de barbaque, et je l'ai dévoré des yeux, pendant des heures, assis en tailleur sur un des trottoirs les plus fréquentés du monde.

J'étais loin.
J'étais ailleurs.
Comme évadé de moi-même.

Quelques années plus tard, confiné dans mon appart, je repense à ce voyage en feuilletant le magazine de steaks. Quand je me dis que j'aimerais être ailleurs, je me rassure en songeant qu'une partie de moi est restée là-bas et vagabonde dans Shibuya, la nuit, indifférente à la foule et aux virus.

Je me dis aussi que dans un coin de la planète, il doit y avoir des catalogues de saucisses, des revues dédiées aux pied-paquets et des bulletins spécialisés en tripes. Et qu'une nuit d'insomnie et de jetlag, vous ou moi, on finira bien par tomber dessus.

Guillaume Le Quintrec

Préparons le déconfinement !

Le coronavirus a réintroduit dans le vocabulaire familier des mots oubliés, comme surgis d'un passé lointain et inquiétant, d'un véritable cauchemar médiéval : la quarantaine et le confinement. Voici revenu le temps des « pestilences », ces épidémies enfouies au fond de notre imaginaire collectif. Le masque FFP2 rappelle le masque en bec d'oiseau porté par les « médecins de peste » des temps anciens.

Cette situation est étrange pour l'historien, qui a l'impression de vivre une sorte de « retour vers le futur ». Il est bien sûr troublé par les analogies et tenté par les comparaisons. La Peste Noire, qui frappe l'Europe occidentale de 1347 à 1352, vient d'Asie et le commerce des fourrures la fait passer des animaux sauvages aux hommes, *via* la puce du rat domestique. Elle suit les routes maritimes : les navires génois, venus d'un comptoir de la mer Noire assiégé par les Mongols, l'apportent à Marseille. Sous sa forme pulmonaire, la peste se transmet à une vitesse fulgurante par les postillons. Les contemporains croient à la contagion par l'air, puisqu'ils ignorent évidemment l'existence des microbes et des bacilles. Pour fuir l'air vicié des villes, les riches se précipitent dans leurs maisons de campagne. Les dirigeants les plus lucides, comme le pape d'Avignon Clément VI et son médecin Guy de Chauliac, essaient de ne pas se limiter aux explications astrologiques ou complotistes (les juifs servent alors de boucs émissaires). Ils prennent des mesures judicieuses : isolement des malades dans des lazarets, arrêt des pèlerinages, embauche de médecins pour soigner les pauvres et tenter de comprendre la maladie en pratiquant des autopsies…

Malgré les progrès décisifs de la médecine depuis Pasteur, la France a abordé l'épidémie actuelle dans des conditions finalement assez semblables à celles du XIVe siècle. Confrontée à un virus inconnu, dépourvue de tests pour faire un diagnostic et de médicaments pour soigner la maladie, la médecine est au départ très désarmée. Ne restent alors que les mesures d'hygiène publique… héritées du Moyen Âge !

Mais l'historien peut trouver dans une autre période sombre des raisons d'espérer. En 1926, le gouvernement de l'Italie fasciste instaura le *confino*, qui permettait à l'administration d'envoyer sans jugement les opposants dans des régions isolées, surtout des petites îles comme Lampedusa ou Ponza. Les « confinés », les *confinati*, étaient donc des antifascistes enfermés dans des lieux isolés. Le terme exprime ainsi une sorte d'enfermement redoublé, puisque la prison où l'on est interné est elle-même un lieu situé aux confins du monde. Sur l'île de Ventotene (1,54 km^2), dans le golfe de Gaète, plusieurs centaines d'opposants sont confinés. Appelée Pandateria dans l'Antiquité, l'île servait déjà à exiler les rebelles de la famille impériale. Parmi les *confinati* de Ventotene, Ernesto Rossi et Altiero Spinelli rédigent en juin 1941, sur du papier à cigarette, un *Projet de manifeste pour une Europe libre et unie*. Ce « Manifeste de Ventotene » est devenu le programme du Movimento Federalista Europeo, créé en 1943 après la chute de Mussolini, et l'un des grands textes de référence de la construction européenne.

L'histoire est fascinante. Confiné dans un îlot perdu, Spinelli refait le monde et réinvente l'Europe. Il ne s'agit pas seulement de la dialectique – somme toute banale – de la prison et de la liberté : enfermé dans sa cellule, le détenu rêve à sa libération ; prisonnier volontaire dans sa cellule, le moine se rapproche de Dieu. À Ventotene, les fédéralistes ne se contentent pas d'imaginer la Libération, ils pensent le *déconfinement* de l'Europe ! En effet, le fédéralisme consiste précisément à supprimer les frontières dans lesquelles sont confinés les États européens : « Le premier problème à résoudre, sous peine de rendre tout progrès illusoire, est l'abolition définitive de la division de l'Europe en États-nations souverains ». La souveraineté est la prison des peuples ! En son nom, les dictateurs oppriment leur peuple et empêchent la solidarité et la fraternité entre les peuples. L'Europe libre sera donc l'Europe sans frontières, celle des peuples enfin déconfinés ! C'est ainsi qu'un îlot minuscule de la mer Tyrrhénienne est devenu un haut-lieu de l'idéal européen. Spinelli y fut enterré en 1986 et chaque année l'Institut Spinelli d'Études fédéralistes y organise un séminaire international réunissant 150 jeunes venus de toute l'Europe.

Préparons donc le déconfinement, profitons de la crise de la quarantaine pour réinventer l'avenir ! Les confinés dans l'Italie fasciste ont pensé l'Europe de l'après-guerre, les confinés d'aujourd'hui doivent penser le monde de l'après-virus.

Marc Levy

Des maux par la fenêtre

Un homme marche dans la rue, il fait un temps radieux, et pourtant, soudain, il entend un grondement, le fracas d'une averse. Il fait un pas en arrière, lève la tête et s'écrie :

— Dites donc, ça ne va pas bien, vous êtes fou ou quoi ?

Une femme se penche à sa fenêtre.

— Je suis confuse, je ne pensais pas qu'il y aurait quelqu'un, tout était si calme.

— Vous jetez par votre fenêtre une bassine entière de mots et vous ne prenez même pas la peine de regarder si quelqu'un se trouve en dessous ?

— Je ne vous ai pas fait mal ?

— Bien sûr que si ! Maintenant, j'ai des maux de tête.

— Ne vous inquiétez pas, ça ne durera pas, les mots vous passent par la tête et puis s'en vont, voyez-vous.

— Je vois surtout le désordre que vous avez causé. Qui va les ramasser, tous ces mots et pourquoi vous en être débarrassée comme ça ?

— La plupart étaient usés, tant et tant de fois prononcés qu'ils en avaient perdu leur sens. À quoi sert de dire des mot qui n'ont plus de valeur ?

— Grave erreur de jugement, selon moi. Je sors mon chien trois fois par jour, avez-vous seulement pris la peine de sortir vos mots de leur contexte ?

— En effet, je n'y avais pas pensé.

— Eh bien, vous auriez dû ! « Liberté » par exemple, magnifique, séduisante, effrayante pour beaucoup. Eh bien la liberté de jeter autant de mots sur la tête d'un passant est une atteinte à sa liberté. Votre geste inconsidéré en fait presque son antonyme…

— Mince, j'avais un antonyme chez moi et je l'ignorais, ah je vous promets que si j'avais su je l'aurais gardé, quelle idiote je fais.

— Comment pourriez-vous promettre quoi que ce soit, alors que je vois « promesse » à mes pieds ? Et tous les autres éparpillés, quel gâchis. J'en vois de magnifiques et qui me semblent être encore en parfait état d'usage.

— Quelques-uns, peut-être. Mais j'en étais lassée. Vous comprenez, j'ai dû faire le vide dans ma vie et j'ai jeté les maux dont je ne voulais plus.

L'homme se penche et hoche la tête, consterné.

— Vous ne voulez plus d'amour ?

— Ah non, ce n'était pas mon intention, je le jure, c'est « désamour » dont je me suis séparée, il a dû se déchirer.

— Je veux bien vous croire, « des » se trouve juste à côté. J'ai eu peur, j'ai craint un instant que vous ayez renoncé au pluriel. Croyez-moi sur parole, seul, on s'ennuie beaucoup. Vous auriez tout de même pu faire un peu attention. Qui est Paul ?

— Je vous trouve bien indiscret.

— Dites donc, vous ne manquez pas de toupet ! C'est vous qui avez balancé votre vie comme ça, dit l'homme en s'agenouillant.

— Qu'est-ce que vous êtes en train de fabriquer ? Vous n'allez pas tenter d'en faire des phrases ?

— C'est pourtant bien le propos des mots, même pour ceux qui n'en ont plus. Vous ne croyez pas aux deuxièmes chances ? Tous ceux que vous avez jetés, vous ne les avez pas choisis par hasard. Les mots s'assemblent pour raconter quelque chose.

— Justement, plus ceux-là.

L'homme poursuit ses recherches, redoublant d'attention.

— Je vois que vous avez jeté « non ».

— Oui.

— Vous me permettrez de regarder ça d'un peu plus près, on ne sait jamais, je pourrais peut-être en rafistoler quelques-uns.

— Oui, puisque je ne peux plus dire le contraire, mais je n'en pense pas moins.

— Alors là, permettez-moi de m'inquiéter, je découvre que vous avez balancé « histoire » ?

— J'en ai eu trois, tout de même, alors j'ai fini par penser que… c'est idiot, je ne trouve plus les mots pour terminer ma phrase.

— Vous comprenez mieux votre erreur ? Je ne peux pas vous laisser ainsi, ce serait un… C'est amusant le mot que je cherchais est justement à mes pieds… « abandon ».

— Celui-là, je l'avais en trois exemplaires.

— Vous avez gardé « espoir » ?

— Oui, je n'ai pas pu m'en débarrasser.

— Et « lendemains » ?

— Aussi, mais pas désenchantés.

L'homme lève la tête et regarde à nouveau la femme à sa fenêtre.

— Je vais tout emporter, je verrai lesquels je peux rafistoler. De toute façon, vous ne pouvez plus dire non, ce qui ne vous empêche pas de me donner votre nom.

— Mathilde.

L'homme ramasse tous les mots et les range dans ses poches, veillant à n'en froisser aucun. De retour chez lui, il s'installe à sa table.

Le lendemain matin, Mathilde trouve une lettre sous sa porte.

« Mathilde,

Ceci pourrait être une lettre de amour, c'est en réalité tout le contraire. Je suis très heureux d'avoir fait votre connaissance, vos mots éparpillés m'ont touché, certains étaient si beaux. Deux, par exemple, ou incertain, qui porte en lui tant de poésie. Voilà finalement en un mot ce que je voulais tant vous dire hier. Demain est plein de poésie, celle des mots et de la vie, courage et espoir qui sont fait pour être unis. Et puisque vous avez gardé les lendemains – comme vous avez bien fait –, demain, je m'aventurerai sous votre fenêtre, peut-être ensemble pourrons nous échanger quelques mots, et inventer à deux le début d'une histoire.

Respectueusement,

Un inconnu qui aimerait vous connaître. »

Albane Linÿer

La Dalle

> « Qui serait assez insensé pour mourir sans avoir fait au moins le tour de sa prison ? »
>
> Marguerite Yourcenar,
> *L'Œuvre au noir*

Je t'écris, parce que je suis atteinte de ce mal que je n'avais pas perçu comme tel. Je ne suis pas la seule. Tu voudrais, toi aussi, te libérer de la *dalle*.

Tant qu'il fait jour, la lecture m'autorise à changer de sujet. Les romans, la bible littéraire de *Stranger Things*, mes textes érotiques préférés, un cours de linguistique, les textos de mes ex, ceux de mes crushs – qui se font rares, autant les crushs que les messages, la vie de ma meilleure pote, les ruptures de mes potes, les tweets d'une fille que je ne rencontrerai jamais, les quatrièmes de couverture des livres qui traînent dans la maison, le contrat pour mon deuxième roman. Les histoires des autres occupent tout ce temps inemployé.

Et puis il y a la nuit ; tourner dans tous les sens, pleurer, allumer la lumière puis l'éteindre. Ma double rupture m'a laissée inerte, mais éveillée ; j'ai l'impression d'être inscrite à un stage pratique autour de la tristesse.

« La vie va trop vite, vous ne prenez pas assez le temps d'être triste ? Venez toucher le fond en quelques semaines, sentiment de dévastation garanti. Inclus : supplément insomnie. Pour être triste, même la nuit. »

Cerveau aux prises avec mon inconscient, je mobilise ses forces dans deux efforts distincts : ne pas penser à mes exs, et surtout ne pas me laisser aller au fantasme d'une nouvelle relation sentimentalo-sexuelle. D'une part maintenir la réalité à bonne distance, d'autre part ne pas succomber à l'imaginaire. Parce que se projeter, ce serait réveiller la dalle, et réveiller la dalle est un pari risqué : pile c'est un souvenir impérissable, face, une très frustrante perte de sommeil. En l'occurrence, tu vois où ça m'a menée, puisqu'il est 4 heures du matin.

Dalle, libido, appétit, pulsion, appelle-la comme tu veux. Tu la connais, quand bien même t'aurais passé ta vie à l'étouffer par amour pour ton ou ta partenaire. La dalle, tu ne vas pas l'endormir avec des images, c'est un trou qui se creuse et t'as rien pour le combler. Tu te balades avec ce vide en toi qui hurle et qui exige, et tu essayes de l'apaiser avec tout et n'importe qui. Mais ici ça ne prend pas ; la Nature a horreur du vide, toi aussi.

Coincée au milieu de nulle part, la dalle se retourne contre toi, et te provoque une grande crise de tachycardie. T'as autant envie de sexe que de recevoir un message, pourvu que tu *avances*. T'as des flashes de moments que tu voudrais vivre qui posent le double problème que tu ne peux pas, et que même si tu pouvais, est-ce que tu y arriverais ? La dalle met toujours ton amour propre en danger.

Mais à quelque chose, la dalle est bonne. C'est elle qui te force à entretenir des relations sociales, alors que tu as du mal à supporter toute créature vivante qui ne se déplace pas à quatre pattes. La dalle est une bonne raison d'ouvrir les yeux le matin, et d'avoir hâte que le soleil se couche. C'est l'élan vital qui en a marre de te voir rêver le cul sur ta chaise, et qui te pousse dehors, prête pour la réalité. La dalle se cache dans tes tripes qu'elle tord pour te mettre en mouvement, elle te montre le champ des possibles et ordonne, allez, bouge. Et puis parfois, comme aujourd'hui, t'as la dalle, et tu ne peux rien y faire.

Arrête de paniquer. Réfléchis avant d'agir, pose-toi avant de, ou de ne pas, traverser le trottoir parce que le parfum est plus entêtant de l'autre côté. Ne te jette pas sur des personnes pour leur faire la fête alors qu'ils n'ont rien demandé. Ne cours pas après une fille juste parce qu'elle est dans ton champ de vision, ou brune. La dalle est une énergie impulsive, canalise-la pour ne pas devenir barge, pour retrouver le sommeil.

Construis-toi un cadre pour ne plus t'agiter en vain, pour empêcher que tu te fasses mal, ou que tu tentes de guérir alors que tu n'es pas prête. Le vide ne va pas t'aspirer, tu ne vas pas prendre feu si tu restes seule.

Prends la mesure du chemin parcouru avant de te remettre en route.

Henri Lœvenbruck

LIBERTALIA
ou les Mémoires du Salétin

Mon véritable nom est Abderrahman Benaïcha mais, depuis le crépuscule des temps, d'aucuns l'ignoraient et l'on m'appelait tout simplement Récif.

C'était mon grand-père, le grand Abdellah Benaïcha, qui m'avait trouvé ce surnom, au début de mon adolescence, parce qu'il disait que j'étais comme ces chaînes de rochers à fleur d'eau qui entourent les côtes de Salé : un rempart pour les marins avisés, un danger pour les navigateurs insouciants.

Mon grand-père avait été maître d'embarcation, amiral de Salé-le-Neuf, dans ce qu'il était resté de la République des pirates du Bouregreg, avant que celle-ci ne fût rattachée au Maroc. Dans la dernière partie de sa vie, il fut nommé ambassadeur à la cour de France, auprès du roi Louis XIV, avec lequel il négocia pour que les esclaves musulmans embarqués dans les galères françaises fussent libérés. Louis signa le traité. Ne lui donna aucune suite. Noblesse oblige.

J'étais le dernier survivant d'une dynastie de seigneurs de la mer, régnant sur une communauté téméraire d'écumeurs sarrasins. De mon père, j'avais appris l'art de la navigation et du combat, et du père de mon père, j'avais hérité d'un sens profond de l'honneur. Quand nos vaisseaux entrèrent au service de l'État pour prendre part aux guerres ineptes qui – depuis qu'elles furent créées, pour asservir les hommes – opposent les religions entre elles, j'ai décidé de quitter ce navire-là et de rejoindre Libertalia, une colonie libertaire de pirates fondée au nord de l'île de Madagascar.

Nous y avions créé un éden, une cité hors du monde et du temps, empreinte d'idéaux égalitaires. Nous avions inventé le suffrage universel direct, et élisions chaque année un conseil représentatif, imposant aux plus sages le devoir sacré de protéger les citoyens de Libertalia. Nous avions mis en place un fonds commun, afin de venir en aide aux plus démunis et à ceux dont l'âge ne permettait plus de naviguer. Nous avions effacé les différences ethniques et religieuses. Là-bas, on n'était plus un Africain, un Hollandais ou un Portugais, on était un Liberi, et nous étions tous égaux en devoirs comme en droits. Nous avions troqué le pavillon noir à tête de mort du Jolly Roger pour un drapeau blanc, où nous avions brodé le mot « liberté », et notre devise était : *Liberté, liberté, liberté* !

En l'an 1779, à bord du galion de trois mâts dont on m'avait fait l'amiral, je m'en revenais de France, où nous étions allés chercher trois flibustiers de Saint-Malo, désireux de rejoindre notre Atlantide. Quand, après quatre jours en mer, je vis les membres de mon équipage tomber malades les uns après les autres, saisis de fièvres, de contractions violentes et de ténesmes insoutenables, se mettant à vomir de sombres matières glaireuses et sanguinolentes avant de livrer, pour certains, leur dernier souffle, je compris, mais un peu tard, que l'un des hommes que nous avions embarqués avait contracté la dysenterie bacillaire, dont une épidémie foudroyante emporta cent quatre-vingt mille Français, cette année-là.

Quand nous arrivâmes en Libertalia, les deux tiers de mes hommes avaient péri, et l'épidémie se répandit alors sur notre île comme un ennemi invisible. Notre communauté, forte d'une longue pratique de la plus belle fraternité, se défendit comme elle put. Voyant bientôt que les purgatifs, les saignées ou l'ipécacuana n'y faisaient rien, nous isolâmes les malades, en leur portant des vivres et protégeâmes les plus faibles.

Quand l'épidémie se termina, elle avait emporté près d'un tiers des nôtres. Six mois plus tard, les Anglais débarquèrent sur notre île pour mettre un terme à notre rêve clandestin, massacrant pareillement hommes, femmes, vieillards et enfants. Le carnage fut bien plus grand encore que ne l'avait été celui de la maladie. Nous ne fûmes qu'une dizaine à en réchapper. Libertalia fut effacée de cette carte sur laquelle elle n'avait jamais voulu figurer.

Avec certains de mes frères, après un long voyage, je m'installai à Paris, dans le quartier Maubert. Témoin apatride et impartial, je vis venir 1789, le flot de la colère s'échapper du caniveau et descendre la Seine pour gagner Versailles. Je vis tomber Louis XVI, dont l'ancêtre avait trahi le mien. Je vis naître et mourir des rêves. Dans tous les camps, je vis des héros et des lâches, des sauveurs et des bourreaux, ils étaient monarchistes, ils étaient républicains, ils étaient Montagnards, ils étaient Jacobins ou Girondins, ils étaient Ultras ou ils étaient Feuillants, et partout je vis tomber des têtes et s'ériger des barricades, et sur les murs s'afficher les pamphlets par milliers, comme si, en l'espace d'une nuit de mai 1789, la France entière avait obtenu quelque doctorat ès sciences politiques. On changea de régime. Et puis on en changea encore. Et puis encore après cela.

Un jour, peut-être, sous les assauts de quelque nouvelle épidémie, de quelque nouveau drame, nous comprendrons. Ce que la vie m'a appris.

Ce n'est pas le système qu'il faut changer. Ce sont les hommes.

Un jour, peut-être, Libertalia.

Sophie Loubière

La Lumière du jour

Là s'arrête l'autocar des vacances en 1975.

C'est un souvenir d'été déchiré par une absence, celle de mon père. Depuis la séparation de mes parents, il déserte mon horizon, se montre parfois le dimanche, sobre de mots, n'osant passer la main dans mes cheveux, malheureux peut-être, dans son appartement meublé avec goût, ô combien séduisant en sous-pull à col roulé. Voilà un an à peine, la famille s'est fendue par le milieu. Un an qui dure toujours pour une petite fille et son frère.

Là est une ville au nom pas joli qui dit « pont », qui dit « tri », qui dit « eux ». Pontrieux, les Côtes-du-Nord, loin, si loin de ma Lorraine.

Le chauffeur de l'autocar décharge les bagages au bas d'un escalier où l'on se bouscule. Rayée comme un pyjama, ma valise est lourde à tirer sous le soleil de midi. Je parviens à la hisser jusqu'en haut, une marche après l'autre, et découvre une cour cernée de bâtiments gris – ma première colonie. J'ai bien tenté de l'effacer avec un chiffon grand comme l'existence, mais il reste la trace de ce qui m'étrangle : la tristesse d'une petite fille. J'ai de longs cheveux blonds et suis fine comme un roseau. Maigre, disent les autres. Huit ans et demi, voilà mon âge. L'entre-deux. Pas assez grande pour être avec le groupe des 9-12. Après m'avoir séparée de mon père, de ma mère, de mon frère parti pour une autre colonie, on m'éloigne d'autorité de ma copine Emma, fille de mon professeur de piano, neuf ans et une frange balai. On me colle avec les 5-8. Nos dortoirs se font face, et pourtant, je ne verrai guère Emma durant ce séjour. Elle était mon repère, la balise clignotante au milieu de l'inconnu ; je ne me ferai pas d'amies.

J'ai choisi le lit contre la fenêtre, à l'écart des autres. Le rideau tiré sur la vitre laisse entrevoir un morceau de ciel lorsque je suis allongée. Une lueur rassurante dans l'obscurité du dortoir. La lumière du jour déclinant sera ma bouée, ma confidente. Je lui parle en secret, lui dis ma détresse, mon chagrin, la solitude, combien ma famille me manque. Et aussi les bonbons. Les autres filles ont apporté dans leurs bagages des friandises qu'elles distribuent selon leur bon vouloir. Chaque jour, j'attends une lettre. J'écris vite à maman pour lui demander de m'envoyer un colis de gourmandises. J'écris à mon père aussi. Et à mon frère. J'écris encore, mais rien n'arrive sinon une fois cette carte postale qui ne se mange pas, signée « maman ». Alors, je deviens la petite voleuse. Je dérobe le jour dans les tables de nuit quand les dortoirs sont vides. Je collecte sucreries et sucettes que je cache dans mes poches ou mon armoire, sous les chaussettes. Le dortoir des grandes regorge de trésors. Des paquets entiers de Haribo. Fatalement, je me fais prendre la main dedans par deux « grandes ». La honte me submerge, vilaine comme la boue. Elles disent à qui veut l'entendre : « Il y a une petite blonde qui vole. » Cependant, elles ne me dénoncent pas. Un poison de culpabilité se répand en moi, me troue l'estomac, je perds l'appétit, tombe malade.

L'infirmière est gentille. Elle a des attentions. J'existe un peu au milieu de tout ce blanc, ces draps froids. J'aime être à l'infirmerie même si je m'y ennuie à rester couchée. Je reviendrai souvent voir l'infirmière, parce que le mal de ventre, c'est depuis toujours, à cause du lait, mais personne ne le sait ; on n'a pas encore inventé les allergies alimentaires.

Je suis le mouvement. Je fais des perles, fabrique des toupies avec des capsules de yaourt, raconte des craques à qui s'intéresse à mes nattes, j'entends les autres filles gazouiller autour. Parfois, je ris avec elles parce que c'est drôle. Il y a des randonnées avec des gourdes remplies d'eau et de sirop au goût de plastique chaud, des jeux de foulards et de facteurs, des tartines de pain un peu sec repliées sur des pâtes de fruits acides ou tartinées de Vache qui rit pour le goûter. Des équipes s'affrontent aux épreuves de logique, des devinettes fusent, le roi du Tribunal du Silence et de Grande Instance m'accuse à tort d'avoir volé des compotes à la cantine et je suis au bord des larmes, prête à avouer tous mes larcins de colo avant de comprendre qu'il s'agit d'un jeu – pour être acquittée, je dois juste garder le silence. Cruel instant pour mon cœur affolé.

Des autres, je ne perçois qu'une ombre. Le temps est un gouffre de patience.

J'ai souvenir d'un défilé aux lampions le 14 Juillet. Féerie des lueurs lucioles. En jupe et sandalettes, je crains de me perdre dans la foule, j'ai peur qu'au bout de mon bâton le lampion ne prenne feu, peur que la bougie ne s'éteigne. Le retour tardif de notre troupe me prive de ma petite lumière du soir sous le rideau ; plus que jamais je suis seule dans mon lit de fer.

Quatre semaines. Un mois. Si long. Sans nouvelles de ma mère. Mon père. Mon frère. Parler encore au crépuscule, raconter des histoires pour me bercer, oublier l'indifférence des autres filles, les douches collectives, le gant de toilette qui finit par ne plus sentir bon et le savon au parfum d'amande que je range dans sa boîte, tremblante ; ce corps qui a froid et se refuse à s'épanouir…

Je n'ai pas encore neuf ans, quelque chose s'est brisé.

Un mois de juillet sans couleur, sans tiédeur ni moustique.

Juste mon petit puits de lumière à la fenêtre.

Enfin viendra la libération. Quand l'autocar nous emporte, Emma et ses copines pleurent les monitrices agitant les mains, lançant des baisers. Le front contre la vitre, je sanglote aussi, mais de rage, de joie, victorieuse de cette prison.

Il me faudra attendre encore plusieurs jours chez les parents d'Emma, à la campagne, avant de revoir enfin ma mère. Elle me fera la surprise d'apparaître dans le jardin au bras de mon père, mon frère s'avançant derrière. Je n'en croirai pas mes yeux ; nous tous réunis, triomphants de bonheur.

Comment oublier le miroitement du soleil dans nos cheveux ?

La liberté, c'est pouvoir à tout instant serrer dans nos bras ceux que l'on aime, les embrasser, leur dire l'amour et la tendresse.

L'évasion, c'est puiser en nos souvenirs et notre imaginaire des raisons de les croire encore vivants.

Louison

Libre dans la jungle

Si l'on m'avait posé la question, j'aurais pu jurer que c'était un matin comme les autres. J'ai ouvert les yeux à la même heure, mangé le même petit déjeuner. La même sensation de fraîcheur de la première bouchée d'orange a eu le même effet sur ma langue et mon palais. Les rayons du soleil, blanchissant de minute en minute, à mesure qu'il s'élevait dans le ciel, jouaient de la même façon sur le sol, se glissant dans les espaces entre les branches de l'arbre au-dessus de moi. Je ne les ai jamais parcourus, mais c'est un peu ce motif-là que j'imagine sur le fond des lagons, là où le sable grouille encore de vie grâce à la lumière de la surface mais où déjà se profile le monde nouveau des profondeurs. Cet entre-deux aquatique.

Si j'avais été moins happée par le ballet quotidien des taches de lumière, j'aurais peut-être aperçu la cage aux barreaux rouges posée plus loin. J'aurais peut-être senti dans l'air cette espèce de calme sourd, cette agitation tranquille chez les uns et les autres, ces regards plus tendres lancés vers moi. J'aurais vu dans les yeux de Rebecca comme un reflet inhabituel, un écran de larmes prêtes à couler. Mais je n'ai rien vu, j'ai continué à déguster mon orange, en prenant bien soin d'en racler la moindre portion comestible, qu'importe le temps que cela prenait. Comme chaque matin.

Jane est arrivée peu de temps après. Ses cheveux gris, presque d'argent, réunis dans un chignon bas, accroché avec efficacité et sans chichi. Sa chemise, en coton léger, dont la couleur rappelait ces feuilles qui tombent les premières quand le vent se met à souffler. Jane a beau marcher sur ses deux pattes arrière, comme tous les autres humains, elle semble toujours se déplacer comme portée par chaque brin d'herbe sous ses pieds. Je n'ai jamais eu peur d'elle ; mieux : c'est grâce à elle que je n'ai plus peur de vous autres, les bipèdes domestiqués.

Elle et Rebecca se sont longuement parlé, en regardant souvent en direction de mon enclos. Puis elles se sont approchées de moi et Jane, dans son sourire tendre, m'a murmuré : « Alors Wounda, c'est le grand jour ? »

Wounda c'est mon nom. Cela veut dire « presque morte ». Ce n'est pas très joyeux, mais c'est ainsi que l'on m'a trouvée, un jour, au bord d'une route de la République centrale du Congo. Il fallait de vrais spécialistes des primates pour reconnaître dans cette enveloppe décharnée qu'était mon corps les traces physiologiques de l'espèce à laquelle j'appartiens : les chimpanzés. Pour un œil moins expert, j'étais simplement une ombre qui déambulait. Je me souviens de mon sentiment de sécurité quand Rebecca a pour la première fois posé sa main sur le haut de ma tête. « On va t'emmener avec nous, on va prendre soin de toi, et un jour, promis, on te libérera. »

Ce jour est donc venu, si j'en crois Jane et la cage que j'entrevois désormais à quelques mètres de là.

Le voyage a duré plusieurs heures. De cette petite cellule dans laquelle Rebecca m'a doucement invitée à entrer, j'ai pu voir la route se dérouler à l'envers pendant des kilomètres. Le bitume, parfois très abîmé, donnait l'impression que la camionnette à bord de laquelle nous avions pris place était en train de traverser des champs de dunes. Puis on s'est arrêté et les hommes qui nous accompagnaient ont fait glisser ma cage le long d'une embarcation où tout le monde a pris place. Sous le ronron du moteur, ce sont alors de longs rubans de fleuve qui ont défilé sous mes yeux. Il y aurait peut-être eu de quoi être inquiète face à ce périple. Après tout, je ne savais pas vers où l'on m'emmenait, moi qui avais fini par considérer la réserve où j'ai repris des forces comme ma nouvelle maison. Pour autant je n'avais pas peur. La main de Jane caressait mes doigts glissés entre les barreaux de métal pourpre. Et sans cesse elle me répétait de sa voix si douce : « Ma chère Wounda, tu as bien fait de t'accrocher à la vie. L'endroit où nous te conduisons, c'est un paradis. »

De nouveau la terre ferme et ma cage que l'on fait glisser sur le sol rugueux. Je sens des branches craquer sous le passage de ma petite prison temporaire, je sens l'humidité et les odeurs de fleurs et de fruits, au fur et à mesure que l'on avance. Des herbes plus hautes viennent même me chatouiller les pieds par moment. Puis le voyage prend fin. La cage ne bouge plus. J'entends des dialogues chuchotés, je sens des pas tout autour aller et venir. Jane ne caresse plus mes doigts mais je distingue la sienne parmi les voix feutrées. Soudain, un crissement métallique, et dans un mouvement un peu saccadé, les barreaux devant moi se soulèvent. Je me glisse dessous pour sortir, presque étonnée. Il faut bien que des réflexes d'animal sauvage s'expriment parfois chez moi.

Sous mes pieds les feuilles, le frais, la terre mouillée. L'impression de tout connaître et de tout découvrir en même temps. Je me retourne, Rebecca est là, agenouillée, me rassurant de son regard. Je reviens vers la cage et l'escalade. Je suis désormais comme sur la hune d'un navire et contemple autour de moi chaque centimètre de ce nouvel univers. Je prends mon temps, tout le monde retient son souffle. Mon regard croise celui de Jane. Ses yeux sont un sourire, sa bouche une émotion.

Une dernière fois je la prends dans mes bras, sa chemise couleur de feuille tombée se détache contre mon pelage foncé. Elle caresse doucement mon dos, me dit que je suis une chimpanzée très courageuse et que désormais je suis aussi une chimpanzée libre. En prenant une dernière inspiration, elle se défait de mon étreinte. Elle sait, et moi aussi, qu'il faut maintenant me laisser partir.

Un dernier regard, et je disparais dans les feuillages.

Murielle Magellan

Ridiculum non te occidit

« Dieu est mort, Nietzsche est mort, et moi-même je ne me sens pas très bien. »

Woody Allen

Chers confinés, *(le mot est moche mais c'est l'exercice)*

Je vais vous faire une confidence. Une que je n'ai faite à personne. Ni à mon fils, ni à mon compagnon, ni à mes parents, ni à mes frères ou amis. Mais avant cela, voilà pourquoi c'est à vous qu'elle revient.

Silence dehors. Les fenêtres grandes ouvertes, le froid qui saisit mes mains toujours gelées, je zone et je râle. J'ai dit oui à cette lettre en trois pages sur le thème de la liberté sans me souvenir que mon esprit hébété tourne en boucle les mêmes refrains que tous : la peur pour les proches, le rythme de vie qui change, l'espoir de l'après, d'une humanité transformée, la possible désillusion, *bla bla bla bla.* Ordinaire sororité humaine. Et puis m'enfermer dans des consignes pour parler de liberté, en ces heures de cloisonnement et d'autorisations contrôlées, le paradoxe ne me ravit pas. La liberté, je la vénère et l'explore à longueur de romans, je crois bien, mais là, pas la force de lui tresser une couronne fleurie de princesse de cour de récré. Alors je traîne. J'ai le temps, de toute façon. Les heures sont longues, ces jours-ci, et les délais qui, il y a un mois m'auraient paru bien trop serrés, ne me contraignent pas. Vous écrire quoi ? Je pourrais vous raconter une histoire… J'ai pensé l'autre jour que les héros, en ce moment, outre ceux qu'on applaudit chaque soir à nos fenêtres, sont ceux qui ne concluent rien. Ceux qui, mesurés, écoutent le monde, subissent ses secousses, observent ses égouts et ses splendeurs, puis, silencieusement, sans aboyer de certitudes, vaquent. Ils donnent quand ils peuvent, ce qu'ils peuvent, ils sont dociles aux consignes, mais n'en font pas un tweet glorieux, ou un texte à publier. Je pourrais inventer un personnage comme celui-là, lui donner la parole. Moins tourmenté que moi, il s'adresserait simplement à vous, lui.

Mais, pendant que se déhanche sous mes yeux cette ébauche d'idée, je sens que ça n'ira pas. Je suis trop à vif, ces jours-ci, pour l'artifice de la fiction. Alors, je tourne en rond à nouveau. Je range la vaisselle. Je regarde la télé sans le son. Je réchauffe mes mains au radiateur. Et c'est de ce temps ralenti, souterrain, de cette sensation d'avoir l'éternité devant moi, que surgit la confidence suivante, qui est l'inverse de l'éternité, justement ; un épisode oublié, et si récent pourtant, de mon confinement. Parce que, oui, je vis tout pareil que vous, j'en suis sûre, dans l'extrême banalité de cette situation extraordinaire. Tout pareil que vous. Sauf peut-être ça :

Jeudi dernier, j'ai écrit mon testament.

Un début de toux me grattait le thorax depuis le matin. Je suis très solide, je n'ai pas encore l'âge critique, pas de comorbidité ni de facteurs à risques, mon surpoids est tout à fait banal, je ne suis pas dans les cibles préférées de la bête, gestes barrières et cætera sont à peu près respectés… Aucune raison de m'inquiéter. Pourtant, une pensée soudaine et simple est venue stationner dans mon crâne optimiste : cela pourrait m'arriver. Pas à mes parents, ou à mes grands oncles et tantes. Cela pourrait m'arriver à moi : Mourir. Mourir très vite, en un tournemain, comme ils le décrivent fréquemment dans les médias, ces derniers jours. Une toux ce matin. Demain la situation se dégrade. En Seine-Saint-Denis, les hôpitaux sont saturés. Je suis emmenée en urgence à l'autre bout de l'Île de France, ou plus loin encore. Mon fils, avec qui je suis confinée, ne peut pas venir me voir. Il attend des nouvelles. Je n'ai plus d'air. On m'intube. Je ne peux plus lui parler. Je ne peux parler à personne. Je me bats pour vivre, je n'ai pas d'énergie à consacrer à l'hypothèse de ma mort. Je ne veux pas y croire. Tout va trop vite. Jusqu'au bout je me bats, pour mes proches, pour moi. Jusqu'au bout, j'y crois, parce que c'est comme ça que je suis. Vaillante. J'y crois, mais je meurs quand même. Je meurs et je n'ai rien laissé. Je ne parle pas d'argent. Je n'ai rien laissé comme perspective ou consolation. Je n'ai pas laissé de « Verbe ». Je n'ai rien nommé. Muselée par une mort-coronavirus éclair. Une mort de pandémie qui se glissera dans les chiffres du jour.

J'ai imaginé ma tristesse au moment du dernier souffle, trop consciente des quelques mots que j'aurais aimé déposer avant de partir. Et cette tristesse enflée de regrets ne m'a pas plu. Quitte à mourir, j'aimerais que cela soit le plus sereinement possible.

J'ai bien sûr envisagé d'appeler chacun en disant : « Si je meurs demain, sache que… », mais le pathétique-tragique de ces conversations m'a épuisée par avance ; rien de pire que la sensiblerie pour terroriser les troupes. De surcroît, les mots dits, même doux, s'oublient… Mieux vaut écrire. Alors le soir, après avoir regardé un épisode de *La Casa de papel* avec mon grand fils à barbe de jeune confiné (élevé par moi seule, du fait de la disparition prématurée de son père, à coups de « la vie est une aventure »), je me suis isolée, et, assez joyeusement, j'avoue, mais aussi impatiente d'en finir avec l'exercice, j'ai ouvert mon ordinateur, j'ai nommé un dossier Word, et j'ai écrit une lettre-testament. Courte. D'abord adressée à mon garçon et puis un petit mot pour chacun, parents, frères, compagnon. Un adieu simple. Quelques recommandations pratiques. Un trait d'humour. Un soupçon de foi sans Dieu. Amen.

J'ai enregistré le document. Je l'ai refermé.

C'était étrange. J'étais soulagée. Légère. Étonnée et presque amusée par l'expérience de considérer si concrètement une mort prochaine, hypothétique pourtant, puisque je suis en pleine forme. Fière d'être ridicule, en toute discrétion – car il n'était pas question alors de cette publication – en toute quiétude aussi : enfin libre de mourir brutalement. Bien plus décontractée.

Charlye Ménétrier McGrath

Le Type le plus prévisible du centre commercial

En arrivant au magasin, ce matin-là, Cyril trouva le formulaire qu'il redoutait, glissé dans son casier. La note accolée précisait que cela prenait effet en fin de journée. « Quelle entreprise pourrie ! » pensa-t-il. Que pourrait-il bien faire de deux interminables semaines de congés payés, de tout ce temps libre ? Une dépression ! Voilà ce qui lui pendait au nez s'il restait enfermé chez lui, trop longtemps, à ruminer son insipide existence.

Un peu avant le déjeuner, son collègue Arnaud s'approcha de lui, un faux air complice sur le visage. Il le poussa du coude en lui indiquant d'un coup de menton le hall central, et plus précisément, l'un des trois ascenseurs vitrés devant lequel une jeune femme patientait.

— On dirait bien qu'elle part en vacances, elle aussi, avec son énorme valise bariolée.

Il fit mine de ne pas l'entendre et jeta tout de même un regard discret. Sophie était de dos, un peu voûtée, elle regardait le sol. Le cœur d'artichaut de Cyril s'emballa en voyant son petit chignon bien sage et sa tenue impeccable.

— Tu devrais tenter ta chance au lieu de rester là, les bras ballants.

Cyril avait la réputation d'être le type le plus prévisible du centre commercial, le vieux garçon de service, le trentenaire déprimé et déprimant. « Jusqu'à quand ? » songea-t-il. Il palpa son veston pour s'assurer que le formulaire des ressources humaines était toujours à l'intérieur, prit une longue respiration et sortit de la boutique d'un pas décidé.

Ses jambes étaient tremblantes lorsqu'il entra dans l'ascenseur juste avant que les portes ne se referment. Sophie leva la tête et le salua timidement.

— Bon… bonjour !
— Quel étage ? demanda la jeune femme en appuyant sur le bouton du rez-de-chaussée.
— Comme vous ! Je vais voir les RH. Et… euh… non, pardon, cela ne me regarde pas.
— Vous voulez savoir où est-ce que je vais avec cette grosse valise ?

— Eh bien, oui. Mais je ne voudrais surtout pas vous paraître indiscret, s'excusa-t-il. Vous prenez des vacances ?

— Si seulement ! Non, je dépose juste ce... truc à l'accueil. Un client a débarqué tout à l'heure en larmes. Sa femme l'a planté à l'aéroport, entre le mariage et la lune de miel. Il était tellement bouleversé, le pauvre. Il a oublié sa valise au comptoir.

— Vous travaillez à l'agence de voyages, c'est bien ça ? bluffa Cyril.

Un bruit de boulons qui déboulonnent résonna. Sophie blêmit et saisit la barre métallique en gage de sécurité. Habituellement, Cyril était de nature anxieuse à tendance claustrophobe, mais aujourd'hui, il se sentait gonflé à bloc par les quelques mots échangés avec celle dont il rêvait secrètement depuis des mois. Il s'entendit lui répondre que tout allait bien se passer. La cabine était à présent immobilisée entre deux étages et les badauds avaient stoppé leurs allées et venues pour assister au spectacle.

— Pfff ! Ça m'apprendra à me mêler de ce qui ne me regarde pas. Je voulais juste m'échapper quelques minutes de mon guichet, expliqua Sophie d'une voix si rapide qu'elle trahissait son extrême niveau de stress.

— J'ai lu quelque part qu'en cas de chute, il faut s'allonger sur le sol pour mieux répartir le choc, tenta Cyril sans comprendre sa maladresse.

Sophie se tapit immédiatement sur le lino et tira sur le pantalon de son codétenu pour le forcer à faire de même. Cyril obtempéra. Il souriait bêtement en pensant à son collègue qui, pour l'humilier cinq minutes plus tôt, lui avait suggéré de rejoindre Sophie. S'il n'avait pas craint de gâcher ce moment, il se serait redressé pour voir si Arnaud faisait partie des curieux qui faisaient le guet autour de l'ascenseur. Il ne savait pas quoi dire et, comme toujours en pareille situation, il se voulut informatif (d'autres auraient dit soûlant).

— C'est étrange comme nom pour une marque de maroquinerie, vous ne trouvez pas ? demanda-t-il en désignant la grosse valise du jeune marié éconduit.

— Évasion ? Pourquoi ? Moi, cela m'évoque le voyage, pas vous ?

— Je pencherais plutôt pour la prison, l'enfermement. L'idée de s'évader suggère que l'on est enfermé quelque part.

— Je n'y avais jamais pensé. J'en ai une de cette marque, pourtant.

— Je sais, c'est moi qui vous l'ai vendue, un peu avant Noël si je me souviens bien.

Une voix dans l'interphone de secours leur signifia de ne pas paniquer. Il s'agissait d'une panne classique, ils pouvaient se relever. Cyril crut deviner une pointe de moquerie dans la voix de leur interlocuteur anonyme. Pour son plus grand bonheur, Sophie ne bougea pas d'un centimètre.

— D'un autre côté, c'est peut-être fait exprès. Induire la notion d'enfermement pour évoquer la liberté de s'en aller. Un peu comme de la psychologie inversée, en somme, relança-t-elle.

Les cheveux de Sophie sentaient la noix de coco et lui, le rabat-joie de service comme l'appelaient ses collègues, lui seul, à cet instant, pouvait les sentir. Il lui fallut trente secondes pour redescendre de son nuage et trouver une réponse qui ne le fasse pas passer pour un idiot.

— En tout cas, cela n'a pas fonctionné avec sa propriétaire. Elle a pris la valise au mot et s'est fait la malle, sans mauvais jeu de mots. Les dangers du marketing !

Sophie rit et Cyril sentit ses joues rosir.

— Le pauvre gars était tellement dépité qu'il m'a offert ses billets d'avion et le séjour qui va avec. Enfin, il m'a dit d'en faire ce que je voulais. Bien sûr, pour moi, modifier le nom des voyageurs, ce ne serait qu'une formalité. Enfin, à quoi bon ! Je n'ai personne avec qui partir, de toute manière. Qu'est-ce qui vous amuse ? J'ai dit quelque chose de drôle ?

— Non, non ! Mais… c'est marrant parce que, moi, je viens d'être mis en congé d'office. Mais en ce qui me concerne, un voyage au bout du monde, cela ne me fait pas envie une seule seconde. Qu'est-ce qu'on peut bien faire toute la journée, assis dans le sable, les doigts de pieds en éventail ?

Sophie crut à de l'ironie sans comprendre qu'il parlait sérieusement.

— Dès qu'on sort de ce tombeau suspendu, je file voir ma cheffe pour poser des vacances et je vous embarque avec moi aux Seychelles, aux frais du client largué, bien sûr ! plaisanta la jeune femme.

Elle n'eut pas le temps de terminer sa phrase, l'ascenseur se remit en mouvement. Cyril et Sophie se redressèrent et piquèrent un fou rire de soulagement.

— Je pourrais vous prendre au mot ! Il doit bien y avoir des vêtements pour nous deux dans cette énorme valise, s'amusa Cyril.

— Est-ce que vous me proposez de la voler et de partir avec vous au bout du monde dans… trois heures et demie ? demanda Sophie en vérifiant l'heure à son poignet.

— Moi ? Je n'ai rien dit de tel ! C'est la valise qui nous ordonne de nous évader !

Bernard Minier

Lettre écrite dans un souterrain

Je me souviens, cher lecteur, comme si c'était hier de mon premier voyage à New York. Cette ville ne me surprit pas, ne me déconcerta pas, même si elle m'éblouit : je la connaissais déjà à travers les écrits de Dos Passos, de Ralph Ellison, de William Styron, d'Hubert Selby Jr., de J.D. Salinger, de Norman Mailer, de Philip Roth, de Truman Capote – mais aussi de Paul Morand, de Cocteau, de Cendrars… à travers les films également, mais d'abord les mots.

Les mots… *les mots qui font voyager* : « Seigneur, l'aube a glissé froide comme un suaire. Et a mis tout à nu tous les gratte-ciel dans les airs. Déjà un bruit immense retentit sur la ville, déjà les trains bondissent, grondent et défilent. La cité tremble, des cris, du feu et des fumées, des sirènes à vapeur rauques comme des huées. Une foule enfiévrée par les sueurs de l'or se bouscule… » (Cendrars). À Vienne, dans ses cafés, je reconnus de même la voix de Stefan Zweig : « D'ici avait resplendi sur le monde l'immortelle pléiade des musiciens : Gluck, Haydn et Mozart, Beethoven, Schubert, Brahms et Johann Strauss, ici ont conflué tous les courants de la culture européenne ; à la cour, dans l'aristocratie, dans le peuple, les sangs allemand, slave, hongrois, espagnol, italien, français, flamand s'étaient mêlés… » Au Mexique, ce fut Malcolm Lowry (et Octavio Paz) : « Et il pleuvait toujours sur le Mexique, hors de saison, les eaux sombres s'enflant au-dehors pour engloutir son propre zacuali de la Calle Nicaragua, sa tour impuissante contre la venue du second déluge. Nuit de la Culmination des Pléiades ! » À Rome, Moravia et Pasolini… À Londres, Dickens, Martin Amis, Will Self, Zadie Smith ; à Madrid, Camilo José Cela.

Partout où j'allais, les mots précédaient mes pas. Ainsi, en Pologne, le rire désespéré de Gombrowicz m'accompagnait ; quand j'étais à Prague, terre d'auteurs par excellence – le seul pays, à ma connaissance, qui ait mis à sa tête un écrivain –, je ne pouvais me défaire de la présence des « trois K » : Kafka, Klima et Kundera. Quand, à Gdansk, je vis la statue de Grass et de son Tambour, j'eus tout à coup l'illusion que le monde romanesque et le monde physique venaient de se percuter.

Oui, le monde des mots coexiste à côté du monde physique. La littérature, comme le voyage, relie, unit, connecte et isole en même temps. Car la lecture est une activité solitaire qui, paradoxalement, nous relie au monde et même à plus d'un univers : à celui de l'auteur déjà, à celui que nous nous bâtissons à partir de son livre, en comblant tous les blancs qu'il a laissés, et au monde tout court – tel qu'il apparaît entre les pages, transfiguré certes par la magie romanesque, mais néanmoins porteur d'une charge émotionnelle, existentielle bien réelles…

Mais nous voici *confinés*, chers lecteurs, frères humains : enfermés dans des espaces clos, irrémédiablement séparés les uns des autres, condamnés à nous claquemurer, le monde physique désormais interdit, aboli, reste celui des mots… Finis les voyages sinon par le Verbe, finis les avions, les trains, les voitures et bienvenus les Livres. Évadons-nous, voyageons à travers eux, tel Don Quichotte, qui ne connaissait le monde qu'à travers ses romans de chevalerie, qui en avait donc une connaissance très imparfaite (il faut dire que *Tirant le Blanc* n'aidait guère) mais qui finit par sortir un jour de ses quatre murs – comme lui, nous sortirons un jour de notre tour d'ivoire imposée pour retourner au monde : la question est de savoir de quel monde il s'agira…

En attendant, que de trésors dans nos bibliothèques ou en ligne… Que d'émerveillements, de voyages, de possibilités d'îles et d'évasion, de lectures pleines de mystère et de surprises ! Que de cavernes d'Ali Baba !

Dehors, le monde s'est arrêté. Mais, dans les romans, la vie continue et, comme dans la vie, des personnages apparaissent et disparaissent, nous laissent entrevoir des fragments de leurs existences, nous accompagnent un temps. Nous les aimons ou nous les détestons, nous nous attachons à eux ou pas, parfois même ils nous manquent un peu ou beaucoup une fois le livre refermé. Ils sont nos amis, ils sont nos compagnons, ils peuplent notre solitude, notre isolement de leurs voix singulières. Et quand Ishmaël se dit à lui-même : « N'importe où que tu décides de loger cette nuit, mon cher Ishmaël, demande le prix surtout et ne sois pas trop difficile », c'est à nous qu'il s'adresse. Quand Stephen King écrit, au début des *Tommyknockers*, « À cause d'un clou qui manquait, le royaume fut perdu », n'importe quel bricoleur confiné à court de matériel comprendra. Et que dire du Tiffauges de Michel Tournier qui « se laissa glisser dans la captivité sans résistance, avec la foi robuste et optimiste du voyageur qui s'abandonne au repos de l'étape » ?

Dehors, les rues sont vides, les magasins ont rideau baissé, les églises, les mosquées, les synagogues, les cafés et les agoras ont fait silence. Mais dans les livres grouille la vie, une vie rehaussée par le style, une vie débordante, une vie pillée par l'imagination vandale de l'auteur pour mieux reconstruire une réalité alternative, magnifiée, comme les églises chrétiennes prémédiévales étaient construites sur les pierres de sanctuaires païens.

Nous voilà donc voyageant autour de notre chambre, inquiets comme un animal au fond de son terrier, car qui sait si nous retrouverons notre place dans le monde refondé qui nous attend demain et dehors ? Eh bien soit, jetons-nous dans la consolation des livres, eux au moins, même lorsque l'auteur nous perd à dessein, savent où ils vont. Et nous savons également que, quatre cents pages plus loin, nos souffrances – qui sont aussi nos délices – prendront fin, quoi qu'il arrive…

Dehors, cependant, la vie continue, vaille que vaille ; il y a ceux qui agissent, ceux de « la première ligne », ceux qui se battent à notre place contre cet ennemi invisible, ceux qui rentrent chez eux épuisés par ce combat

– quand ils ne trouvent pas sur leur porte un mot de quelque voisin pour les inviter à aller sauver le monde un peu plus loin. Ceux-là n'ont pas le temps de lire. Alors, souhaitons-leur, le moment venu, de retrouver le chemin de la lecture. Cela signifiera que les planètes auront retrouvé leurs orbites.

La lecture nous met aussi en garde contre « l'après », ou plutôt contre une certaine forme d'après… Comme l'a souligné Romain Gary dans sa préface à l'édition américaine de *La Peste* : « pour Camus, la peste n'était pas un symbole de la haine, la peste était la haine ». Camus savait que personne n'est immunisé, il ne proposait ni traitement ni vaccin. Demain, chers lecteurs, nous refermerons nos livres et nous sortirons. Et le monde sera ce que nous en ferons. Ceci n'est pas une fin, c'est un commencement – comme le sont toutes les grandes épreuves humaines. « C'est la foulée de nouveau permise, écrit René Char dans *La bibliothèque est en feu*. L'esprit aussi, comme toute chose, a tremblé. »

Nadine Monfils

La mère qu'on voit danser le long des golfes clairs

Mimile aimait bien le confinement. Pour lui, ça changeait pas grand-chose. Il passait sa vie chez môman, se traînant du lit au canapé, pour s'allonger et regarder ses feuilletons débiles à la télé. Quarante ans qu'il squattait chez sa vieille, toute contente d'avoir son gamin chez elle. Bon, parfois, elle gueulait à cause de ses chaussettes puantes qu'il laissait traîner, mais à force, comme elle s'était aperçue que ça ne servait à rien, elle les avait ramassées elle-même pour les mettre au sale. Tous les midis, elle lui apportait son assiette de spaghettis qu'elle lui déposait sur le bide.

Quand il ne se tapait pas des séries nazes, il surfait sur Internet. Le surf… C'était ça, son sport favori. Avec le confinement, les chauves-souris, les gens qui toussent et tout le bazar, il avait eu l'idée, comme les autres, de se filmer et de poster ses chefs-d'œuvre sur le Net. Il s'était dit : *Pourquoi je serais pas un grand réalisateur, moi aussi ?* Spielberg pouvait aller se rhabiller, Mimile était arrivé !

Il avait d'abord commencé à se filmer le matin, dès le réveil. Je m'étire, je bâille, j'ouvre les tentures en lamé (Mimile était travelo, mais sa môman ne le savait pas), je mets ma perruque Dalida et je chausse mes Louboutin de Prisunic. Dans sa robe moulante rose chamallow, il se mettait à chanter « Y a de la joie, bonjour bonjour les hirondelles ». Sa chanson préférée, et la seule qu'il connaissait. Comme Trenet, il aimait les fleurs en plastique et en avait garni tous les vases du salon. C'est beau et c'est écolo, ça ne consomme pas d'eau. Puis c'est éternel comme l'amour que lui vouait sa môman.

Celle-ci était aux anges parce qu'enfin, il faisait quelque chose de sa vie. Il voulait lui faire la surprise de s'inscrire à « The Voice » dès que ça irait mieux avec cette saloperie de virus.

Mais voilà… Un matin, Mimile se réveilla, poussa la chansonnette devant sa caméra (il le devait à son public, de plus en plus de followers, la gloire !) et il reçut un message enflammé d'un body-buildé complètement subjugué par son talent, qui lui posa des questions artistiques du genre : « T'habites chez tes parents ? » « T'aimes la brouette katangaise ? » Bref, une idylle chaud boulettes se noua entre eux. Et Mimile, jusque-là peinard cool Raoul dans sa casbah, ne rêva plus que d'évasion, de liberté, de fraternité et de la baraque à frites de la place Jourdan à Bruxelles, où son amoureux transi lui avait filé un rancard.

Tout guilleret, il raconta à sa môman qu'il allait rencontrer sa fiancée, persuadé qu'elle partagerait son bonheur. La vieille essuya une larme avec le coin de son tablier à carreaux, ce que le p'tit prit pour de l'émotion ; l'amour étant un bouquet de violettes dont on partage le parfum délicat.

— Et vivement qu'on puisse enfin sortir de chez nous, s'écria-t-il, tout joyeux, en ouvrant la cage du canari sous le regard horrifié de sa mère.

Le lendemain, le fou chantant descendit les escaliers pour aller se vautrer dans son canapé devant un jeu vidéo. Midi. Pas de spaghettis. Il appela sa môman qui ne répondit pas. Poussant un gros soupir, il traîna ses savates jusqu'à la cuisine où il trouva sa mère affalée, la tête dans la casserole de sauce bolo.

À la radio, on diffusait l'info en boucle que c'était la fin du confinement.

La mère à Mimile était morte d'une crise cardiaque. Elle n'avait pas survécu à l'idée que son gamin sorte de la maison. Ce putain de virus, auquel elle avait échappé jusque-là, avait fini par l'avoir d'une autre manière.

Le soir, Mimile se pomponna et alla quand même à son rendez-vous de la place Jourdan. Mais il mangea ses frites aux pickles tout seul. Son rancard lui avait posé un lapin.

Libre, mais sans personne à aimer, il rentra chez lui et assit sa môman sur le canapé. Pour la première fois de sa vie, il lui avoua qu'il était homo.

Viviane Moore

Un parfum d'ylang-ylang

Mon nom est Alice. Je vis à Chartres, au 3, rue Serpente, dans un appartement sous les toits, avec mon mari Patrick, informaticien, et mon fils Antoine, quinze ans.

Patrick a deux passions : son métier et le bodybuilding.

Les années passant, c'est devenu insupportable de l'écouter parler *block*, *boot*, *byte*, *click*, *slot*, *swap*… Quand ce n'est pas *curl*, *crunch*, *squat*, *biceps*, *triceps*, *pectoraux*, *abdos*…

L'étudiant mince et rêveur qui m'avait plu s'est mué en un athlète aux muscles gonflés qui ne peut plus s'empêcher de chercher son reflet dans les vitrines des magasins.

Quant à Antoine, son dada, c'est l'Aston Martin Vanquish. Jusque-là, ça va encore, je peux suivre. Mais quand il s'excite sur son « V12 atmosphérique coupleux à souhait » et sur la « boîte 8 rapports d'origine ZF qui transfigure la relation moteur/boîte »… je décroche.

Heureusement, je travaille.

Quoique…

Je suis l'assistante du patron d'une boîte de transport routier.

Lors de l'entretien d'embauche, mon *big boss* m'avait prévenue : il est malade des nerfs. Sauf que ce sont mes nerfs à moi qui en prennent un coup.

Quant à ma collègue, Priscilla, elle aime deux choses : le saucisson à l'ail et le Kāma-Sūtra. Et je ne sais pas lequel des deux m'insupporte le plus, de son haleine ou du récit commenté de ses exploits sexuels. « Le top du top, répète-t-elle comme un mantra, c'est de faire du sport en baisant. » Quant à sa position préférée, elle porte le doux nom de « marteau-piqueur ». En vérité, ce n'est pas mon travail que j'aime, c'est y aller.

Patrick n'a jamais compris pourquoi je refusais de chercher un emploi à Chartres. Mais comment lui expliquer ?

Chaque jour, comme ce matin, j'éteins mon réveil quelques secondes avant qu'il ne sonne 4 heures. Une douche rapide, puis je m'habille, j'attrape mon sac et je sors sans bruit. Je descends les escaliers en évitant de faire grincer les marches, j'ouvre la porte sur la rue.

Et là… Je respire.

Dehors, il fait nuit. Les lampadaires éclairent la rue déserte. Je passe au pied de la cathédrale, longe les pelouses couvertes de neige et marche vers la gare. Une voiture passe tous feux allumés.

Je prends le TER de 4 h 50, direction Paris-Montparnasse 1 et 2.

Alignés sur le quai, les voyageurs attendent que les portes s'ouvrent. Personne ne se parle ni ne se regarde. On est juste là, perdus dans nos pensées ou trop somnolents pour penser.

Je monte toujours dans le deuxième wagon après la rame motrice. Je grimpe à l'étage, m'assieds sur le même siège près de la fenêtre, pose mon sac à côté de moi et sors mon livre. C'est le moment que je préfère et ce matin, tout particulièrement, puisque j'entame un nouveau roman, déniché dans ma librairie favorite, *L'Esperluète*, rue Noël-Ballay. Un fourmillement me parcourt, une impatience que je contiens pour mieux la savourer.

Autour de moi, les rares voyageurs s'installent du mieux possible pour reprendre leur nuit trop courte. L'un d'eux fait un coussin avec son blouson, une femme ferme déjà les yeux, enfouie sous son manteau.

C'est le *train des dormeurs*.

Le soir, c'est différent : on est plus nombreux, les passagers qui se connaissent discutent, jouent aux tarots, fêtent leur anniversaire en partageant un gâteau…

Rien de tout cela dans le train des dormeurs. Juste le silence. Le calme. La lueur des veilleuses au-dessus des têtes. Les yeux clos. Les respirations qui ralentissent, les corps qui s'affaissent.

Moi seule suis éveillée, comme dans ces contes où, par un étrange sortilège, les habitants du château se figent autour du héros.

J'ouvre mon livre, me penche pour respirer son odeur alors que le train s'ébranle…

J'ai accroché ma lampe de lecture et parcours les premières lignes :

« L'aube est venue. Le ciel s'est teinté de turquoise. Au-dessus de la jungle où chantent colibris, perruches vertes et pailles-en-queue, apparaît le disque rouge du soleil. La plantation s'éveille... »

Les gares défilent sans que je relève les yeux. L'hiver s'est effacé, la neige a fondu…

« J'ai croisé Tiziana pour la première fois sur la barge qui m'emmenait de Petite-Terre à Grande-Terre. À ses chevilles et à ses poignets tintaient des bijoux sonores... »

Je connais les arrêts par cœur : La Villette-Saint-Prest, Jouy, Saint-Piat, Maintenon, Épernon, Rambouillet…

« Dans le lagon, protégés par la barrière de corail, nagent des tortues de mer, des baleines et des dauphins... »

Le train repart mais ce n'est ni le panneau RAMBOUILLET ni les rails que j'aperçois, mais l'ombre des raies manta qui glissent sous la surface de l'eau.

Un ronflement s'élève, un homme dont la tête a basculé en arrière, la bouche grande ouverte…

« La plantation est devenue ma maison. L'odeur capiteuse du ylang-ylang flotte partout dans les pièces, imprègne mes draps, ma taie d'oreiller, jusqu'à mes vêtements... »

« Montparnasse terminal 1 et 2, terminus, tout le monde descend », répète une voix de synthèse.

Le TER entre en gare. Il est 5 h 55 du matin.

Dans le wagon, les gens ouvrent les yeux, s'étirent, bâillent, ramassent leurs affaires.

Je vole encore quelques lignes :

« Aujourd'hui, j'ai travaillé à un nouveau parfum dont la note de tête sera celle, verte et fraîche, du

murisi, une plante mystique de Mayotte. La note de cœur, le ylang-ylang. La note de fond la senteur boisée du badamier... »

Les voyageurs descendent, je glisse mon roman dans mon sac et me dirige vers la porte. Comme au sortir d'une salle obscure, la lumière crue des néons m'éblouit. Je remonte le quai, suis la direction MÉTRO, comme un automate.

Quand j'entre dans le bureau, Priscilla est déjà là.

Tout en appliquant son rouge à lèvres carmin, elle m'annonce, triomphante, que le patron est en province. Enfin, elle suspend son geste et fronce le nez.

— Mais t'as changé de parfum ! Attends, ne me dis rien…

Elle s'approche, ses narines se dilatent et elle sourit, satisfaite :

— Ylang-Ylang. Un parfum de Ylang-Ylang…

— Gagné ! lui dis-je, gardant pour moi la première réponse qui m'est venue :

« *Non, je n'ai pas changé de parfum, j'ai changé de livre.* »

Fabien Olicard

Votre Temps est votre pouvoir

Pouvons-nous nous évader du Temps ? Lui qui est à la fois complexe, transversal, quotidien et mystérieux. Le Temps tel que nous le connaissons est associé à l'Énergie. Sans cette osmose nécessaire, il nous serait impossible de grandir, de nous déplacer, de vivre. Rien n'est figé, rien n'est immuable. Le temps permet à l'énergie de se libérer, l'énergie permet au mouvement d'exister, le mouvement permet la vie.

Pourtant, le confinement semble avoir un effet direct sur notre énergie individuelle, qui se retrouve enfermée, contrainte, pour notre sécurité et celle des autres. Est-elle dès lors limitée par la situation actuelle ? Il y a un test facile à réaliser pour avoir la réponse : le temps s'écoule-t-il différemment ? Non, objectivement il a conservé ses propriétés initiales, ce qui est une bonne nouvelle : nous pouvons nous évader grâce au temps !

Alors puisque le temps avance encore et toujours, que pouvons-nous faire de lui pour devenir plus libres ?

Premièrement, laisser notre cerveau jouer de ce temps !

Notre cerveau est capable de se projeter dans toutes les périodes de nos vies. Il peut revivre le passé et imaginer le futur. C'est une véritable machine à voyager dans le temps ! Pensez maintenant à ce que vous allez faire pour le prochain Noël. Où serez-vous ? Avec qui ? Qu'aimeriez-vous préparer pour le dîner ? Imaginez également vos prochaines vacances. Où les passerez-vous ? Serez-vous accompagnée ? Prenez le temps de fantasmer ce futur… Car voici la réalité : ce que vous appelez le futur aujourd'hui va inexorablement arriver pour devenir votre présent. Vous pouvez déjà vous y plonger mentalement en attendant de le vivre.

Le temps avance et, logiquement, à chaque mot que vous lisez en ce moment même, vous n'avez jamais été aussi proche de la fin du confinement… Peut-être même lisez-vous ces mots après la période que je cite, en constatant que cela est derrière nous…

Deuxièmement, tirer parti de notre énergie.

Notre société en perpétuel mouvement nous force à être réactifs au lieu d'être « planificatifs ». Ce qui est pourtant la principale force de l'humanité. C'est cette capacité de projection qui nous a permis d'imaginer l'agriculture, source de notre sédentarisation.

L'hyperconnexion dans laquelle nous vivons habituellement nous fait réagir à des centaines de stimulations quotidiennes qui nous obligent à être dans un mouvement permanent. Le cerveau va alors puiser dans ses réflexes cérébraux, ses automatismes, pour garder le cap et nous faire avancer sans remettre en question les situations que nous vivons. Mais nous sommes actuellement dans une situation particulière, inédite, historique : le confinement.

Quelle aubaine pour faire le point, s'arrêter et porter un regard objectif sur notre rythme passé, sur notre manière de faire habituelle. Rappelez-vous toutes ces fois où vous avez dit « j'aimerais avoir le temps de faire ceci », « je ne vois pas assez untel », « il me tarde de pouvoir prendre du temps ». Je ne vous dis pas que ce temps est venu ; le confinement n'est pas une période de loisirs où nous sommes libres de nos actions. Mais le moment est propice à mettre en place le futur que vous voulez vivre. Imaginer votre nouvelle vie quotidienne, consigner les erreurs que vous ne voulez plus commettre, comprendre que, chaque jour, la vie vous offre du temps et que vous êtes responsable de ce que vous allez faire de votre énergie. Reprenez maintenant le contrôle de votre énergie future. Voilà le plus beau cadeau que vous pouvez vous faire durant cette parenthèse.

Troisièmement, prendre conscience du temps qui nous appartient.

Chaque matin, vous vous réveillez comme le gagnant d'une grande loterie. Vous recevez sans contrepartie 1 440 minutes de liberté. Elles sont à vous et vous pouvez les dépenser comme bon vous semble. Mais derrière cette rente temporelle inconditionnelle se cachent deux règles. Tout d'abord, le versement des 1 440 minutes peut s'arrêter à tout moment, sans préavis. Ensuite, vous ne pouvez pas économiser cette dotation quotidienne. Peu importe comment vous l'avez dépensée, elle se remettra à son stock initial chaque jour. Vous êtes la seule personne qui vit votre vie, qui reçoit ce temps, et il n'appartient qu'à vous de savoir comment il doit être réparti. Reprenez maintenant le pouvoir de votre temps. C'est la plus belle responsabilité de liberté que vous pouvez accepter.

Néanmoins, aujourd'hui, certaines personnes ont décidé d'offrir leur temps et leur énergie aux autres. Pour que nous guérissions, pour que nous vivions, pour que le futur arrive plus rapidement et plus sereinement. Ces humains sont dans le domaine médical, dans l'aide à la personne, dans les services des collectivités, dans la chaîne de l'alimentaire, dans les commerces, dans le transport, etc. Ces personnes sacrifient quotidiennement leurs 1 440 minutes pour l'ensemble d'un pays, en mettant leur vie en jeu. Chaque aide qu'elles nous apportent est un risque en plus pour elles. Là où nous sommes confinés, elles sont exposées. Là où nous devons patienter, elles sont en suractivité. Là où nous pouvons souffler, elles sont exténuées. Et si nous décidions enfin, à l'échelle de la France, de rester confinés sans faillir et de projeter notre énergie future dans le respect et l'aide que nous pourrons offrir ensuite à chacune de ces personnes qui nous auront sauvés ?

L'anagramme de guérison est soigneur. Laissons ceux qui savent remettre notre vie en ordre et faisons ce que nous sommes tous capables de faire pour les aider : restons chez nous. Car comme l'a écrit le philosophe suisse Henri-Frédéric Amiel :

« La liberté réelle, cordiale, douce, humaine,
c'est le devoir dans l'affection. »

Erik Orsenna

Rhinocéros

Petit Parisien navigateur depuis l'enfant, je rêvais de raconter Christophe Colomb. Ou plutôt la préparation de son voyage. On ne décide pas un beau jour de partir comme ça, plein Ouest. Les vents et les courants contraires auraient tôt fait de vous rejeter à la côte. Un beau jour j'ai découvert le rôle décisif joué par son jeune frère Bartolomé. De Gênes, il avait décidé de s'installer à Lisbonne, capitale européenne de la curiosité en ce milieu du XVe *siècle, période des Grandes Découvertes. Huit ans durant, les deux frères y exerceront le métier crucial de... cartographes, accumulant les connaissances essentielles pour qui veut agrandir le monde. Voici un extrait de ce roman* VRAI *: L'entreprise des Indes, car c'est ainsi que Christophe a toujours appelé son aventure.*

Erik Orsenna de l'Académie française

*

Quand j'y pense, les bêtes pullulaient, et de toutes sortes, dans la Lisbonne que j'ai connue. La ville n'était pas seulement nourrie, vêtue, dessinée grâce aux animaux, mais *enchantée* par eux.

Ce jour-là, absorbé par une calligraphie particulièrement minutieuse (faire tenir sur le tout petit disque représentant l'île de Minorque vingt-sept appellations de ports, villages, caps et mouillages), j'avais résisté à la curiosité générale et dédaigné l'arrivée d'un nouveau navire. Maître Andrea me fit appeler au port : je manquais un phénomène exceptionnel, alors qu'un bon cartographe se doit de tout connaître.

Je laissai tomber ma plume de bécasse et accourus.

Lorsque j'arrivai, deux palans tentaient de hisser la pierre énorme qui se trouvait sur le pont de la caravelle. Quelle étrange cargaison ! On aurait dit un rocher gris, plus large que haut, un rocher particulier puisqu'il possédait deux yeux, une bouche, quatre pattes et une queue. Ce rocher-là pétait, activité inconnue, semble-t-il, des autres rochers. Une corne, courte mais large du bas, lui était poussée et pointait vers le ciel comme s'il voulait, ô sacrilège, menacer le Très Haut.

Sous les acclamations, le rocher vivant fut soulevé, voyagea quelques instants dans les aires, avant d'être déposé, un peu brutalement, sur le quai.

Et maintenant, tandis que les enfants, malgré les soldats qui tentaient de protéger le monstrueux visiteur, lui lançaient des cailloux, s'enchantant de les voir rebondir sur sa peau-carapace, la plupart des adultes tremblaient, mi-répugnés mi-fascinés, et hurlaient :

— Qu'on le rejette à la mer !

— Il va nous porter malheur !

— C'est une incarnation du diable !

— La peste est en lui !

— Ou des maladies pires !

Cette agitation n'atteignait pas la bête. Elle conservait son immobilité minérale, seulement interrompue, à l'intervalle étrangement réguliers, par l'éjection d'une matière verdâtre qui, dès que tombée sur la chaussée, devenait bouse.

À la fin de la journée, pour mettre fin à ces désordres qui menaçaient de dégénérer, un bataillon entraîna l'animal en lieu sûr.

La polémique ne se calma pas pour autant. Bien au contraire. Désormais soustraite aux regards, la bête était livrée à la folie de l'imagination populaire. Chaque jour elle devenait plus grosse, plus démoniaque, plus redoutable. En chaire, deux curés s'affrontaient.

Celui de l'église Sainte-Marie-Madeleine parlait le dimanche, à la deuxième messe. Oubliés ses prônes habituels qui ennuyaient tout le monde, ses diatribes contre les mauvaises pensées des femmes et l'intempérance des hommes. Ses attaques contre le monstre avaient soudain multiplié par dix son auditoire. On se battait pour l'écouter s'époumoner contre la présence maléfique.

Son argumentation suivait deux lignes qu'il alternait ou combinait savamment selon les dimanches.

Première ligne :

— Chassons, mes frères, chassons sans attendre cette insulte à Dieu. Qu'a voulu le Créateur ? Un monde d'ordre, avec une place pour chacun. Or regardez cette bête immonde et plus encore insolente ! Ne voyez-vous pas qu'elle ose narguer la volonté divine en mêlant les règnes ? C'est le Diable qui, pour brouiller nos repères, nous a envoyé cette combinaison contre nature d'animal et de minéral !

Deuxième ligne :

— Mes bien chers frères, savez-vous d'où nous arrive cette horreur ? D'un trou. Oui, mes frères, d'un trou dans le temps ! Avez-vous vu cette forme, et cette peau d'avant l'Histoire ? Cet animal n'est pas d'aujourd'hui. Ni d'hier. Il ne vient pas seulement de loin, mais du fin fond des âges. Et il ne vient pas seul. Par ce trou du temps vont à sa suite déferler sur nous des fléaux plus terribles encore, des épidémies, des inondations, des cavaliers de l'Apocalypse…

Quelle que fût la ligne choisie par le prédicateur, elle aboutissait toujours à la même conclusion : brûlons ce cadeau empoisonné et tout autant le bateau qui nous l'a livré depuis les enfers. Et renfermons à jamais l'orifice par lequel le malheur nous attaque !

La foule se retenait d'applaudir, puisque l'évêque l'avait interdit sous peine d'excommunication, et courait à deux pas, jusqu'à l'église Saint-Nicolas.

— Louons Dieu, répondait l'autre curé sur le même ton, tout aussi véhément. Oui, célébrons Notre Seigneur dans toutes Ses productions. Et hautement disons notre gratitude à ceux qui bravent les lointains ! Grâce à ces valeureux capitaines nous étendons chaque jour notre connaissance de la Création, de son inépuisable diversité. Et dénonçons comme hérétiques ceux qui nous demandent de trier dans cette Création. Qui sommes-nous pour choisir parmi les œuvres du Seigneur ?

L'assistance hochait la tête et s'en allait répétant tout bas : Il a raison. Qui sommes-nous pour choisir ? Certains, plus déterminés, s'en retournaient vers Sainte-Marie-Madeleine pour combattre l'hérésie naissante. Des diacres de l'autre opinion les y attendaient. Des rixes éclataient.

C'est dans l'espoir d'apaiser les esprits en les distrayant que l'autorité municipale décida d'organiser le combat.

*

La place du Pilori est l'une des plus appréciées de la population. Les autorités y attachent sur des roues les malfaiteurs qu'elles ont réussi à attraper. De temps à autre, à coups de bâton, des bourreaux viennent leur briser les membres. Les femmes s'évanouissent, les hommes applaudissent, les enfants s'amusent à cracher sur les plaies des suppliciés : c'est un lieu de hautes réjouissances.

Ce jour-là, le spectacle proposé par le Pilori était d'une nature différente. Les privilégiés se pressaient aux balcons, les autres s'entassaient contre les façades, montant sur des caisses pour tenter de mieux voir. Des palissades avaient été dressées, qui faisaient de la place une arène d'un ovale presque parfait. Et en plein centre, au lieu des roues ensanglantées, se tenait un colosse : un nez aussi long que la queue, des pattes semblables à quatre arbres, des oreilles plus longues qu'un parasol, des couilles plus grosses qu'une tête, des bouses plus hautes et plus larges qu'une taupinière. Bref, un éléphant. Une vieille connaissance, depuis les récits effrayés des Romains et les dessins et peintures qui en avaient été tirés. Comment les caravelles parvenaient-elles, sans chavirer, à transporter de telles masses jusqu'ici ? Une fois de plus, il fallait saluer l'habileté et le courage des marins.

Bientôt, du côté opposé, se présenta son adversaire, le rocher vivant.

Deux cavaliers armés de longues lances lui piquaient l'arrière-train pour tenter d'augmenter son allure par trop paresseuse. Ils n'y parvenaient pas. Les lances ricochaient.

Après avoir hurlé de stupeur et d'effroi, la foule s'impatienta.

Car, au lieu du spectacle sanglant promis, rien ne se passait.

Les deux bêtes tardaient à s'animer.

De plus en plus nombreux, des projectiles, pierres, bouts de bois, mais aussi chapeaux, chaussures, quelques poignards, volèrent bientôt en direction de ces combattants si scandaleusement pacifiques. Le rhinocéros se tenait toujours immobile face à l'éléphant, lequel ne lui prêtait pas la moindre attention, occupé qu'il était à promener nonchalamment sa trompe sur ces projectiles qui jonchaient maintenant les pavés de la place. Ne trouvant rien à son goût, il agitait ses gigantesques oreilles.

Soudain, le rocher cornu, furieux de ce dédain, leva la patte avant droite, en frappa deux fois le sol et, sous les acclamations, chargea.

Tout géant qu'il était, l'éléphant a pris peur. Un instant, il se figea. Il émit un cri rauque. Ses oreilles battirent comme des mains qui applaudissent. Et juste avant que la corne de la pierre vivante ne lui pourfende le poitrail, il pivota sur ses pattes de derrière et, stupéfiant d'agilité, s'enfuit.

Il défonça une balustrade, écrasa une bonne dizaine de spectateurs, sous les huées s'engouffra dans la rue des Orfèvres et disparut. Le plus étonnant, c'est qu'on ne retrouva jamais sa trace. À l'exception de deux défenses fraîchement coupées.

Elles parurent, dès le lendemain, offertes place Terreiro do Paço, sur un étal reculé. Elles ne restèrent pas longtemps, perdues parmi salades et rutabagas. 9 heures sonnaient à l'église Saint-Julien que, déjà, un envoyé du bijoutier Lazaro les emportait. Une question, une seule, lui avait suffi pour obtenir du marchand un prix ridicule.

— Quelle merveille ! Mais d'où le tenez-vous, mon brave ?

Quant au rocher, vainqueur du combat, il fut, sous les vivants, reconduit à sa cage. Cette gloire lui coûta cher. Un matin, on le retrouva sans corne. Quelqu'un la lui avait sciée dans la nuit. Sans doute le scieur n'avait-il pas oublié les gloussements du public féminin lorsqu'était apparue cette glorieuse excroissance. Une poudre fut discrètement proposée aux hommes les plus riches – et par suite les plus âgés – de la ville. À l'évidence, le vendeur la garantissait issue de la fameuse corne et possédant les mêmes pouvoirs de rendre rigides les extrémités les plus flaccides. On dit qu'une jeune femme, peu après, s'étonna des performances inhabituelles de son vieil époux et, encore tout essoufflée, lui demande la raison.

Lisbonne est la ville des secrets éventés. Le lendemain, toute la population voulait de cette poudre magique. Pour répondre à la demande, le vendeur accrut sa production en mêlant toujours plus d'ingrédients divers (coquillages pilés, os de taureaux broyés, graviers du rivage…) à une quantité toujours décroissante d'extraits de rhinocéros. Un certain jour, amantes et amants durent se rendre à l'évidence : la mixture avait perdu ses pouvoirs. Le commerçant fut arrêté et finit sa vie mensongère, battu à mort, sur la place même du Pilori qui avait vu le triomphe du monstre cornu.

Les armateurs donnèrent mission à leurs capitaines de rapporter d'Afrique, plutôt que des esclaves, ces bêtes aux perspectives commerciales autrement plus intéressantes. Hélas, avertis d'on ne sait quelle manière, peut-être par l'un des innombrables oiseaux migrateurs qui ont élu le Portugal pour escale, les animaux de cette espèce se cachèrent. On n'en put débarquer qu'un, cinq and plus tard, un enfant rhinocéros dont la corne encore molle ne fit rêver personne, aucune femme ni aucun homme, même parmi ceux que la nature avait parcimonieusement dotés.

Fabrice Papillon

Destination Proxima B

La route était déserte. Pas une âme ne hantait la ville ; toutes se trouvaient sagement confinées jusqu'à nouvel ordre. Mieux qu'en pleine guerre, mieux qu'un couvre-feu... Simon Weisler pédalait silencieusement sur son VTC, dont chaque rouage avait été huilé pour éradiquer les grincements.

Il bifurqua sur la gauche et s'approcha de la clôture.

La couche de barbelés aux pointes acérées semblait infranchissable, sauf dans cette zone. Un point faible que Weisler avait repéré, après de patientes recherches nocturnes, armé d'une simple lampe torche. L'orifice n'était guère plus large qu'une noix de coco, mais il l'avait élargi, au fil des nuits.

Il se faufila dans la béance. Malgré ses trois couches de textile, il sentit la lacération des griffes métalliques, et étouffa un gémissement. Il réussit à franchir l'obstacle, moyennant de belles écorchures. Trois minutes plus tard, il se trouvait au pied d'une gigantesque cheminée de béton qui crachait un épais nuage de vapeur d'eau. Il rampa vers le transformateur, un bâtiment dont la vocation était d'élever la puissance générée par l'alternateur de la centrale nucléaire. À cet endroit, 400 000 volts giclaient sur le réseau électrique, avant d'être progressivement réduits par divers postes de transformation à travers le pays.

Il lui fallait le maximum. Rien de moins.

Devant lui, une forêt de pylônes et de câbles enchevêtrés les uns dans les autres. Un vrombissement entêtant enfiévrait toute l'installation. Il n'avait pas le droit à l'erreur, sans quoi il finirait comme un cafard grillé. Il saisit sa tablette pour visualiser le plan du labyrinthe en trois dimensions. Impossible de la faire fonctionner. L'intense activité électrique provoquait des interférences qui perturbaient tous les appareils électroniques. Son téléphone mobile était aussi en rade.

Tant pis. Il avait tellement lu et relu le fichier, dans son petit bureau, qu'il connaissait la zone sur le bout des doigts. Il pouvait situer le moindre boulon, le moindre fusible. Il se dirigea vers une armoire bleue, dont les portes étaient revêtues d'une tête de mort éloquente. Il saisit le pied de biche dans son sac-à-dos et fit sauter le panneau métallique. À l'intérieur, le crachotement n'annonçait rien de bon. Il enfila ses gants de latex diélectriques, puis disposa son petit tabouret EDF qui l'isolait du sol. L'ensemble pouvait supporter 24 000 volts – ce qui serait largement insuffisant s'il prenait une châtaigne à la puissance maximale. Il s'empara de la bobine de câble de polyéthylène réticulé, qu'il avait lui-même conçue pour qu'elle prenne le moins de place possible, tout en supportant 400 000 volts. Il n'avait jamais pu faire de test, forcément, et jouait son va-tout. Soit les câbles tenaient, soit ils grillaient instantanément, et lui avec, dans une gerbe aussi spectaculaire que brutale. Il risquait de déclencher un incendie majeur dans toute l'installation, et d'embraser la centrale. Avec des conséquences auxquelles il préférait ne pas songer… À côté, Tchernobyl et Fukushima passeraient pour des incidents mineurs.

Ça, c'était vraiment jouer avec le feu.

Mais tout se déroula normalement.

Quelques minutes plus tard, Weisler s'extirpa de l'enceinte surprotégée et rallia prudemment le poids lourd articulé de deux remorques qu'il avait garé sur le parking visiteur. Il était floqué des insignes de l'ANDRA, l'Agence nationale de gestion des déchets radioactifs. Il avait même constitué une liasse de faux documents officiels, qui attestaient de sa mission : récupérer des déchets de type MA-VL, moyenne activité – vie longue, dans le but de les conduire en toute sécurité dans l'un des centres de stockage administrés par l'agence.

Rien de plus normal, aux portes d'une centrale nucléaire.

Il n'avait subi aucun contrôle approfondi. L'armée et la police avaient bien d'autres chats à fouetter. Il fallait faire respecter le confinement, coûte que coûte. Partout, même dans les campagnes. Au fond des champs. Au fond des chiottes.

Simon Weisler, toujours équipé de ses gants de protection, pénétra dans la première remorque en tenant fermement son câble à deux mains. Le moindre faux mouvement, et il flambait en une fraction de seconde.

Il approcha les pinces renforcées du générateur qui occupait tout l'espace. L'instant était fatidique : la connexion allait provoquer un éclair vif, comparable à la discrète étincelle générée par le branchement d'un câble secteur. Il serra les dents. Les fesses. Pris une profonde respiration. Et accrocha les pinces.

Un boum le projeta en arrière ; heureusement, il n'était qu'à quelques centimètres de la cloison de la remorque et fut aussitôt bloqué. Il avait senti le courant lui parcourir l'échine. Ses gants avaient atténué l'intensité du choc ; il s'en sortait à bon compte.

Le temps était désormais compté. Son installation ne tiendrait pas longtemps, surtout avec une telle puissance nominale.

Il sauta au sol, referma les portes, puis grimpa dans la seconde plateforme – il avait constitué un véhicule articulé de deux solides remorques. À l'intérieur s'épanouissait un véritable laboratoire. Tous les écrans s'étaient allumés d'un coup, et semblaient au bord de la rupture. Allaient-ils supporter les interférences ? Ils les avaient conçus pour ça… Il se rua sur le clavier du terminal, et déclencha son chronomètre.

Neuf minutes, pas une de plus, avant de tout débrancher dans l'enceinte de la centrale.

Le générateur ne tiendrait pas beaucoup plus. Mais sa principale inquiétude concernait les câbles, qui fondaient rapidement. Ils étaient déjà grignotés, il le savait.

Il saisit le mot de passe, et, miracle, l'interface s'illumina. Il lança aussitôt le programme qu'il avait mis trente-et-un ans à concevoir.

Lui, le mathématicien diplômé du MIT et de Harvard, récompensé par la médaille Fields, le Nobel des maths, à l'âge de vingt-huit ans.

Il initia le process.

La parabole se déploya aussitôt sur le toit de la remorque, comme on déplie un parapluie. Elle était immense, bien plus large que le véhicule articulé. Il saisit alors l'instruction qui pouvait faire basculer le destin de l'humanité. Atteindre la connaissance suprême. Offrir à l'homme le plus grand voyage de tous les temps.

Le faisceau fut projeté à une puissance inégalée. Weisler avait saisi les coordonnées de Proxima B, située à 40 000 milliards de kilomètres de la Terre. Le signal radio traversa l'espace infini à une vitesse supérieure à celle de la lumière – il avait postulé depuis longtemps que la vitesse de la lumière pouvait être dépassée, à condition de disposer de la puissance nominale nécessaire... Mais personne ne l'avait cru.

« On n'est jamais mieux servi que par soi-même », avait-il marmonné un beau matin.

Il avait donc mûri ce plan de longue date, et s'apprêtait à prouver au monde qu'il avait raison.

Le message qu'il venait de bombarder véhiculait une série d'informations sur la Terre, les humains, nos paysages, la biodiversité, et fournissait bien entendu les coordonnées exactes de notre planète. Simon Weisler avait même encodé une mélodie – *Rhapsody in Blue* de Gershwin – et quelques images de l'homme et de la femme dans leur plus simple appareil.

Proxima B était « l'exoplanète », la planète habitable la plus proche de notre système solaire. Même si elle se trouvait bien plus près de son soleil que nous ne l'étions du nôtre, la plupart des astrophysiciens s'accordaient à dire qu'elle pouvait abriter la vie, et même des formes d'intelligence. Weisler, lui, l'observait depuis des années grâce au piratage des réseaux interconnectés des plus grands radiotélescopes du monde. Et il avait été le premier – en fait, le seul – à détecter ce faible signal radio qui émanait de la constellation du Centaure. Des impulsions régulières et intermittentes, comparables à un code morse, qui provenaient de la zone dans laquelle gravitait Proxima B.

Le mathématicien coupa la console et se rua dehors.

Il ne lui restait que deux minutes.

Il s'infiltra de nouveau dans la centrale, s'écorcha les bras, puis courut jusqu'à l'armoire bleue. Il remit ses gants de protection et décrocha les pinces. Une étincelle géante le projeta à terre, le laissant quelques secondes sans connaissance. Puis il finit par se relever, tremblant de tous ses membres, toujours sous le choc. D'un geste cotonneux, il parvint à refermer les portes isolantes. Après avoir repris ses esprits, il enroula sa bobine de câbles à moitié fondus, franchit une dernière fois les barbelés, et jeta tout à la va-vite dans la première remorque. Il rétracta la parabole, sauta dans la cabine, démarra le poids lourd, puis disparut sur les routes de campagne. Il roula à faible allure, jusqu'à son hangar niché à l'entrée de la banlieue.

Il n'avait croisé personne.

Toute l'opération s'était magnifiquement déroulée.

À cette vitesse inédite, qui défiait les lois de la physique, le signal parviendrait à Proxima B en deux ou trois ans.

Quant à la réponse, elle mettrait à peu près le même temps à arriver.

Il allait donc guetter le signal des *Proximiens*. D'ici trois ou quatre années, il se connecterait chaque jour sur le réseau des radiotélescopes du monde entier. La zone était largement couverte et il s'était promis de vivre jusqu'à l'instant où la réponse lui parviendrait. Il serait alors le seul, sans doute, à pouvoir la décoder.

Il allait ainsi offrir à l'humanité le plus beau voyage de tous les temps. Permettre à l'esprit humain de s'évader vers d'autres formes de vie que celles de la terre, et découvrir le premier écho d'un monde inconnu, venu des profondeurs du cosmos.

Un voyage essentiel, spirituel, presque religieux. Une manière de sortir, enfin, du cadre étouffant d'un monde normé, mondialisé, pollué, et dont les excès asphyxiaient l'homme chaque jour un peu plus.

Cette rencontre métaphysique, par ondes radio interposées, allait peut-être, enfin, apporter à l'humanité la révélation et la sagesse qui lui manquaient cruellement, qui bouleverseraient son mode de vie et le détourneraient des biens matériels, au profit d'une quête existentielle beaucoup plus vitale.

C'était sa conviction.

Sa raison de vivre.

Et Weisler allait connaître cela de son vivant.

Camille Pascal

Voyage autour de mon salon…

Le goût des choses est assez mal porté dans le petit monde de la République des Lettres. Quatre murs couverts de livres, un canapé d'origine scandinave posé sur un vieux kilim, une table basse en bois exotique, des plantes vertes disposées de-ci de-là pour combattre le réchauffement climatique, voilà, pour ce que j'en connais, le décor contemporain d'un *créateur* digne de ce nom. Comme chacun sait, l'inspiration ne se puise plus aujourd'hui dans la contemplation des objets mais dans le grouillement du monde, le frottement plus ou moins humide des corps et dans des livres de témoignage qu'à titre personnel je n'ai aucune envie d'ouvrir.

Aussi, j'admire ces anachorètes postmodernes de vivre leur confinement dans un tel dépouillement car, pour ma part, je me félicite d'avoir consacré une partie de ma vie à rassembler autour de moi les épaves d'un passé familial et d'un monde englouti avec lesquelles j'entretiens une relation presque tendre. L'éclat d'un flambeau d'argent, la courbe d'un pied de chaise, le dessin à demi effacé d'une tapisserie ancienne, la sonnerie du cartel, le tain écaillé d'un vieux miroir au mercure, le sourire amusé d'un ange en bois doré ou le regard hautain de portraits poudrés, le velours passé de la bergère où j'aime à m'asseoir pour ne rien faire... Tout m'invite à rêvasser, et rêvasser est encore ce que je sais faire de mieux.

Deux anciennes vues de Montpellier, peintes un peu maladroitement à la fin du XIXe siècle et qui étaient accrochées dans le salon de ma grand-mère, m'ouvrent gentiment les portes de l'enfance et me renvoient à ces après-midi que je passais chez elle lorsque la grippe ou la varicelle me condamnaient déjà à l'isolement. Là, dans un long appartement sombre, je traînais ma robe de chambre rouge d'une pièce à l'autre, furetant partout à la recherche de merveilles oubliées, heureux d'écouter les craquements du silence et regardant par la fenêtre la ruelle étroite qui m'a vu naître, véritable saignée de pierre blonde au bout de laquelle était toujours accroché un ciel bleu de Sèvres.

Parfois, pour essayer de tromper mon ennui, ma grand-mère se faisait la gardienne de sa propre maison et nous entamions la tournée des meubles au cours de laquelle elle m'apprenait à discerner la cannelure Louis XVI de la courbe Louis XV ou à admirer la fameuse « coquille » Régence. Je m'étonnais alors de retrouver sur les meubles ces carapaces de crustacés que j'aimais ramasser sur la plage. Venait ensuite l'inventaire de ses tableaux. Petite collection de peintres régionalistes dont la signature ne dit plus rien à personne sinon à quelques vieux languedociens mais qui faisait sa fierté. Elle aimait particulièrement cette peinture figurative des années 1950 où elle retrouvait des paysages et des noms familiers car ce qu'elle appréciait par-dessus tout, c'était de connaître personnellement les artistes. À chaque toile était attaché un souvenir ou une anecdote. Elle avait acheté telle vue de la garrigue pour aider son auteur à payer une dette de jeu et ce nu à la faveur d'une dispute entre le peintre et son modèle : « Achetez-moi cette garce ! Je l'ai assez vue ! » se souvenait-elle à haute voix. La phrase m'était incompréhensible car je ne savais pas au juste à l'époque ce qu'était une garce, mais le rire de ma grand-mère déclenchait le mien.

Quand la visite était terminée et que le soir n'était pas encore tombé, j'allais chercher le vieil album de famille, épais comme un antiphonaire, et nous prenions place sur le grand canapé jaune pour en tourner les pages. Une famille inconnue, hiératique et sépia défilait sous mes yeux. On y voyait de vieilles rentières édentées, des hommes à redingote et à moustache impériale, de jolies institutrices et de jeunes normaliens prêts à passer sans sommation du tableau au champ d'honneur. Chacune de ces figures avait un jour vécu dans la maison et j'apprenais incidemment que tel meuble devant lequel nous passions tout à l'heure avait aussi accompagné ces vies évanouies mais, pour ma grand-mère, tous ces morts lointains restaient vivants et je découvrais ainsi la force du souvenir.

J'entends encore le cliquetis si particulier de la porte de la cuisine qui n'était jamais fermée à clef et que ma mère poussait pour venir me récupérer avant de crier : « Maman ! Vous êtes là ? », comme si nous pouvions être ailleurs…

Depuis ce qu'elle appelait *l'atelier*, pièce presque aveugle donnant sur *le ciel ouvert* où elle se tenait à longueur de journée pour coudre ou repriser, ma grand-mère répondait d'un « oui ! » tout aussi sonore et se levait de sa chaise paillée tout en prenant le temps d'enlever soigneusement les fils encore accrochés à sa jupe d'intérieur. Nous partions alors à la rencontre de ma mère qui s'asseyait un instant au salon pour nous apporter des nouvelles de l'extérieur et demander des miennes. Alors, ma grand-mère répondait invariablement que j'avais passé ma journée à « rêvasser ».

C'est encore aujourd'hui tout le plaisir que j'éprouve à rester confiné.

Nota : une première version de ce texte a été publiée dans *Le Figaro* du mardi 24 mars 2020.

Pierre Pelot

Chanson libre comme il se droit

Penchés à la fenêtre
Nous avons vu passer
Les belles infirmières
Les infirmiers
Les médecins aussi,
Pressés pour nous sauver la vie
Et tous les messieurs-dames des maisons de santé !
Les avons vus passer
Qui couraient dans la rue sous nos yeux confinés
Les dévouées qui couraient qui couraient
Couraient vers les caisses des grands supers-marchés.
Passer les éboueurs
Sur leur super-balais.
Les nettoyeurs de rues. Les gardiens de la paix.
Les gendarmes à vélos les gendarmes à pieds…
Nous avons vu passer
Dans leurs belles autos rouges
Une harde de pompiers-pompières
Aujourd'hui comme hier

Sans doute moins qu'après.
Et des ambulanciers et des ambulancières.
Et des routiers sympas des facteurs des factrices
Des livreurs de pizzas
Des aide-ménagères
Des pigeons des moineaux
Pies supposées voleuses, simples dissimulatrices.
Des coccinelles
à la pelle.

Et nous
Nous étions là
Atterrés par la guerre abattue sur nos têtes
Nous rétrécissant tous dans nos maisons fermées
Cernés par le virus qui nous pendait au nez
Qu'on ne pouvait voir passer
Penchés par la fenêtre
Lui qui ne se montrait jamais.
Le dos à la fenêtre nous nous sommes regardés
Assis le cul par-terre dans nos jouets cassés
À ne savoir qu'en faire une fois ramassés
Cornegidouille et bibite en bois !
Si ça devait toujours durer comme ça ?
Debout sur la fenêtre nous nous sommes soulagés :
Il nous fallait bien dire et nous avons un peu chanté
Remercié les belles infirmières et les personnels de santé.
Il fallait faire quelque chose nous avons fait à manger
Et nous l'avons mangé
Jusqu'à la dernière bouchée. La dernière miette
Qui traînait, nous l'avons soigneusement ramassée,
Mise dans la poubelle

Pour ne pas nous faire disputer.
Prisonniers bâillonnés
Fallait-il donc en plus se taire, ne dire un moindre mot ?
Qui ne dit mot consent
Qui ne dit mot qu'on sent
Qui ne dit mot cons sang
Et nous avons crié.
Derrière la fenêtre se sont mises à danser
Les sales bêtes
Que nous avions imaginées
Et qui sont nées
Et qui sont des images échappées des albums
En foules sous notre nez
Avec qui il faut vivre et contre qui résister

Alors
Alors,
Penchés à la fenêtre
Nous avons récité
Sur tous les tons possibles
Toutes les déclinaisons en imagination du grand mot LIBERTÉ.
Et les images ternes
Les images méchantes submergeant nos maisons
Imaginées ailleurs, sur nos toits déversées,
Les images imaginées insinuées se sont racrapotées
Contre les barricades.
Contre les barricades levées dans nos maisons confinées
Contre les barricades LIBERTÉ
LIBERTÉ d'imaginer
Liberté d'IMAGINER

Les entours de demain, d'après demain peut-être
Les entours de demain dans les rues traversées
Par des grands trains dorés.
Le temps qui passe, le temps qui passe-passe court et court pour tout imaginer dans nos chambres closes aux volets fermés
Pour nous enfermer.
Faire de nous des prisonniers libres
Libres d'imaginer être libres derrière nos barreaux protecteurs de confinés.
Les grilles et grillages sans effet
Incapables de nous empêcher d'imaginer.
Penchés à la fenêtre,
Libres et déconfinés
Libres de regarder passer les belles infirmières qui nous auront sauvés.
Libres d'imaginer la terre, la lune et les étoiles
Devenues ce qu'elles seront devenues, resplendissantes, madame !
Flottant en haut du mât
D'un grand bateau à voile
(Et les trois mousquetaires
Merci monsieur Prévert
tournant la manivelle d'un petit sous-marin !)
Libres d'imaginer que vous n'êtes pas mort
Encore moins décédé.
D'autres Jacques avec vous que nous pourrons chanter
Penchés à la fenêtre.
Penchés à la fenêtre

Nous verrons défiler les pompiers les marins les belles infirmières les docteurs les policiers les dames de service les vendeuses de gâteaux les joyeux boulangers les marchands de tulipes les garçons de café les serveuses de glaces et de steaks tartares les bouchères et bouchers les petits jardiniers les planteurs de choucroutes de fraises et de navets les chats les chiens et les lapins les lions évadés les dresseurs de baleines les marchands de langoustes les pêcheurs de péchés les repêcheurs de noyés, tous les gens revenus au monde imaginé, nouveaux nés.

Penchés à la fenêtre
Nous avons vu passer
L'imagination d'être
En toute liberté.
D'être responsable de ne pas vouloir attraper
La petite saloperie qui rôde hors les sentes et les routes battues.
Penchés à la fenêtre
Nous avons écouté
Nous avons entendu qu'
« En sortant de l'école
Nous avons rencontré
Un grand chemin de fer
Qui nous a emmenés
Tout autour de la terre
Dans un wagon doré »

Puis nous sommes revenus
Rouvrir toutes les portes
Toutes les portes fermées
De tous les rez-de-chaussées.
Et le soleil nous a salués.

Gwenaële Robert

Liberty House

— Entrez Monsieur Kesler, entrez !

La servante qui se tient sur le seuil referme la porte derrière lui. Il vient depuis quinze ans, fidèlement, régulièrement, mais chaque fois la pénombre de la maison le surprend et il est quelque temps sans pouvoir distinguer la pièce autour de lui. Il ôte son chapeau, se frotte les yeux, cligne des paupières.

— Monsieur est dans son bureau, précise la servante à voix basse, en pointant l'index vers le plafond orné d'assiettes dépareillées. Il descendra vous voir quand il aura fini.

Bien sûr, elle ne dérangera pas le maître. Personne ne le dérange quand il travaille. Elle présente au visiteur une chaise pour patienter et s'éclipse dans la cuisine.

Il ne s'assoit pas. Il est vieux et fatigué mais la bosse qu'il a dans le dos rend la station assise malaisée. Il est essoufflé aussi. Son cœur irrégulier menace de décrocher comme un lustre trop lourd qui n'éclaire plus rien. C'est peut-être la dernière fois qu'il entre dans cette demeure alors il veut la voir dans toute sa bizarrerie et ses contradictions, à la fois sombre et lumineuse, mystérieuse et ostentatoire, simultanément prison, tombeau et berceau fécond. Surtout, il veut découvrir l'antre magique où personne ne pénètre, la vigile de verre qui capte les rayons et les ombres.

Il passe sous le portique médiéval qui donne à l'entrée l'allure d'une cathédrale gothique, admire la colonne corinthienne, le triptyque, les culs de verre bosselés. Des lettres sont inscrites dans la pierre : AVE. Il pousse la porte de la salle de billard abandonnée, où les fils n'auront jamais joué. Comment leur en vouloir ? Ce n'est pas une vie d'être confiné quand on est jeune. L'île est un caillou dont ils ont vite fait le tour : granit au sud, sable au nord, prairies, collines, roches, et, de tous côtés, la mer, geôlière infatigable. Ils sont partis, l'un après l'autre, rejoindre des vies plus libres, plus occupées. La sœur aussi a fui, on ne sait pas où elle est au juste. Mais son portrait orne les murs, fantôme inquiétant et lointain, avec son air buté et ses yeux tristes qui semblent chercher dans l'ombre la sortie du tunnel.

Du vestibule, on aperçoit le salon et le fumoir. Les pièces sont obscures, étouffantes avec leurs tapisseries empoussiérées, leurs boiseries brunes découpées dans de vieux coffres de la Renaissance espagnole. Les souvenirs surgissent dans la salle à manger ornée de faïences hétéroclites, quinze ans de dîners en famille, le rôti dominical, les goûters des enfants pauvres où le maître de maison se faisait serviteur de gamins en guenilles, lui qui avait soupé à la table des rois.

À présent, le visiteur monte l'escalier. L'ombre se dissipe à mesure qu'il grimpe les marches. Un puits de lumière laisse passer les rayons d'un soleil de printemps qui rebondissent sur la surface bombée d'immenses miroirs. Kesler est aveuglé, il plisse les yeux, met sa main en visière… maudite cataracte. Il dépasse le premier étage, désert et silencieux. C'est celui des femmes, or la fille est partie et l'épouse est morte l'année dernière. Le visiteur se souvient d'elle, sa gaieté un peu factice, son ennui mal dissimulé. Elle a succombé à une attaque, son mari ne l'a pas accompagnée sur la terre où elle repose maintenant – impossible, interdit, il aurait fallu un passe-droit, une dérogation spéciale. Il a accompagné le cercueil jusqu'à la frontière puis il s'en est retourné, seul. L'exil dans toute sa rigueur.

Kesler poursuit son ascension. Il s'arrête sur le palier du second, le souffle court. Une porte claque au rez-de-chaussée, la servante doit penser qu'il est parti. Il lève la tête. Un ciel très bleu pénètre par la dalle de verre, enserrée dans un étrange tambour en bois où il est écrit DEUS/DIES. À sa gauche, une porte est entrouverte. Il y jette un œil. La chambre du maître est telle qu'on la lui a décrite : une forêt de chênes sculptés où les colonnes torsadées portent des noms latins. Il a beau savoir que le maître ne dort ici que très rarement, il est pris d'une sorte de timidité respectueuse, comme au seuil d'un temple où Booz est endormi.

Il longe le corridor, sombre comme une gravure de Rembrandt, traverse la bibliothèque en forme de nef de bateau que prolonge un escalier étroit. C'est là la frontière avec le domaine interdit. Il retient son souffle, hésite. Il porte la main à son cœur, comme pour retenir ses battements anarchiques. Allons, il va bientôt mourir, il a le droit de voir ! L'horloge sonne 11 heures. Il compte les marches, quinze, seize… c'est haut, la liberté. À la dernière, il s'immobilise, saisi par le spectacle d'une pièce de verre, toit et murs translucides, où le ciel et la mer jettent leur bleu brûlant.

C'est donc ça, le belvédère secret où se déploient des mondes immenses, où s'ouvrent des abîmes ? C'est là la serre mystérieuse où poussent les chefs-d'œuvre ? Quels chefs-d'œuvre ? Mais tous, tous ! *Les Misérables*, *La Légende des siècles*, le *William Shakespeare*, *Les Travailleurs de la mer*, *L'homme qui rit*… tous ces textes traversés par le mot « liberté », vif comme un boulet lancé par Jean Valjean, répété par Gavroche qui rit à la mitraille.

Hugo est là, debout, de dos, face à son pupitre. Il porte une vareuse usée. Avec sa barbe blanche et ses larges épaules, il a pris cet aspect massif d'ancêtre universel. Il écrit, infatigablement. À Paris, on le croit prisonnier de son caillou au milieu de la Manche. Il est plus libre que jamais, délivré de tous les esclavages, l'obsession de plaire, le pouvoir, les mondanités, la politique, les amitiés stériles, les maîtresses envahissantes. Il a l'océan devant lui et au-dessus de sa tête le ciel tout entier.

Kesler se retire sans bruit. Il redescend les marches, rejoint l'obscurité. Il a vu. Il sait qu'un aquarium peut contenir l'infini.

Les jours mauvais fuiront sans qu'on sache leur nombre
Et les peuples joyeux, en se penchant sur l'ombre,
Diront : « cela n'est plus ».

V. Hugo, *Les Châtiments*

Tatiana de Rosnay

Léo et le cerf

Chère Madame H,

Je vous envoie ce mail car je ne sais pas à qui d'autre l'adresser. Depuis le début du confinement (je déteste tellement ce mot, si vous saviez), vous êtes finalement la personne avec qui j'échange le plus. Jamais je n'aurais cru que mon prof de français deviendrait un jour ma confidente.

Merci à vous de me répondre si gentiment tous les jours. Vous avez tellement d'autres choses à faire, en particulier les cours quotidiens que vous nous donnez via la plateforme scolaire. Je n'en reviens pas que vous me consacriez autant de votre temps. Je vous écris ce matin pour vous parler de ce qui est arrivé. Je suis encore sous le choc.

Vous vous souvenez du jour, en début d'année scolaire (ça me paraît si loin, c'est fou, dans une autre vie !) où vous nous aviez demandé d'écrire une rédaction sur nos maisons préférées ? J'avais râlé comme tous les autres, mais au fond c'était un sujet qui me plaisait. J'avais décidé d'évoquer la maison de mon grand-père, dans la Drôme. Mon grand-père est un type qui ne parle pas beaucoup. Un dur à cuire. Le contraire de ma grand-mère, bavarde. Mais j'ai toujours eu un rapport fort avec lui. On n'a pas besoin de discuter pour se comprendre, lui et moi. Leur maison est en hauteur, dans une nature sauvage. Rien ne capte là-bas, ni les portables, ni la télé. Rien. Parfois l'électricité ne fonctionne pas. On n'entend que le mistral et les cigales. Vous vous souvenez ? Vous m'aviez donné 16/20 à cette rédaction. J'étais super fier.

La nuit dernière, j'ai rêvé de la maison de mon grand-père. Mais c'était l'hiver. Une neige épaisse recouvrait les champs de lavande. On ne voyait que du blanc à perte de vue. C'était une vision étrange. Je ne connais cette maison que l'été, lorsque tout est vert et touffu. Dans mon rêve, je suis sorti sur la terrasse. Je n'avais bizarrement pas froid. Je suis descendu vers le champ. Mes pas ne faisaient aucun bruit sur l'épaisseur de la couche de neige. Même le mistral se taisait. Le silence était profond. Le jour tombait. Il y avait un pâle soleil d'hiver que je ne reconnaissais pas et qui ne brillait pas comme d'habitude. Les oiseaux ne chantaient plus. Une impression de fin du monde. Et je flairais autour de moi l'odeur des arbres, de la végétation endormie.

Toujours dans ce rêve troublant, j'ai pris le chemin vers la forêt, là où mon grand-père a l'habitude de m'emmener. Au-dessus de ma tête, les arbres unissaient leurs branches nues et sombres. Je n'avais pas peur. Ni froid. Pourtant, je ne portais que mon pyjama. Petit à petit, la nuit s'avançait, et les ombres s'allongeaient sur le tapis blanc. La neige s'est remise à tomber. Des flocons énormes et cotonneux. Sur la paume de ma main, ils formaient des cristaux qui dansaient. Ma paume ressemblait à celle d'un petit garçon, alors que vous connaissez mon âge, quinze ans.

Une partie de moi voulait sortir à tout prix de ce rêve angoissant. Mais c'était comme si quelque chose, ou quelqu'un m'appelait. C'est alors que je l'ai vu, un peu plus haut, au cœur de la forêt silencieuse. Un animal. Une biche ? Un sanglier ? Je me suis approché pour voir de plus près. L'animal ne semblait pas avoir peur de moi. Il m'attendait. C'était comme si il savait que j'allais venir, là, cette nuit, le retrouver.

C'était un cerf. Immobile, comme une statue. Son pelage était gris brun. Ses bois formaient une solide couronne autour sa tête. Il était majestueux, impressionnant. Je n'en avais jamais vu d'aussi beau. Je me suis approché, petit à petit. Il était figé. Ses yeux ne me quittaient pas. J'étais à présent tout près de lui. À un mètre. Plus je le regardais, plus je trouvais son aspect familier. C'est difficile de vous décrire ce que je ressentais, mais je vais essayer. Les traits du cerf, la forme de son museau, l'expression de ses yeux, tout ça, c'était mon grand-père. C'était comme si le visage de mon grand-père s'était greffé sur le cerf.

Nous nous sommes regardés longtemps, face à face, sous la neige poudreuse. Il y avait tant d'amour, tant de tendresse dans ces yeux, que je me suis mis à pleurer. J'ai étendu la main doucement, et j'ai caressé son encolure. Je la sens encore sous mes doigts.

Quand je me suis réveillé, je ressentais une sorte de paix, mais aussi le poids d'un chagrin dont je n'arrivais pas à me débarrasser. J'ai demandé à ma mère si on pouvait appeler Papy. Tout de suite. Elle m'a dit qu'elle avait déjà essayé de joindre ses parents ce matin, sans réponse. Elle recommencerait. Ma mère semblait inquiète. Je l'étais aussi. Je n'ai pas parlé du rêve, de cette évasion nocturne dans la forêt, de ce cerf aux traits humains.

Le téléphone a sonné dans l'après-midi. J'ai entendu les sanglots de ma mère, le cri de mon père.

Je savais. Je le savais déjà. Mon grand-père est mort cette nuit. À cause de l'épidémie, nous n'allons pas pouvoir nous rendre dans la Drôme à ses obsèques.

En attendant votre appel, je suis dans ma chambre. Je suis sur mon lit. Je ferme les yeux, et je pense à lui. À ce cerf. Il me donne sa force et son amour. Je les prends et je grandis.

Bien à vous,
Votre élève,

Léo.

Romain Slocombe

La Machine à écrire

Le plus beau cadeau que m'aient fait mes parents lorsque j'étais petit, était une machine à écrire. Une machine pour enfants naturellement. Mais elle fonctionnait. Ses touches et son capot, blanc et rouge, je me rappelle, étaient en plastique ; les barres à caractères, elles, de vrai métal. Et l'encre du ruban, curieusement, bleu foncé. Sur ce modeste engin je tapai mes premières poésies. Les voyant dactylographiées j'avais l'illusion qu'un éditeur les avait imprimées. À un seul exemplaire, mais tout de même. Cela semblait plus sérieux, plus impressionnant, plus noble que bêtement écrit au stylo Bic. L'œuvre était là, et cette sacralisation par l'impression lui rendait justice. Je ne croyais pas que mes poèmes fussent particulièrement géniaux mais ils représentaient une création. *Ma* création. Et je devais, pensais-je, à ces quelques feuilles dactylographiées – minuscules lettres bleues sur fond blanc, strophes soigneusement rythmées, rimes pas trop nulles – un minimum de respect. C'est pourquoi (l'anecdote est risible et je la raconte pour la première fois) j'avais bricolé une sorte d'autel, avec pour éléments principaux une tablette de petit déjeuner – empruntée à papa et maman qui aimaient le prendre au lit – et la cape en nylon écarlate de ma panoplie de Robin des Bois. Sur la tablette ainsi décorée, avant de me coucher je plaçai avec révérence mon manuscrit. Puis j'éteignis la lumière. Cette cérémonie secrète, dont je fus l'unique officiant et témoin, s'est déroulée dans ma chambre de petit garçon une quarantaine d'années après l'épidémie de grippe espagnole de 1918, et une soixantaine avant l'apparition du virus COVID-19. J'ai frappé des pages et des pages, depuis l'époque de ces vers naïfs où il était question surtout, si mes souvenirs sont bons, de la nature et des oiseaux. Et j'ai eu la chance de trouver des éditeurs, et des lecteurs – beaucoup de lecteurs. J'écris à leur intention, et ils me font vivre, même si au départ, mes romans je les fais en réalité pour moi-même. Je suis mon lecteur zéro comme on dit le « patient zéro ». J'essaie de me surprendre, de me passionner ou de m'émouvoir : si ça marche pour moi ça devrait marcher pour les autres. Entre moi et toutes celles et ceux qui me lisent, un lien s'est créé. Un lien étonnant, réconfortant. Depuis quelques semaines, ce lien est devenu fragile. Les librairies sont fermées. La poste marche mal. Les gens se sentent trop stressés, trop inquiets pour lire normalement, pour plonger entre les phrases et les savourer. Tout ce qui se passe est non seulement terrible et menaçant, mais extrêmement bizarre. L'humoriste juif Tristan Bernard disait en 1943 : « Je n'ai jamais aimé apprendre l'Histoire, mais cet embêtement n'est rien à côté de l'obligation de la vivre. » Ces jours-ci, chaque matin je regarde les oiseaux, comme dans mon enfance. Merles, moineaux, mésanges, rouges-gorges, pinsons, tourterelles viennent picorer le reste des graines de tournesol que j'ai laissées la veille. Les oiseaux nous survivront-ils ? Déjà frelons, abeilles, papillons, limaces et escargots ont quasiment disparu. Hier j'ai vu un geai voler d'un arbre à un autre. Les petites feuilles au bout des branches poussent leur vert tendre dans mon jardin. J'observe le pommier bourgeonner. Les chasseurs ne font plus le coup de feu dans la campagne, les biches se rassurent au fond des bois ; et ce silence revenu est un bonheur. Une fois l'écriture du jour finie je retrouve mes confrères sur les réseaux sociaux. Les phrases belles et graves de Nicolas Mathieu, les récits drolatiques de Frédéric Lenormand ; et les mots de révolte de Ian Manook, Jean-Jacques Reboux ou Jérôme Leroy. Moi aussi j'ai la rage au cœur – et de temps en temps la peur au ventre mais ça n'empêche pas – contre les responsables de l'incurie. On n'a pas fait beaucoup de progrès depuis la Drôle de Guerre. Je constate la même arrogance, la même sidération, les mêmes défausses pathétiques sur ceux qui ont précédé. Les meilleurs sont au front, mais, comme au printemps 1940, on les y a abandonnés sans balles ni obus. Au cœur de la nuit j'ouvre ma boîte mail. Je découvre un message qui sonne comme un appel au secours. *Je ne supporte plus d'être enfermée et de ne plus voir personne, j'en ai mal à la tête. J'espère que ça ira mieux demain.* Signé : *Déprimée.* Cela, c'était hier. Demain sera le 1er avril. Peut-être le speaker de BFM annoncera-t-il que cette pandémie n'était qu'une vaste blague. Que nous pouvons sortir dans la rue comme jadis, et chanter et nous embrasser pour célébrer la libération. Lorsque vous lirez ces lignes vous et moi saurons qu'il n'en a rien été, évidemment. On continuera de manquer de masques, de tests, de lits et de respirateurs. On continuera de nous bercer de promesses, ou de nous terroriser, tandis que certains déposeront des lettres anonymes chez le voisin infirmier ou homosexuel, et que d'autres accompliront de formidables efforts d'entraide. Et puis les choses, petit à petit, iront mieux. Cela également nous le savons. Les courbes s'aplaniront. On mettra au point un vaccin, des protocoles. On jugera des fautifs, sans que cela puisse ramener les morts. C'est dans cette attente que je retourne à ma table de bureau. À mon roman en cours. Je ne suis pas *Charlie* : je suis une machine à écrire. Elle s'appelle désormais MacBook Pro au lieu de « Petite » mais elle continue de fonctionner. Un cliquetis régulier et obstiné, qui me donne l'impression de justifier ma propre existence.

François-Henri Soulié

Le Fil des jours

« *Pénélope !... Pénélope, attention à ta pelote ! Ton fil est tout emmêlé. Il va se rompre...* »

Toute petite, déjà, le fil. Une image obsédante. Comme si ma vie n'avait tenu qu'à ça.

Et plus tard, encore :

— *Pénélope, tu pourrais répondre quand on te parle !*

— *Vous me parliez ?*

— *C'est bien la peine qu'on se fatigue ; tu n'écoutes jamais. Quand cesseras-tu de te perdre dans le fil de tes pensées ?*

J'avoue. Perdue au bout du fil cassé de l'enfance. Le fil des promesses non tenues. Le fil des illusions mortes et des regrets. Le fil des rêves desséchés sur l'oreiller des réveils mornes. Le fil des paroles en l'air, des regards vides, des gestes absents. Avec tous ces fils à la patte, au bal des jours perdus je faisais tapisserie.

Mon pauvre Ulysse, comme je te comprends d'être parti si peu de temps après nos noces. Que n'as-tu épousé à ma place une de ces braves filles d'Ithaque ? Je les envie dans leur rustique simplicité, ravaudant en riant les filets de pêche ou brodant au fil de lin le linge de famille en attendant le soir.

Que pouvait-elle t'offrir, l'insatisfaite Pénélope ? Jamais heureuse de rien. Jamais à sa place nulle part. Pourtant toi seul m'as comprise mieux que quiconque. Tu pressentais que je t'aimerais dans ton absence de cet amour parfait dont on aime les morts. Toi, tu étais de ces hommes qui n'aiment dans l'amour que la promesse d'aimer. Sans doute t'es-tu imaginé que j'étais une artiste.

Je me souviens du jour où tu m'as offert le métier à tisser. Tes yeux brillaient comme si c'était un jouet que tu t'offrais à toi-même. Je ne voulais pas te faire de peine. J'ai répondu à ton sourire.

Que pouvais-je bien en faire, moi qui n'ai jamais su tisser que d'interminables romans ?

Tu es parti juste après, et je ne t'en ai pas voulu. Le métier à tisser est resté à l'endroit où tu l'avais monté. Dans un coin de la chambre. En dessous de la fenêtre. Je n'y ai jamais touché. J'ai laissé faire les araignées. Elles s'en donnaient à cœur joie. J'aimais bien les voir travailler, des heures durant, pour le minuscule salaire d'un moustique ou d'un moucheron pris dans leur toile. Parfois je complétais leur piège d'une lampe allumée pour attirer les éphémères. Il me suffisait, au matin, d'un coup de torchon. L'œuvre de la veille retournait au néant.

Petites araignées infatigables. Infatigable Pénélope. Si fidèle, si patiente. Incroyablement douée pour attendre… Que de bêtises n'a-t-on pas dites sur mon compte !

Moi qui n'ai jamais rien attendu. Ni l'amour, ni toi, cher Ulysse, ni personne. Moi qui n'ai jamais été fidèle qu'à ma seule rêverie. Qu'y a-t-il à attendre de la vie, si ce n'est de la rêver ?

Lorsque les prétendants sont arrivés pour demander ma main – on te croyait mort, tu sais ? –, quel ennui ce fut ! Tous ces bruyants jeunes gens aux sourires de loups, emplissant nuit et jour la maison de leur tapage tumultueux, me harcelant de leurs demandes empressées, croyant m'honorer de cadeaux de mauvais goût.

Oui, il est exact qu'ils ont bu nos amphores et fait ripaille de nos provisions. Mais ils m'ont aussi couverte de perles, de bracelets précieux et de fines soieries d'Orient. Au point que je ne savais ce qui me faisait le plus horreur de leurs pillages éhontés ou de leurs vaines offrandes. Des voyous qui connaissaient le prix de tout sans savoir la valeur de rien. Élevés, comme leurs pères, dans les trafics obscènes et les hideux marchandages. Capables seulement d'abîmer la solitude de mes songes. Sais-tu que pas un d'entre eux n'a pensé à m'offrir un simple bouquet de fleurs des champs ?

Que pouvais-je faire, toute seule avec notre petit Télémaque, trop jeune pour les chasser et moi trop faible pour les combattre ? Comment échapper au piège insidieux de leurs avances ? Incapable de fuir ou de me révolter, j'étais sommée de choisir, chaque jour de façon plus pesante. Ma décision sans cesse différée ne faisait qu'accroître leur insistance. Parti comme c'était, de beuverie en beuverie, ils allaient bien finir par me jouer aux dés… Mais comment m'évader de cette sourde menace qui faisait de notre chère demeure une prison sans barreaux et de moi une captive à la merci de leur humeur capricieuse ?

Un soir où j'entrais dans la chambre pour me coucher, je trébuchai contre ton cadeau d'adieu. Le pâle lampion de la lune éclairait à contre-nuit les montants du métier à tisser. Je faillis vous maudire, toi et ton absurde jouet ! Mais tandis que je massais mon orteil endolori, la solution me sauta aux yeux. Je n'avais qu'à suivre la leçon des araignées. Elles m'avaient mise à bonne école, il ne me restait plus qu'à me mettre au travail. Faire et défaire, inlassablement, la même tapisserie et proposer à mes geôliers d'attendre la fin de cet ouvrage qui n'aurait pas de fin.

La suite est bien connue de tous. Inutile d'y revenir. Un temps, tout le monde n'avait que ces mots à la bouche : « Le retour d'Ulysse à Ithaque ! » Toute une histoire. L'affaire a fait couler beaucoup d'encre…

Le fait est que tu as rétabli l'ordre. À ta façon. Certains ont pu la juger un peu expéditive. On nous a critiqués. Un poète à la langue acérée a même dit que j'étais la dernière épreuve que tu aies eu à subir à la fin de ton voyage…

Tous, tant qu'ils sont, que peuvent-ils bien savoir de nos retrouvailles ? Le fait est que tu es bien vite reparti. Laissons-les penser que tu as toujours eu la bougeotte et n'en parlons plus. Je sais, quant à moi, que ce n'était qu'un faux retour et que je t'aime pour tes départs. Ils me rendent à ma rêverie.

Merci, cher Ulysse, de m'avoir laissé croire que j'étais une artiste. Puisque je le suis devenue.

Aujourd'hui, je me suis remise au travail. Les fils de couleur sont installés sur le cadre de bois. J'ignore pour le moment quel dessin va naître dans ce qui se trame. Peu importe. Cela me suffit. Toute œuvre est une tentative d'évasion chaque fois recommencée. Je te laisse à ton absence. Je retourne à ma liberté.

Danielle Steel

Sans regrets

Confinée à Paris, loin des miens, j'essaie de revivre des souvenirs de voyage, des sujets qui font rêver. Mais je dois vous avouer que je n'ai jamais été une grande voyageuse, surtout avec une famille de neuf enfants. Même aujourd'hui, maintenant qu'ils sont grands et indépendants et que je pourrais très bien parcourir le monde toute seule, je préfère voyager entre mes « nids », des endroits familiers que j'aime. À part cela, j'aime me rendre l'été dans le Midi de la France, au cap d'Antibes, dans un hôtel où nous allons en famille chaque année depuis que les enfants sont tout petits. Pour effectuer de grands voyages, parcourir de longues distances, il faut être prêt à faire face à l'inconnu dans un endroit étranger où tout peut arriver. Je n'ai jamais aimé les voyages exotiques dans des pays mystérieux, souvent dangereux, tout ça me fait peur. Et de toute façon, se déplacer avec neuf enfants représentait déjà un vrai challenge.

Mon mari, en revanche, le père des neuf, adorait découvrir dans les conditions les plus terrifiantes possible les quatre coins de la planète – la forêt amazonienne, l'Inde, l'Afrique, l'Asie, tout ce qui était exotique. Nos enfants ont pu profiter de son esprit aventurier et partir avec lui tandis que je me réservais pour le Midi de la France, attendant le retour de mes grands voyageurs à la maison, entourée des plus petits.

Je me souviens de ce voyage avec nos trois aînés, âgés de dix-huit à vingt ans, destiné à leur faire découvrir les merveilles de l'Afrique. Avant de partir, mon fils aîné Trevor s'était cassé la cheville, Todd, son cadet, s'était brisé le poignet en jouant au tennis et Beatrix, ma fille aînée, venait de se faire opérer du genou. En les voyant débarquer à l'aéroport, le chef d'escale a lancé à mon mari : « Vous partez pour Lourdes, Monsieur ? » Mais malgré leurs plâtres, le voyage fut réussi. Entre l'éléphanteau qui s'était frotté le derrière sur la tente de Todd avant de s'asseoir dessus, la tarentule qui s'était invitée dans celle de Beatrix ou encore les crocodiles et l'hippopotame décidés à chasser tous ces intrus de leur territoire… Mon enthousiasme en les écoutant me raconter leurs aventures était à la hauteur de ma peur à l'idée de partir avec eux. Les photos étaient magnifiques !

Si mon mari aimait partir dans des pays lointains, il aimait aussi découvrir des endroits exotiques plus près de chez nous. Nous vivions en Californie, à l'époque. L'un de nos voyages les plus marquants s'est déroulé dans la Death Valley. La « Vallée de la Mort ». Le nom m'inquiétait déjà ! Un endroit où la température grimpe facilement à 45 °C et peut dépasser les 50 °C… Nous sommes montés dans notre immense van – capable de contenir dix-huit passagers –, tout excités et prêts pour l'aventure. C'était les vacances de Pâques, et il faisait déjà au moins 40 °C. Il n'existait qu'un seul bon hôtel dans la région, où nous avions réservé des mois à l'avance pour nos neuf enfants (dont une âgée de six mois), mon mari et moi. Durant les premières heures du trajet, mon fils Nicolas a été pris de démangeaisons… Urticaire ? Allergie alimentaire ? Non, surprise ! La rougeole ! Nous avons poursuivi notre route et les huit autres l'ont attrapée au fur et à mesure ! À l'arrivée, une surprise supplémentaire nous attendait : l'hôtel disposait aussi d'un camping, et c'est là qu'on nous avait installés sans nous avertir ! Avec nos neuf enfants – et la rougeole. Ils ne voulaient pas nous laisser enquiquiner les autres clients. Impossible de les convaincre de nous remettre à l'hôtel. Assez désespérée, j'ai demandé à la réceptionniste s'il y aurait bien le room service, en plus de la cafétéria du camping. Elle m'a regardée d'un air incertain avant de me répondre avec un grand sourire : « Ah oui, quel orchestre formidable, ils ont joué ici l'été dernier ! » En plus, notre séjour tombait en même temps qu'un grand rassemblement de bikers, les Hell's Angels. J'étais sans doute la seule femme du camping à ne pas avoir de tatouage. Il y a des vacances qu'on ne risque pas d'oublier, et celles-ci en font partie ! Même si finalement, ils ont tous eu la rougeole en même temps. C'était déjà ça. Beau voyage !

Habituellement, nous allions à Hawaii pendant les vacances de Pâques. C'était parfait pour des enfants de tous les âges, et même pour nous. J'avoue que c'était idyllique. Notre arrivée avec nos neuf enfants en impressionnait plus d'un. Mon mari était toujours extrêmement élégant : il était de ces personnes – énervantes – qui restent absolument impeccables malgré un voyage interminable, et il arrivait dans son costume blanc immaculé comme tout droit sorti de la couverture d'un magazine de mode. Moi, par contre, j'arrivais toujours les cheveux en bataille, un bébé dans les bras, l'autre sur une hanche, avec sur mes vêtements ce que les autres m'avaient renversé dessus. C'est-à-dire en général beaucoup de Ketchup de leur hot-dog et de leurs frites, trois Coca et un jus de fruit. J'avais l'air d'une naufragée ou de quelqu'un qui vient de sortir d'une poubelle. Pourtant, une fois installés à l'hôtel et allongés sur la plage, tout allait bien.

Avec tellement d'enfants, même nos week-ends étaient une vraie expédition. Mon mari adorait les chiens et m'a transmis sa passion (j'en ai trois maintenant). Une fois nos enfants assez grands, il voulait que chacun d'eux ait un chien à soi pour se responsabiliser et apprendre à aimer les animaux. Donc lui avait deux chiens, les enfants un chacun, et moi une chienne. Soit douze chiens, au total. Nous avions également un cochon (VRAIMENT PAS mon animal préféré, désolée, même si la bonne nouvelle c'est que c'est très propre !) qui partait en week-end à la campagne avec nous. Tous dans le bus. Nous avions acheté un van encore plus immense, et mon mari et moi nous retrouvions perdus parmi toute cette ménagerie, nos enfants et leurs copains, les sacs à dos, les instruments de musique, les chiens, le cochon et j'en passe. Je me rappelle d'un jour où le van est tombé en panne sur la route. Des nuages de vapeur sortaient du moteur tandis que nous descendions du bus un par un. Cela ressemblait à la petite voiture d'un numéro de cirque d'où seraient sortis une vingtaine de clowns. Les gens qui passaient nous regardaient d'un air émerveillé !

Un jour, un producteur de télévision qui nous trouvait très marrants nous a proposé de réaliser une série comique basée sur notre vie de famille. Je ne comprenais pas pourquoi et je me suis même sentie très insultée qu'il nous trouve drôles. Nous ? Pourquoi ? Mais quel crétin, quelle insulte ! Pendant des années, ç'avait été mon quotidien et tout cela me semblait parfaitement normal. J'ai mis longtemps à comprendre que ce n'était pas exactement « normal » mais plutôt exceptionnel (et aussi parfois très drôle).

Alors c'est vrai que je n'ai pas de voyage vraiment exotique à raconter… Simplement ma vie quotidienne d'alors, qui me fait sourire et même rire maintenant, avec le recul du temps. Ce furent de très belles années, avec des souvenirs que je chéris, dans un chaos finalement assez bien organisé ! J'avoue qu'avec le voyage dans la Death Valley et la rougeole, on a un peu dépassé les limites. On en parle toujours ! Mais pour le reste, ça me fait rire quand j'y pense et je recommencerais demain si c'était possible, avec tous les neuf… même dix !… ou douze !

Souvent, ce sont les moments les plus ridicules de nos vies qui plus tard seront nos plus beaux souvenirs ! C'est pour ça qu'en général, je préfère la « vraie » vie, celle de tous les jours. Quand j'écris et quand je lis, c'est ce qui me touche et m'intéresse, me fait rire (et parfois pleurer) le plus… Il n'y a rien de mieux. En tout cas, en ce qui me concerne, je trouve ça mille fois mieux que les voyages exotiques. La vie de famille avec neuf enfants a été suffisamment exotique pour moi ! Et comme l'a dit Édith Piaf, « Je ne regrette rien ».

Christiane Taubira

L'envol, si je veux

Christiane Taubira
Garde des Sceaux, ministre de la Justice (2012-2016)
Membre honoraire du Parlement

Ce 31 mars 2020

Bien chère confinée,

Il faut toujours prendre les mots à la lettre. Et au sérieux. D'abord. Après, on peut consentir à partir en vagabondage pour explorer leurs méandres, voir quels limons ils ont pu amasser dans leurs chemins de traverse. Mais, d'abord, écouter ce qu'ils disent à l'état nu.

Les philosophes se sont bien volontiers mêlés d'explorer les mystères et paradoxes de la liberté. Voire du libre arbitre. Les spécialistes de Spinoza, Kant,

Schopenhauer, Ricœur nous le distillent à l'envi : au lycée, à la radio, dans des livres plus ou moins lisibles, dans des magazines. Nous en faisons l'usage que nous voulons. Pour construire une éthique, nourrir nos tourments, muscler nos reparties, nous donner une conduite, ou frimer.

La littérature n'est pas en reste. Elle est puissamment belle lorsque, sans la proclamer pompeusement, elle effleure la liberté qui n'est jamais égoïste, la contourne, la désencastre, la partage dans les deux sens du mot : la découpe et la distribue de part en part et en part commune. De grands auteurs ont su s'affranchir du bien et du mal, ignorer l'indigente binarité du noir et blanc, interroger le bon et le juste, prendre parti pour les parias, s'aliéner les puissants. Ils ont fait de la liberté le souffle de la littérature, parfois sur un ton sombre et éblouissant comme Albert Camus ; sous une forme vertigineusement espiègle et pourtant profonde dans les univers de Gabriel García Márquez ; par une écriture à la fois méticuleuse et enlevée comme celle d'Alejo Carpentier ; avec une plume qui crisse et crâne comme celle de Yachar Kemal ; sous le ressort d'une urgence vitale comme chez Es'kia Mphahlele ; avec une dignité et une compassion effilées comme une dague par Sindiwe Magona ; quand l'œuvre elle-même est un acte de liberté, comme pour Julio Cortázar ; lorsque la liberté est fouillée sous ses ailes et dans ses replis, creusée entre ses crépitements et ses harmoniques, saisie par son calcanéum avec hardiesse et sensualité comme le fait la prodigieuse Toni Morrison.

L'Histoire aussi est bavarde sur la liberté. Elle nous raconte des épopées. Vraies. Elle suscite beaucoup de disputes. De vives et longues querelles. Il arrive qu'elle ait tellement la tête ensevelie dans la recherche de preuves qu'elle néglige les raisons de la passion inusable à travers le temps et les lieux pour cette chose insaisissable et si souvent volatile. Pourquoi Spartacus s'en va-t-il au risque de la mort, forcément atroce s'il est défait ? Pourquoi les Nègres marrons, chefs comme Makandal, Pompéi, Zumbi, Aponte, Maceo, cheffes comme Dandarah, Guiomar, Leonor et les nombreux anonymes, des femmes, des hommes, emportant des enfants, tous dépenaillés mais verticaux, quittent-ils les plantations de l'esclavage, gagnent les forêts ou la mer, choisissent l'inconnu et ses risques, et ne reviennent pas même lorsqu'on leur promet l'impunité ? Pourquoi Louis Delgrès et Solitude affrontent-ils la mort plutôt que le rétablissement napoléonien de l'esclavage ? Pourquoi Anacaona avait-elle défié la flotte espagnole, N'Zinga les soldats et prêtres portugais ? Pourquoi les communards ? Pourquoi les résistants ?

Liberté et dignité.

L'une ne va pas sans l'autre. Lorsqu'elles se lâchent la main, c'est que le danger guette ou que l'imposture prospère et ricane.

L'Histoire ne fait pas que nous enseigner cela. Elle ouvre de multiples chemins. Dont celui du droit. Car, en dehors de la pure sauvagerie qui ne dure jamais que le temps de l'extermination réciproque, la force a toujours eu besoin de règles pour se justifier. La force et le droit sont dialectiques comme on disait encore dans les cercles marxistes ringards ou exaltés des années 1970. L'une et l'autre sont à la fois antagoniques – les sociétés qui ne sont pas régies par le droit le sont par la force – et liés : la règle n'étant rien sans la force publique pour la faire respecter. L'Histoire nous ouvre ainsi les dédales par lesquels ceux qui détiennent la force régentent les libertés. Et nous nous sommes habitués à raisonner, d'abord, sur la force qu'appellent les libertés.

Or, il n'y a pas de vie sociale possible si les libertés ne sont pas régentées. Mais il n'y a pas de liberté lorsqu'on renonce à la tension entre l'autorité et l'autonomie. Les situations paroxystiques mettent à l'épreuve notre attachement à la Liberté à travers nos libertés. Que vivons-nous en ce moment ? sinon une entrave quasi absolue à des libertés fondamentales ? Que signifie y consentir ? La différence, servilité ou grandeur, est dans nos propres mobiles d'observance. S'il s'agit de peur, pour soi… pauvres de nous ! S'il s'agit du souci des autres, d'une sujétion à l'en-commun, de respect admiratif et reconnaissant pour ces inlassables soignantes, incluant les hommes, finalement aussi vulnérables que nous, mais plus savantes, plus habiles, plus dévouées, éprouvant mais surmontant ces mêmes peurs qui nous traversent, alors nous sommes dignes, très dignes. Et encore libres.

Qu'est-ce alors que l'évasion, dans ses raisons ? Sinon la proclamation d'une non-capitulation. Comme celle de Maya Angelou :

Leaving behind nights of terror and fear
I rise
Into a daybreak that's wondrously clear
I rise
Et qu'est-ce dans ses formes ? sinon en la circonstance une discordance entre l'espace physique borné et l'infini lyrique ?

Car la voie qui mène le mieux à la liberté, c'est bien la poésie. Demandez aux prisonniers, n'importe quand et n'importe où dans le monde. Demandez à Nâzim Hikmet, à Víctor Jara. Voyez comme l'exil inspire ardemment, lisez Mahmoud Darwich. L'exclusion extrême y prend sa part, ainsi Lorraine Hansberry. L'oppression aussi, demandez à Paco Ibáñez qui chante Miguel Hernández.

Mais le ressort le plus puissant, très chère confinée, est au-dedans de nous, ce que rappelle César Vallejo :

¡Amado sea
El que tiene hambre o sed
Pero no tiene hambre
Con qué saciar toda su sed
Ni sed con qué saciar todas sus hambres !

Colin Thibert

Déjà ?

On est entrés par-derrière. Comme dans du beurre. Un jardinet à l'abri des regards, quelques marches moussues, une porte vitrée qui s'est donnée, sans façon, à la première sollicitation du rossignol. Le boîtier d'alarme était un engin obsolète doté de voyants verts et rouges, gros comme des suppositoires.

— Un vrai spoutnik ! a dit Pierrot en rigolant.

Il a forcé le couvercle et trifouillé à l'intérieur avec son tournevis avant d'annoncer :

— C'est bon. On sera pas dérangés.

D'abord une pièce étroite, cellier ou buanderie. Ça sentait la lessive. Juste après, la cuisine. De là, on passait dans l'entrée : dalles noires et blanches, perroquet, porte-parapluies. Une pièce à droite, une pièce à gauche, donnant l'une et l'autre sur l'impasse dont tous les habitants étaient absents pour les fêtes, je m'étais renseigné, je ne suis pas un amateur. Néanmoins, on a soigneusement tiré les rideaux, des fois qu'un pékin vienne faire pisser son chien dans le secteur. Même précaution pour les deux chambres à l'étage. On pouvait s'y mettre.

On entasserait notre butin dans l'entrée ; ensuite, j'irais cherche ma caisse garée, par précaution, trois rues plus loin. J'entrerais dans l'impasse en marche arrière, on chargerait le bordel vite fait, et on décanillerait. Simple et sans risques. J'avais relevé les horaires des rondes, les flics s'y tenaient à la minute près.

Après une heure de boulot, on avait à peine de quoi remplir nos poches. Pas de matériel hi-fi ou vidéo. Pas d'ordinateur ou de petit électroménager. Juste une vieille radio pourrie. Mais du sol au plafond, dans toutes les pièces, dans les moindres recoins, jusque dans la salle de bains et sur les marches de l'escalier s'entassaient des livres, par milliers. Jamais j'avais vu ça.

— Sérieux ! Vous croyez qu'ils les ont tous lus, tous ces bouquins ?

— Impossible ! Faudrait une vie.

— Peut-être qu'ils lisent plus vite que nous, a supputé Momo.

Pierrot a murmuré :

— Il y a de la thune planquée quelque part, les mecs. Je le sens !

On avait la nuit devant nous pour chercher. À 4 heures du matin, on était toujours bredouilles. Momo a déclaré :

— Ce que je sens, moi, c'est que j'ai les crocs !

La cuisine était sens dessus dessous, rapport aux fouilles. On a dégagé un coin de table et sorti le contenu du frigo : beurre, cornichons, rillettes, fromage. Momo s'est confectionné une omelette, Pierrot a fait griller des toasts, j'ai déniché une bouteille de rouge. On a trinqué et bâfré. Pierrot réfléchissait à haute voix :

— Il y a bien des bijoux quelque part. Il y a toujours des bijoux !… Alors où ils sont ?

Momo l'a interrompu, le doigt levé, comme s'il prenait le vent :

— Vous entendez ?

On s'est figés, l'oreille aux aguets, sans percevoir le moindre bruit.

— Y a que dalle !

— Justement. C'est pas normal.

Il avait raison, Momo : avant, on entendait confusément la rumeur de la ville. Là, plus rien. Un souffle glacial a traversé la cuisine. Pierrot s'est levé, il a gagné la fenêtre à pas de loup pour jeter un coup d'œil dehors.

— Putain, les mecs !

— Quoi ?

— Il neige !

On s'est précipités : il y avait au moins quinze centimètres de neige fraîche sur la balustrade ! Ça dégringolait à gros flocons. C'était ça, le silence.

— Putain, c'est Noël ! a dit Momo.

Il souriait comme un gosse.

— Fait chier ! Comment on va sortir d'ici, maintenant ?

— Ben, comme on a prévu.

— En laissant nos traces partout dans la neige ?! Bonjour la discrétion ! Et puis, je vous préviens, ma bagnole, elle est pas équipée. Impossible de rouler dans cette merde.

— Les vacances, a demandé Pierrot, elles durent combien de temps ?

— Une semaine.

— Ils reviennent quand, les proprios ?

— Dimanche prochain.

— Sûr ?

— Je me suis rencardé. Je suis pas un amateur.

— Alors on n'a qu'à rester jusqu'à temps que la neige fonde ! Y en a pas pour longtemps.

— Ça se défend, a dit Momo.

On a fait l'inventaire des placards : il y avait assez de conserves, de pâtes et de légumes secs pour tenir. J'ai trouvé d'autres bouteilles, on ne manquerait de rien, sinon de pain frais. Il restait juste assez de batterie sur nos téléphones pour prévenir nos copines qu'on avait un petit contretemps. Et la vieille radio pour suivre la météo. On est allés roupiller, on l'avait bien mérité. Quand on a émergé, en début d'après midi, il neigeait toujours. Pierrot a paniqué :

— Putain, les mecs, qu'est-ce qu'on va foutre toute la journée ? Sans télé ! Sans portables ! On est morts, les mecs ! Morts !

Pince-sans-rire, Momo lui a tendu le premier bouquin qui lui tombait sous la main : Montaigne, *Essais*. J'ai cru que Pierrot allait lui foutre sur la gueule. Puis qu'il allait pleurer. Il a pris le livre et, sans un mot, il est remonté à l'étage.

Il a neigé sans discontinuer pendant trois jours et quatre nuits. Le pire blizzard qu'on ait jamais connu, assurait la radio. Il a fallu quarante-huit heures pour déblayer les rues. La température s'est alors brusquement radoucie et les derniers tas de neige ont fondu tout seuls. Les propriétaires de la maison pouvaient rentrer d'une heure à l'autre, il était temps de décarrer.

— Quoi ? Déjà ? a protesté Pierrot quand Momo est venu l'arracher à sa lecture.

Marjorie Tixier

Respirer plus libre

Mon enfant…
Je t'attends
Sur une feuille
Entre deux eaux
J'ai écrit ton nom

Je respire encore
Une sombre histoire
Une douleur trop lourde
Nous a séparés

La fenêtre fermée
Ton nom
Sur un bout de papier
Mais la liberté retrouvée

Tu viendras
Tu viens
Tu es venu
L'esprit divague à ses heures perdues

Un respirateur pour t'attendre
Et le ciel…
Bleu à la fenêtre
Ta mère
Triste aussi
En attente aussi
Le respirateur berce nos souvenirs

Tu viendras
Je le sais
Tu n'as rien oublié
De la radio, des chansons
De nos balades d'autrefois

Le ciel était bleu
Immense
Comme je l'imagine aujourd'hui
Le ciel parlait la langue
De nos silences maladroits

Sais-tu que je m'évade
Quand je pense à toi ?

La fenêtre se dessille
Les battants s'écarquillent
Et ton œil devient le chemin
Qui nous ramène ensemble

Je respire plus libre
Je respire plus grand
Si tu me comprends

Rachel Vanier

Lettre d'un globe terrestre à son propriétaire

Cher propriétaire,

Alors, tu comprends maintenant, ce que c'est d'être un globe terrestre ? Assigné à résidence sur un manteau de cheminée au lieu de partir traverser les mers, gravir les sommets ou barouder dans les déserts. On fait moins le malin, depuis son canapé, à regarder pour la énième fois les mêmes vieilles saisons de *Friends*, n'est-ce pas ?

Ah ça oui, on peut dire que j'ai roulé ma bosse, comme globe, sans mauvais jeu de mots. C'est pas le premier salon dans lequel je trône. J'en ai senti, des mains grassouillettes d'enfants qui me faisaient tourner la tête, bravant l'interdiction parentale de me toucher la surface cartonnée sans se laver les mains. Il y a trente ans, c'était le miel des tartines collé sur les doigts qu'on m'étalait sur l'océan. Dix ans plus tard, le miel est passé de mode et je me suis retrouvé peinturluré de Nutella. Quand on pense que pas une seule fois un des gamins n'a eu le courage de me transporter hors de la maison. J'aurais aimé voir du pays, ne serait-ce qu'un bout de jardin.

Quand les enfants ont grandi, je n'ai plus eu pour seule occupation que de regarder la télé (tu sais, cet ancêtre de Netflix). Les aboiements des présentateurs du JT ont remplacé les cris des marmots et me tenaient informé de l'état du monde, enfin, à peu près – difficile de remettre à jour mes frontières figées dans le papier vernis.

Et puis les parents sont partis, les grands-parents ont disparu. J'ai vu des cartons remplacer les meubles, des draps blancs recouvrir ce qu'il en restait, la bonne n'est plus jamais venue me dépoussiérer le Pôle Nord. J'ai bien connu la solitude, dans cette maison vide et silencieuse. Alors, certes, j'ai changé de propriétaire, je me suis fait transporter de mon ancien salon au tien. Mais qu'est-ce que j'ai pu voir pendant ma grande escapade ? L'intérieur d'un camion de déménagement. Tu parles d'une aventure !

Si seulement je pouvais au moins avoir un compagnon-globe. Un bien rond, avec un demi arc joliment dessiné et un support en bois. Encore mieux : un modèle lumineux, il aurait un fil électrique qui lui sortirait des fesses ! C'est sûr, quelque part, un autre monde doit bien exister… Ses océans à lui ne seraient pas bleus et uniformes comme les miens, mais beiges et rugueux, parsemés de dessins de vieux voiliers et de monstres marins. On pourrait débattre de mes frontières obsolètes et complimenter le teint vigoureux de mes massifs montagneux. Il pourrait m'expliquer la chute du rideau de fer, et la tombée en déliquescence du bloc soviétique. Une seule et même grande Allemagne, et plein de petits pays d'ex-Yougoslavie ! Il existerait en fait des tas de globes terrestres, aux frontières toutes différentes. Certains, plus poussiéreux que moi encore, découperaient l'Afrique en quelques colonies, et d'autres, plus précieux, ne montreraient même pas tous les continents et seraient exposés dans des musées !

Mais non, je suis coincé avec toi, qui larve toute la journée, les mains vissées à ton flacon de gel hydroalcoolique. Je ne me suis jamais senti aussi proche de toi, cher propriétaire. Tel un globe terrestre, ta raison d'être c'est l'ailleurs, l'exploration, la découverte ; mais ta condition, c'est l'immobilité.

Au moins grâce à moi, tu peux penser escapades et aventures. Ça fait réfléchir, non, un globe terrestre ? Ça fait même rêver. Tu ne passerais pas ton index le long de mes latitudes, histoire d'imaginer ton prochain voyage ? Chanceux que tu es, d'avoir deux pieds, deux jambes, une dégaine d'humain (même si actuellement, tu me fais plus penser à une moule). Toi, tu pourrais être un vrai globe-trotteur, alors que moi, je ne serai jamais qu'un globe tout court. C'est vrai quoi, qu'est-ce qu'elles diraient, les hôtesses de l'air à l'aéroport, si elles voyaient débarquer un globe terrestre qui parle ?

Mesure la chance que tu as, cher propriétaire, de m'avoir pour te projeter dans un temps moins confiné, et de pouvoir espérer rendre ces rêves réalité.

Ton Globe Terrestre

P.-S : et bon sang, n'oublie pas de me lustrer l'Équateur !

Composition et mise en pages
Nord Compo à Villeneuve-d'Ascq

Imprimé en Espagne par:
BLACK PRINT
en juin 2020

S31355/01